KB199231

환락의 집 2

The House of Mirth[1]

1) The House of Mirth란 제목은 전도서 7장 4절('지혜로운 자의 마음은 초상집에 있으나, 우매한 자의 마음은 환락의 집에 있느니라.')에서 따온 것임.

환락의 집 2

The House of Mirth

이디스 워튼 지음 | 유건형 옮김

1

그 카지노[1] 층계에 있던 셀든에게 몬테카를로란 도시는 그가 알고 있는 다른 어떤 도시보다도 각 사람의 기분에 자기를 맞출 줄 아는 재능을 더 많이 가지고 있다는 생각이 뚜렷이 들었다.

그 순간에 셀든은 미몽에서 깨어난 눈으로 색채나 시설들에 자기도 모르게 눈을 돌리게 되는 기분에 쉽게 빠져들었다. 한번 참가해 보고 싶은 생각이 들도록 아주 노골적으로 유인하는 힘—인간 본성의 휴식을 즐기려는 기질을 알아보고 솔직하게 드러내놓는 것—은 생활자로서의 분별력을 훈련시키기 위해 만들어진 환경 속에서 오랫동안 힘든 일에 의해 지칠 대로 지친 사람들의 마음에 새로운 활력을 불어넣는 것이다.

셀든은 이국적인 추파를 던지는 건축양식으로 조성된 하얀 네모 모양의 광장과 열대성 식물들로 조경한 여러 정원, 급히 장면들이

---

1) 1878년에 세워진 유명한 도박장. 몬테카를로에 자리 잡고 있으며, 지중해 연안의 독립적인 공국(公國)인 모나코의 소유임.

바뀌면서 잊혀버리는 웅장한 무대배경을 연상시키는 엷은 자줏빛 산들을 배경으로 맨 앞에서 어슬렁거리는 무리들을 둘러보고 있었다.

그는 넓게 펼쳐진 빛과 여가를 보내는 한가로운 느낌 속에서 그런 풍경을 보면서 문득 자기 인생의 지난 몇 개월에 대해 혐오감이 일어남을 느꼈다.

언제까지고 눈으로 뒤덮인 날들이 계속될 것 같았던 뉴욕의 겨울은 갑작스레 변변찮은 햇살과 맹렬한 바람을 향하여 손을 뻗쳤고, 그때 모래투성이의 바람이 눈꺼풀 속으로 들어와 그 불쾌한 것들이 셀든의 눈을 거칠게 찔러댔다.

셀든은 일에 몰두하며, 외적 조건들이란 자기와 같은 형편에 있는 남자에게는 중요하지 않으며 추위와 불쾌한 것은 느슨해진 감정에 좋은 강장제가 될 것이라며 혼잣말을 했었다.

긴급한 일로 파리에 있는 어떤 고객과 상의하기 위해 셀든은 마지못해 사무실의 기계적인 일상에서 떠날 수 있었다. 그 후 지금까지 파리에서 자신의 일을 서둘러 마치고, 일주일 동안의 말미를 얻어 살짝 남부의 도시로 빠져나온 것이다. 인생을 객관적으로 흥미있게 바라보는 사람들에게는 위안이 되는, 구경꾼으로서의 강한 흥미가 그에게 새로이 돋아났다.

그 다양한 인생의 매력이라니! 끊임없이 대비되기도 하고 유사하기도 한, 놀라운 인생이여!

셀든이 카지노의 계단을 내려가서 그 문들에 연이어 있는 포장도로에서 잠깐 멈추어 섰을 때, 인생이란 쇼의 그 모든 장난과 반전의 모습이 그에게 떠올랐다.

그는 일곱 해 동안 외국에 나온 적이 없었는데, 이번에 다시 외국에 나와 보니 얼마나 변했던가! 깊은 중심부는 본디대로였지만, 겉모습은 조금씩 바뀌어 예전의 모습대로 남아 있는 것은 그리 많지 않았다. 그리고 바로 이곳이야말로 완전히 새롭게 바뀐 곳이다.

그 숭고함과 그 영속성이 있었다면, 그는 변치 않은 과거의 자신의 모습 그대로 존재하였을 것이다. 그러나 하루의 흥청거림을 위해 펼쳐진 여기의 이런 장막에 휩싸여, 셀든 자신과 고정된 그의 하늘 사이에는 망각의 지붕이 드리워졌다.

때는 4월 중순이었고, 그러한 흥청거림은 곳곳에서 절정에 다다라 있었다. 광장이나 정원에 산만하게 흩어져 있던 사람들은 곧 자리를 옮겨 다른 데에 다시 모일 것이라는 느낌이 들었다. 그러는 동안 그 공연의 마지막 순간은 커튼이 공중에 위협적으로 매달려 있는 것으로 더욱 빛을 발하는 듯했다.

모든 빛들이 일시에 드러내 보이는 상큼한 대기와 무성한 꽃들, 짙푸른 하늘과 바다는 어떤 마지막 활인화의 효과를 자아냈다. 의도적으로 두각을 나타내는 일단의 사람들이 중앙의 앞면으로 나와서 마지막 효과를 내기 위해 주요 연기자들이 함께 모였다는 인상을 주며 셀든 앞에 섰을 때 그런 느낌은 더욱 드높아졌다. 그들의 모습을 보면 확실히 그 쇼는 비용에 관계없이 공연되는 것이란 느낌이 들었고, 주인공들이 무대의상을 입은 채로 걸어서 열광하는 사람들 사이를 통과해 가는 그 '시대극들' 중의 하나와 유사하다는 것을 알 수 있었다.

여자들은 자기들과는 아무 관계가 없다는 듯 그들의 연기 효과를 분리시키기 위해 계산된 태도로 서 있었고, 남자들은 어울리지도 않게 프로그램에서 그들의 양재사들까지 소개하고 있는 무대의 남자 주인공들과 똑같이 그들 주위에서 서성거렸다.

셀든은 부지불식간에 그 일단의 사람들 사이에 끼어들었는데, 그 사람들 중의 하나가 셀든을 알아보았다.

"아니, 셀든 씨!"

피셔 부인은 놀라며 큰 소리로 말했다. 그러고는 잭 스텝니 부인과 웰링턴 브라이 부인을 향하여 제스처를 취하고는 푸념의 말을 이었다.

"우리는 지금 배가 고파 죽을 지경이에요. 어디에 가서 점심을 먹을지 결정할 수 없었으니까요."

그들의 무리에서 환영을 받고 그들이 처한 어려운 일의 상담 상대가 된 셀든은, 그곳에서 점심을 먹지 않으면 뭔가를 빠뜨린 것 같은 느낌을 주는 음식점과 반대로 그곳 점심을 먹으면 뭔가를 박탈당한 것 같은 느낌을 주는 음식점을 몇 군데 알고 있다는 것이 즐거웠다. 그래서 실제로 뭔가를 먹으려 할 때 외식 장소를 선택하는 데 있어서는 약간 생각을 해보아야 할 필요가 있는 것이다.

브라이 부인이 진지한 태도로 요약하며 말했다.

"물론 테라스[2]에서는 제일 좋은 것을 먹지만, 그건 마치 거기에 있을 어떤 다른 이유는 없는 것처럼 보여요. 뭔가를 알지 못하는 미국인들은 언제나 가장 좋은 음식을 서둘러 택하죠. 그리고 벨트셔 공작부인은 아까 베카신[3]에서 점심을 들기로 정했어요."

---

2) 몬테카를로에 있는 값비싼 호텔.

3) 남동부 프랑스에 대한 1907년판 베데커 여행안내서에는 수록되지 않았으나, 몬테카를로에서 부유한 고객들에게 음식을 제공하는 대표적 음식점.

브라이 부인은 피셔 부인이 실망하는 줄도 모르고 여러 사람 앞에서 그녀의 사교적인 양자택일 식의 평가 방법을 넘어서서 나아가질 못했다. 브라이 부인은 자기가 원하는 것을 다른 사람들이 최종적으로 동의하여 선택하게 하는 면에서는 주도적일 수가 없는 여자였다.

편안한 여가용 옷을 입고 있는 브라이는 사무적인 얼굴에 키가 작고 파리한 남자인데, 그 난처한 상황을 몹시 재미있게 대처했다.

"그 공작부인은 자신의 식사 대금을 지불할 사람이 없을 때는 값이 싼 곳이라면 어디든 갈 거예요. 아마 테라스에서 큰 소리로 떠들며 긴장을 해소하자고 제안해도, 그 부인은 기다렸다는 듯이 나타날 걸요."

그러나 잭 스텝니 부인이 그 말에 끼어들었다.

"그 대공(大公)들은 칸더민[4]에 있는 작은 음식점에 가요. 허버트 경이 그러는데, 유럽에서 완두콩 요리를 먹을 수 있는 음식점은 거기밖에 없대요."

허버트 데이시 경은 호리호리하고 초라한 모습의 남자로서, 매력적인 여윈 미소로 부자들을 올바른 음식점들로 안내하면서 그의 전성기를 보냈다는 것을 점잖게 강조하며 그 말에 동조했다.

"그게 정말 맞는 말이오."

"완두콩이라고……?"

브라이가 경멸적으로 말했다.

"그 사람들이 후미거북(북미산 식용 거북)을 요리할 수 있어요? 그건 그저 보여주려는 것에 불과할 뿐이오."

---

4) 모나코와 1과 1/4마일 정도 떨어진 몬테카를로 카지노를 잇는 간선도로.

브라이가 계속 말을 이었다.

"이 유럽 시장들이 어떠한지, 언제 어떤 자가 완두콩을 요리할 수 있는 평판을 얻을 수 있는지를 말이오!"

잭 스텝니가 권위 있는 모습을 하고 끼어들었다.

"데이시 씨의 의견에 전적으로 동의해야 할지 모르겠네요. 파리에 작고 후미진 곳이 하나 있는데, 케 볼테르 근방이지요. 하지만…… 여하간…… 난 칸더민 가르고트[5]는 추천할 수 없어요. 적어도 여성분들에게는 말이에요."

스텝니는 결혼한 이후로, 반 오스버그 집안의 사위들이 그렇게 되기 쉬운 것처럼, 몸이 굵어졌고 갈수록 점잔을 빼게 되었다. 하지만 그가 놀랍고 당황스러울 정도로 그의 아내는 지구를 뒤흔들 만큼 걸음걸이가 점점 빠르게 발전하여서 스텝니는 늘 숨을 헐떡거리며 아내를 뒤쫓아 다녀야 했다.

스텝니의 아내가 항의하는 몸짓을 보이며 선언하듯 말했다.

"그렇다면 그곳이 우리가 갈 곳이네요. 테라스는 너무 지겨워요. 어머니가 차려준 식사들 중에 하나만큼이나 재미가 없어요. 그리고 허버트 경은 다른 곳에 있는 무시무시한 사람들이 누구인가를 우리에게 알려주기로 약속했어요. 그가 그렇게 약속하지 않았나요, 캐리 씨? 이봐요, 잭, 그렇게 근엄한 표정 짓지 말아요!"

브라이 부인이 말했다.

"음, 내가 알고 싶은 건 그들의 양재사가 누군가 하는 것뿐이에요."

스텝니가 빈정거리는 의도를 가지고 그 말을 받았다.

---

5) 싸구려 음식점을 경멸적으로 부르는 말.

"말할 것도 없이…… 데이시 씨가 그것도 당신에게 말해줄 수 있겠죠."

그 상대방은 가볍게 중얼거리는 것으로 그 말을 받았다.

"내 둘도 없는 친구여, 적어도 나는 그것을 알아낼 수는 있다오."

그러자 브라이 부인이 자신은 더 이상 한 발짝도 걸을 수 없다고 선언하였기 때문에 그 일행은 2~3대의 사륜 쌍두마차를 불러 타고, 정원들의 경계를 세심하게 빙빙 맴돌다가 열을 지어 덜거덕거리며 칸더민으로 향했다.

그들의 목적지는 몬테카를로에서 방파제를 따라 중간의 낮은 지역으로 급히 경사져 내려가는 대로에 걸쳐 있는 음식점들 중의 하나였다. 이윽고 그들이 자리 잡은 창가에서는 쌍둥이 모양의 푸르른 갑(岬) 사이에 위치한 짙푸른 항구의 곡선이 한눈에 내려다보였다. 오른쪽으로는 모나코의 절벽 꼭대기에 있는 중세풍의 교회와 성(城)의 실루엣이 보였고, 왼쪽으로는 도박장 건물의 작은 뾰족탑과 테라스가 보였다. 그 둘 사이에는 오가는 소형 유람선의 빛이 그 만(灣)의 물을 헤치고 나아가고 있었다.

점심을 한참 먹고 있는 바로 그 순간에 그 사이를 통과하는 커다란 증기 요트선의 웅장한 모습이 나타나자, 일행의 관심이 완두콩에서 그쪽으로 쏠렸다.

"세상에나…… 저건 도싯 부부가 돌아오는 걸 거예요!"

잭 스텝니가 외치자, 허버트 경은 그의 외알 안경을 떨어뜨리며 그 말을 뒷받침했다.

"사브리나[6]가…… 맞아요."

피셔 부인이 주시하며 말했다.
"그렇게 빨리요……? 그 사람들은 시칠리아에서 한 달을 보내기로 했는데요."
브라이가 비난조로 말했다.
"저 사람들은 이미 한 달을 보낸 것처럼 느꼈을 거요. 그 지역 전체에 최신식 호텔이라고는 하나밖에 없으니……."
"거기에 가자는 것은 네드 실버턴의 아이디어였지만, 불쌍한 도싯과 릴리 바트는 분명히 지겨워서 몸살이 났을 거예요."
피셔 부인이 낮은 목소리로 셀든을 보며 말을 이었다.
"그 사이에 싸우지나 않았으면 좋으련만……."
허버트 경이 부드럽고 신중한 목소리로 말했다.
"바트 양이 돌아온다니…… 정말 너무너무 즐겁군요."
그러자 브라이 부인이 솔직담백하게 말을 더했다.
"릴리가 이리로 오면, 공작부인이 아마 우리와 같이 식사를 할 거예요."
허버트 경이 사교적 만남이 쉬워짐으로써 이익을 꾀할 수 있게 된 사람의 전문가적인 기민함으로 그 말에 맞장구를 쳤다.
"공작부인은 릴리를 엄청 높이 평가해요. 그 부인은 넋을 잃고 같이 식사할 준비를 하겠죠."
그때 허버트 경의 태도가 어딘지 사업가와 같이 변하였다는 생각이 셀든의 머리를 언뜻 스쳐갔다.
피셔 부인은 여전히 셀든을 바라보며 은밀히 말을 걸었다.
"릴리는 여기에 와서 대단히 성공한 사람이 되었어요. 릴리가 십

6) 밀턴의 코우머스(Comus: 그리스·로마신화에서 나오는 축제·주연·환락의 신)에서 언급된, 영국의 세번 강에 빠져죽은 요정의 이름을 따서 지은 요트.

년은 젊어 보인다니까요. 나는 그렇게 멋진 릴리의 모습을 본 적이 없어요. 레이디 스키도가 릴리를 칸[7]에서 여기저기 데리고 다녔고, 마케도니아 왕세자비는 릴리를 시미에즈[8]에서 일주일 동안 머물게 했어요. 사람들이 그러는데…… 그게 버사가 저 요트를 시칠리아로 급히 이동시켰던 이유래요. 결국 그 왕세자비는 릴리를 충분히 보지도 못했지요. 그렇게나 릴리의 대성공을 계속 보고 싶어 했건만……."

셀든은 아무런 말도 하지 않았다. 그는 릴리가 도싯 부부와 지중해 연안을 유람 여행하고 있다는 것을 어렴풋이 알고 있었지만, 행락철이 사실상 끝나가는 리비에라에서 릴리를 우연히 만날 가능성에 대해서는 생각해 보지 않았었다.

셀든은 선(線)세공을 한 터키의 커피 잔을 말없이 응시하다가 상체를 뒤로 젖히면서, 릴리가 가까이 온다는 소식이 자신에게 실제로 어떤 영향을 미치고 있는지를 자문하며 자신의 생각을 어떻게든 정리하려 하였다.

셀든은 감정적으로 격앙되는 순간에도 자신의 감정을 아주 똑똑히 볼 수 있는 자신만의 초연함을 지니고 있었다. 그런 그가 사브리나를 보고 내면에서의 동요를 감지하고는 적이 놀라워하는 것이었다. 그는 충격적으로 심한 환멸을 느낀 이후 오직 전문적인 일에 몰두하며 석 달을 보냈기 때문에, 자신이 감상적인 망상에서 깨끗이 벗어나게 되었다고 생각했었다.

---

7) 프랑스의 남동부 휴양지로 매년 국제영화제가 열리는 곳.

8) 니스의 북쪽 언덕들 안에 위치한 역사적으로 유명한 행락도시이며, 유명한 프랑스 리비에라 해안의 행락지이다.

그가 키우고 부각시켰던 그 감정에서 자신이 참 잘 탈출했다는 느낌이었다. 그는 위험한 사건에서 무사히 탈출했다는 생각 때문에, 자신이 상처를 입었다는 사실을 처음에는 거의 깨닫지 못하는 여행객과 같았다. 이제 그는 갑자기 잠재해 있던 통증을 느끼며 결국 자신은 부상당하지 않고 무사히 빠져나온 것이 아니라는 사실을 깨달았다.

그로부터 한 시간 후, 피셔 부인과 함께 카지노의 정원에 있던 셀든은 자기가 피해 나온 위난을 곰곰이 생각하며 그때 입었던 상처를 잊기 위한 새로운 이유들을 찾으려 하고 있었다.

그들 일행은 몬테카를로에서 사교적인 활동에 특징적인 뭔가를 쉽사리 결정하지 못하고 빈둥거리며 흩어졌는데, 몬테카를로는 모든 장소와 한낮의 길고 금빛 나는 시간들을 게으르게 빈둥거리며 지낼 방법을 무한정으로 제공하는 것 같았다.

저녁 식사에 공작부인의 참석을 확실하게 하기 위한 교묘한 협상 전략을 브라이 부인으로부터 부여받은 허버트 데이시 경은 마침내 벨트셔 공작부인을 찾기 위해 자리를 떠났고, 스텝니 부부는 자기네 자동차를 타고 니스를 향해 떠났으며, 브라이는 그 시점에 자신의 능력에 걸맞은 비둘기 사냥 대회에 참가하기 위해 가고 없었다.

브라이 부인은 점심식사 후에는 점점 얼굴이 빨개지며 코를 고는 경향이 있어서, 캐리 피셔 부인의 사려분별 있는 설득에 따라 한 시간 동안 수면을 취하러 호텔 방으로 물러갔다. 그리하여 셀든과 피셔 부인만이 남아 터놓고 이야기하기에 알맞은 산책을 하게 되었다.

두 사람은 산책을 하다 곧 벤치에 나란히 앉게 되었다. 주위는 고요하였고, 벤치 위로는 월계수와 뱅크시아 장미 잎들이 늘어져 있었다. 그곳에서는 대리석 난간 사이로 푸른 바다와 바위에서 유성처럼 불타듯 피어난 꽃들이 붙은 선인장 줄기들이 눈에 들어왔다.

부드럽게 그늘이 진 그들의 안온한 장소와 부근의 반짝거리는 대기로 인하여, 편안히 한가로운 시간을 즐기려는 기분과 담배를 실컷 피우고 싶은 생각이 일어났나.

셀든은 그와 같은 주변 풍경에 영향을 받은 피셔 부인이 최근의 경험담을 풀어놓는 것을 묵묵히 듣게 되었다.

피셔 부인은 상류사회의 사람들이 혹독한 뉴욕의 봄을 피해 달아나는 시점에 웰리 부부와 함께 외국으로 떠나왔다. 브라이 부부는 그들의 첫 번째 성공에 취해 벌써부터 새로운 세력권을 목마르게 찾았기 때문에, 피셔 부인은 리비에라를 런던 사교계로 들어가는 손쉬운 문으로 보고 그들의 진로를 그쪽으로 안내했던 것이다. 피셔 부인은 자신의 자본을 모든 자본에 관계 맺게 했고, 관계가 오래 끊어진 후에 다시 그 관계를 되찾는 재능이 있었다. 그녀가 브라이 부부의 부(富)에 대하여 용의주도하게 소문을 퍼뜨리자, 즉시 세계주의의 쾌락을 추구하는 한 무리의 사람들이 몰려들었다.

"하지만 일은 내가 기대했던 만큼 잘 굴러가지는 않았어요."

피셔 부인은 솔직히 인정했다.

"돈을 가진 사람이라면 모두 사교계에 들어갈 수 있다는 것은 지당한 말씀이지만, 그렇다고 하나도 빠짐없이 모두 들어갈 수 있는 것은 아니라고 하는 게 더 맞는 말일 거예요. 게다가 런던 시장은 새로운 미국인들로 포화상태라…… 지금 거기에서 성공하려면 남보다 훨씬 더 영리하거나 정말로 별나야만 해요.
그런데 브라이 부부는 그 어느 쪽도 아니지요. 아마 브라이 씨 혼자서 헤쳐 나가도록 그의 아내가 내버려둔다면, 그는 오히려 더 잘해 나갈 거예요. 브라이 씨의 속어와 허풍, 그리고 큰 실수를 사람들은 좋아하니까…….
하지만 그의 아내인 루이자가 남편을 억누르고 자신이 전면에 나서려고 하면서, 그 모든 걸 망쳐놔요. 만약 브라이 부인이 뚱뚱하고 속되고 허풍떨기 좋아하는 자신의 자연스러운 모습을 그대로 보인다면 일은 잘 풀릴 테지만, 그녀는 멋진 상대를 만나면 곧바로 자신이 날씬한 여왕인 것처럼 행세하려고 한단 말이에요. 벨트셔 공작부인이나 레이디 스키도에게도 그렇게 해가지고…… 그 사람들이 앗 뜨거워라 하고 도망갔지요.
나는 브라이 부인이 자신의 실수를 깨닫게 하려고 최선을 다했어요. 나는 그동안 몇 번이나, '루이자, 그저 자신의 본 모습대로 처신하세요.'라고 말해 줬다니까요. 하지만 루이자는 계속해서 나에게까지 허튼소리를 해대는 거예요. 그 여자는 앞으로도 계속해서…… 문을 닫아놓은 채로…… 자기 방 안에서 여왕이 되려고 할 거라고요."
피셔 부인이 말을 이어갔다.
"그중 최악인 건…… 브라이 부인이 그 모든 결과를 내 잘못이라고 생각한다는 거예요. 6주 전에 도싯 부부가 여기에 나타나서 모두가 릴리 바트에 대해 야단법석을 떨기 시작했을 때, 난 루이자가 나 대신에 릴리에게 일을 맡겼더라면 지금쯤 자기가 왕족들과 친하게 지내고 있을 거라고 생각한다는 걸 알았어요.

루이자는 그게 릴리의 아름다움 때문이란 걸 깨닫지 못해요. 허버트 경이 내게 '릴리는 십 년 전보다 훨씬 더 매력적으로 여겨진다.'고 말했어요. 릴리는 거기서 엄청나게 찬미 받은 것 같아요. 부유한 진짜 신랑감…… 한 이탈리아 왕자가 릴리와 결혼하고 싶어 했대요.

하지만 바로 결정적인 순간에 신랑감의 잘생긴 의붓아들이 나타났지 뭐예요. 릴리는 그 의붓아버지와의 결혼 결정 순간이 다가오는 동안 아주 바보처럼 그 남자와 불장난한 꼴이 되었지요. 어떤 사람들은 그 젊은 남자가 고의적으로 그렇게 했다고도 말해요.

당신은 스캔들을 상상할 수 있죠? 남자들 사이에서 심한 소동이 일었고…… 사람들이 릴리를 의심스러운 눈으로 보기 때문에 페니스턴 부인은 릴리를 짐 보따리 싸 내보내며 다른 곳에서 생활하는 방도를 찾게 했어요. 뭐 릴리가 이해했다는 말이 아니에요. 오늘날까지 릴리는 엑스가 자신에게 적합했던 곳이라고는 생각하지 않고, 프랑스 의사들이 무능력해서 그곳으로 보내졌다는 말을 해요. 아시겠지만…… 그게 과연 릴리답다는 거죠. 릴리는 항상 땅을 갈고 씨를 뿌리며 뼈 빠지게 일해요. 하지만 막상 수확을 해야 하는 날, 릴리는 지나치게 늦잠을 자거나 소풍을 떠나고 없는 거예요."

피셔 부인은 잠시 말을 멈추고, 생각에 잠겨서 선인장 꽃들 사이로 깊이 흔들리는 바다를 바라보다가, 말을 이었다.

"때로는 난 그걸 변덕이라고 생각해요. 그리고 때로는 릴리는 자신이 추구하는 것들을 마음속으로는 경멸하고 있기 때문이라는 생각도 들어요. 그리고 릴리는 뭔가 결정을 쉽게 내리지 못하기 때문에, 그렇게 흥미 있는 연구 대상이 되는 처지를 벗어나지 못하는 거지요."

피셔 부인은 미동도 하지 않는 셀든의 옆얼굴을 시험 삼아 힐끗 쳐다보고는, 한숨을 살짝 내뱉으며 다시 말을 이어갔다.

"음…… 난 릴리가 자신이 버린 기회들을 약간만 내게 주었으면 하고 바란다는 것밖에는 할 말이 없어요. 예를 들면, 지금 나와 그녀가 처지가 바뀌었으면 좋겠어요. 릴리는 브라이 부부를 적절히 관리하면 그들에게서 아주 좋은 것을 얻을 수 있고, 나는 버사가 네드 실버턴과 벨레인[9]을 읽고 있는 동안 그저 조지 도싯을 보살피는 법을 알기만 하면 되는데 말이에요."

피셔 부인은 셀든이 조소에 찬 날카로운 눈초리로 항의하는 소리를 듣고 대처해야 했다.

"어, 단도직입적으로 말하지 못할 이유가 뭐가 있어요?"

"우리 모두 무엇 때문에 버사가 릴리를 해외로 데리고 왔는지 알잖아요? 버사는 시간을 재미있게 보내고 싶을 때, 남편을 위해 심심풀이로 할 일을 제공해야 한단 말이에요.

처음에 나는 릴리가 이번 일을 잘 처리할 거라고 생각했어요. 그런데 버사는 여기와 칸에서 릴리가 거둔 성공을 시샘한다는 소문들이 있으니, 아무 때라도 그들이 절교한다 해도 난 놀라지 않을 거예요.

릴리가 안전하게 지낼 수 있는 건, 버사에게는 아직도 릴리가 몹시 필요하기 때문이에요. 오, 정말로 몹시 필요하다고요. 실버턴과의 관계가 심각한 단계이니까…….

---

9) 19세기 프랑스의 시인, Paul Verlaine으로, 그의 시들은 상징주의 시풍을 창시하는 역할을 했으며 매혹적인 리듬을 띠고 있다. 그를 찬양하는 사람들은 참신하다고 생각하지만 전통적인 취향을 가진 사람들은 퇴폐적이라고 여긴다.

조지의 관심이 정말 계속 딴 데로 쏠리게 해야 된단 말이죠. 그래서 나는 릴리에게 그렇게 그의 관심이 딴 데로 쏠리게 하라고 말해 줘야만 해요. 만약 버사에게 뭔가 문제가 있다는 것이 밝혀지면, 조지는 아마 내일이라도 릴리와 결혼하려 들 거예요. 하지만 조지를 알잖아요. 그 남자는 질투를 하긴 하는데, 질투하는 만큼이나 아는 것이 없어요. 그리고 물론 릴리의 현재 임무는 조지를 계속 모르게 하는 것이고…….

영리한 여자라면 그 눈가리개를 찢어 없애기에 딱 맞는 시점을 알 텐데……. 하지만 릴리는 그런 면에서는 영리하지 못하고, 조지가 눈을 뜰 때에는 아마 조지가 볼 수 없는 곳에 있으려 할 거예요."

셀든은 그의 담배를 툭 던져 버리고, 시계를 힐끗 보며 외쳤다.

"이런…… 기차를 타야 할 시간이네."

피셔 부인이 놀랍다는 말을 하자, 그 대답으로 셀든이 말을 덧붙였다.

"왜요? 당신은 물론 몬테에 있을 거라는 생각이 드는데요!"

그 말은 그가 니스에다 자신의 숙소를 잡을 것이라는 뜻으로, 목소리를 낮추어 한 말이었다.

돌아서 멀어지는 셀든의 뒤에서 엉뚱하게 내뱉는 피셔 부인의 말이 셀든의 귀에 들려왔다.

"그중에 진짜 최악인 것은 이제 릴리가 브라이 부부를 냉대한다는 거예요."

10분 후, 셀든은 카지노를 굽어보는 높은 곳에 자리 잡은 침실에서 자기의 물건들을 딱 벌어진 대형 여행용 가죽가방에 던져 넣고 있었으며, 호텔의 짐꾼은 그 가방들을 호텔 정문에서 기다리는 택시로 운반하기 위해 문 밖에서 기다리고 있었다.

가파르고 희읍스름한 길을 잠시 내리꽂듯 달려 기차역에 다다르니, 오후의 니스행 급행열차를 타기에 남은 시간은 충분하였다. 사람이 없는 칸의 구석 의자에 앉아서야 셀든은 자기비하의 반응을 일으키며 스스로에게 외쳤다.

'도대체 무엇 때문에 내가 달아나고 있는 거지?'

그러한 의문이 타당하다는 생각이 들자, 기차가 출발하기 전에 도망하려는 셀든의 충동은 저지되었다. 자신의 이성이 정복했었던, '정신없이 빠져드는 것'으로부터 감정에 따라 겁쟁이처럼 도망치는 것은 바보 같은 짓이었다.

셀든은 자신이 거래하는 은행의 직원에게 몇 가지 중요한 업무용 통신문을 니스로 보내도록 지시해 놓았었기에, 니스에서 조용히 그것들을 기다리려 했었다.

그는 벌써 몬테카를로를 떠난 것 때문에 스스로 짜증이 났다. 그것은 몬테카를로로 가는 배를 타기 전에 자신에게 남아 있는 그 주(週)를 그곳에서 보내기로 마음먹었었기 때문이었다. 하지만 이제 와서 왔던 길을 다시 되돌아가기도 어려운 일이었다. 그것은 이랬다저랬다 하는 제 모습에서 자존심이 움찔했기 때문이었다.

셀든의 진짜 속마음으로는 릴리를 만날 가능성으로부터 벗어난 것이 후회스럽지 않았다. 그가 릴리로부터 완전히 벗어났음에도 불구하고 그는 아직 릴리를 사교상의 하나의 사례가 되는 인물로 볼 수 없었으며, 자신과의 사적인 관계에서 볼 때 릴리를 그렇고 그런 연구대상으로 삼을 수는 더욱 없었다.

우연히 마주칠 기회라든지 혹은 릴리의 이름이 반복해서 거론될 때조차도, 셀든은 자신이 단호히 벗어났던 (릴리에 대한) 생각 속으로 습관적으로 다시 빠져들게 되곤 했다. 그와 달리 만약 릴리가 그의 인생에서 완전히 배제될 수 있다면, 새로이 변화된 강력한 느낌으로 릴리에 대해 연관되는 것을 조금도 생각하지 않고 곧바로 완전한 이별을 완성할 수 있을 것이었다.

피셔 부인과의 대화로 그런 결과에 가까이 이르렀던 것은 사실이었다. 그러나 그 치료란 것이 너무나 고통스러워서 우선의 순한 약을 시험해 보는 동안에는 자발적으로 그 고통스러운 치료를 선택할 수 없었다. 셀든은 자신이 릴리를 만나지만 않는다면, 점차적으로 자신이 그녀를 다시 합리적으로 바라볼 수 있게 되리라고 생각했다.

역에 일찍 도착한 덕분에 셀든은 여기까지 생각할 수 있었는데, 점점 승강장에 몰려드는 승객들을 보고는 더 이상 자신만의 세계에 머무르기를 바랄 수 없게 되었다. 다음 순간, 문을 밀고 들어오는 사람이 있었다. 그리고 몸을 돌린 그는 자신이 달아나고자 했던 바로 그 얼굴과 마주하게 되었다.

릴리는 서둘러 급히 열차에 올라탄 여세로 홍조를 띤 채, 도싯 부부와 청년 실버턴, 허버트 데이시 경으로 구성된 일행의 맨 앞에 있었다.

허버트 데이시는 가까스로 그 칸에 튀어 들어와 놀라움과 반가움의 탄성을 지르며 셀든을 감싸 안았다. 그 순간 기차가 출발하는 소리가 들려왔다. 그 일행은 벨트셔 공작부인과 식사도 하고, 그 만(灣)에서 열리는 물 축제도 구경하자는 갑작스러운 부름에 응하여 니스로 급히 가는 것 같았다. 그것은 서둘러 마련된 계획임이 분명하였다.

허버트 경이"오, 이봐요…… 아시다시피…….."라고 항변하는 말에도 불구하고, 그 공작부인을 사로잡으려는 브라이 부인의 노력을 헛되게 하려는 뚜렷한 목적을 위한 것이었다.

그런 책략을 웃으며들 말하는 사이에 황금빛 오후의 햇살을 받으며 맞은편에 앉아 있는 릴리에 대한 느낌이 빠르게 셀든의 머릿속을 스쳐 지나갔다.

셀든이 브라이 부부의 온실 입구에서 릴리와 헤어진 후 석 달이 채 안 지났건만, 릴리의 아름다움의 성격에는 미세한 변화가 훑고 지나간 것 같았다. 종전의 릴리의 얼굴은 투명성을 지니고 있는 듯해서 그것을 통하여 밖에서 비극적인 마음의 동요를 볼 수 있었다. 그러나 지금은 꿰뚫을 수 없는 그 표면이 릴리라는 존재 전체를 녹여서 딱딱하고 빛나는 하나의 물질로 결정화하는 과정을 연상하게 했다. 그 변화를 보고 피셔 부인은 젊어졌다고 표현하였지만, 셀든에게 그것은 열렬하게 흐르던 젊음이 식으면서 변하기 전에 젊음의 마지막 모습 그대로 일시적으로 멈춰 선 순간 같았다.

셀든은 릴리가 그에게 미소를 짓는 태도에서나, 예기치 않게 갑자기 그가 있는 곳으로 뛰어들었을 때 그가 아직도 감아올리는 실이 무참하게 끊어진 것이 아님을 보여주듯 교제의 실을 다시 들어올리는 릴리의 신속한 능력에서 그러한 것을 느꼈다. 수월하게 행하는 그런 솜씨에는 넌더리가 나기도 했지만, 셀든은 그것이 낫기 전에 나타나는 통증이라고 자신을 타일렀다.

'자, 이제 나는 정말로 괜찮아지리라. 나의 피에 마지막 남은 한

방울의 독까지도 남김없이 내보내리라.'

셀든은 릴리를 생각했을 때 차분했었던 것보다도, 그녀가 있을 때 더 차분해지는 자신을 이미 느끼고 있었다. 릴리의 여러 가정(假定)과 어미의 모음을 생략하는 것, 단도직입적으로 말하기도 하고 빙 돌려 말하기도 하는 것, 과거를 부자연스럽지 않게 힐끗 보는 것이 명백한 부분에서 셀든을 만나기 위해 그녀가 고안해 내는 솜씨는 그들의 마지막 만남 이후 그러한 기교를 연마하기 위해 릴리가 가졌던 수많은 기회를 넌지시 보여주는 것 같았다.

셀든은 마침내 릴리가 그녀 스스로 어떤 이해에 도달했다는 생각이 들었다. 그것은 그녀가 반역적인 충동들과 협정을 맺어 일정한 자치 정부를 수립했고, 그 아래에서 방황하는 성향들은 모두 포로로 잡아다가 구금하거나 강제로 그 국가의 역무를 하게 하는 것으로 보였다.

그리고 셀든은 릴리의 태도에서 다른 점들도 보았다. 피셔 부인이 섬광처럼 밝혀주었는데도 셀든 자신은 여전히 더듬거리는 어떤 상황의 감추어진 복잡성에 그녀는 어떻게 그 태도를 순응시켰는지를 보았던 것이다.

확실히 피셔 부인은 릴리가 자기에게 다가온 여러 번의 기회를 무시하였다는 것을 더 이상 릴리의 탓으로 돌릴 수 없었으리라! 셀든이 화가 나서 관찰해 보니, 릴리는 너무나 완전히 그런 사실들을 알아차리고 있는 것 같았다.

릴리는 모든 사람에게 '완벽'하였다. 버사의 우위에 대한 갈증을 채우는 데 이바지하였고, 마음씨도 곱게 도싯의 기분에 주의하였고, 실버턴과 데이시를 즐겁고 재미나게 해주었다.

그중 데이시는 그 옛날 감탄하여 바라보던 그 흔들림 없는 모습으로 릴리를 대했고, 청년 실버턴은 심히 자기 생각에 골몰하여 릴리를 단지 말릴 수 없는 방해물로 인식하는 것 같았다. 그리고 릴리가 갑자기 자신의 주위 사람들과 잘 어울리려는 태도를 보이는 것에서 셀든이 미세한 어둠의 기미를 알아차렸던 것처럼, 그에게 언뜻 떠오른 생각이 있었다. 그것은 릴리가 그러한 교묘한 솜씨를 필요로 한다면, 그러한 상황은 정말로 절망적임에 틀림없을 것이라는 것이었다.

릴리는 뭔가의 끝에 매달려 있었다. 그것이 셀든에게 남겨진 인상이었다. 셀든에게는 릴리가 한 발짝만 잘못 내디디면 천 길 아래로 떨어져 죽을 협곡 꼭대기의 가장자리에 서 있는 것처럼 여겨졌다.

저녁 식사 전에 네드 실버턴이 그를 잡고 놓아주질 않았던 앙글래의 산책길[10]에서, 셀든은 뭐라고 표현할 수 없이 더 깊은 불안감을 느꼈다. 실버턴은 타이타닉 비관주의[11]의 기분에 젖어 있었다.

어느 누구든 티끌만한 상상력이라도 있는 사람이라면, 어찌 선택할 수 있는 다양성을 지닌 지중해 전체를 두고 리비에라와 같은 저주스러운 구덩이에 다다르게 될 수 있겠는가? 그러나 한편으로 어떤 지역에 대한 평가는 그들이 영계를 구워내는 방법에 달려 있을 수도 있지 않은가!

당치도 않다! 위장에 대한 횡포에 대해 어떤 연구가 이루어질 수

10) 니스에 있는 지중해 연안의 산책길. 1822년과 1824년 사이에 영국이 건설하였음.

11) 신화에 나오는 거인신족인 타이탄의 족속들만큼이나 크기가 거대한 것이 특징적인 우울한 상태.

있는데—그 연구란 기능이 떨어지는 간(肝)이나 충분치 못한 위의 즙이 우주의 전 과정에 영향을 미칠 수 있으며, 손이 닿는 모든 것에 그늘을 드리운다는 식이다—만성의 소화불량증은 '법에 의해 규정된 원인들' 가운데 있어야 하며, 한 여자의 인생은 한 남자가 갓 구운 빵을 소화시키지 못하는 사실에 의해 파괴될 수 있을지도 모르는 것이다.

기괴하다고? 그렇다…… 그리고 비극적이다…… 대부분의 불합리한 일처럼 말이다. 겉보기에 희극적인 비극보다 더 가혹한 것은 없으니…… 그는 어디에 있었나?

오, 그들이 시칠리아를 포기하고 급히 돌아온 이유는? 글쎄…… 부분적으로는…… 의심할 것 없이 릴리가 브리지를 다시하고 다시 멋지게 되고 싶어 해서였겠지. 예술이나 시에는 돌처럼 무감각하니까. 바다나 육지를 비추는 빛이 릴리를 위해 있는 것은 결코 아니니까! 그리고 물론 릴리는 이탈리아 음식이 그에게 나쁘다고 납득시켰을 테고…….

오, 릴리는 어떤 것이든 도싯이 믿도록 할 수 있어…… 어떤 것이든 말이야! 도싯 부인이 그것을 알아챘지. 오, 완벽하게 말이야. 릴리가 알아보지 못하는 게 뭐가 있겠는가! 하지만 릴리는 하고 싶은 말을 참을 수 있어. 그녀는 자주 필요한 만큼 참아야만 했어. 릴리는 친한 친구가 되었어. 릴리는 그녀에게 거슬리는 어떤 말도 들으려 하지 않았어. 그것은 여자의 자존심을 해칠 뿐이니까.

사람이 익숙하게 되지 못하는 몇 가지가 있지……. 물론 그 모든 것은 비밀로 했겠지? 그리고 호텔의 발코니에서 신호를 보내는 여자들이 있었고…….

실버턴은 갑자기 앙글래의 산책길을 가로질러 뛰어 내려갔고, 셀든은 담배를 피우며 생각에 잠겼다.

그렇게 해서 셀든이 내린 결론은 어렴풋한 의혹을 품고 있는 마음 안에서 그 자체의 빛을 생산해 내는 그러한 근거가 희박한 몇 가지 낌새들에 의해 늦은 저녁 무렵이 되었을 때 확고해졌다. 셀든은 우연히 한 지인을 만나 그와 식사했고, 그와 계속 함께 자리를 옮겨 불빛으로 환하게 밝혀진 앙글래의 산책길에 들어섰다. 그곳의 사람들로 가득 찬 한 줄의 관람석에 서면, 반짝이는 검은 물들이 내려다보였다. 밤은 부드러웠고 마음에 와 닿았다. 머리 위의 여름 하늘을 불꽃들이 헤치고 날아갔고, 동쪽에서는 여느 때보다 늦은 달이 우뚝 솟은 해안의 굴곡 너머로 솟아오르며 그 만(灣)을 가로질러 한 줄기 밝은 빛을 보냈다.

그 빛은 전등 장식을 단 보트들의 붉게 반짝이는 빛 속에서 창백하게 변했다. 등불이 걸린 앙글래의 산책길 아래로 악대의 주악 소리가 간간이 사람들의 콧노래 소리와 어스레한 정원의 나뭇가지들이 부드럽게 흔들리는 소리를 타고 흘렀다.

그 정원과 관람석 뒷면 사이에는 사람들의 물결이 있었다. 하지만 그들 군중이 큰 소리로 외쳐대는 카니발 분위기는, 점점 활기가 없어지는 그 시즌에 의해 이제는 많이 약해진 것 같았다.

셀든과 그의 동료는 그 만을 정면으로 마주한 관람석의 자리를 차지할 수 없어서, 잠시 동안 사람들의 무리와 어울려 왔다 갔다 하다가 높은 뜰의 흉벽(胸壁) 위에 마땅한 장소를 발견했다.

그곳에서부터 그들은 번쩍이는 물결과 그 표면을 가로지르며 노니는 보트들의 일부분을 만화경을 들여다보듯 겨우 볼 수 있을 뿐이었다. 그러나 길거리에 있는 사람들은 그곳에서 아주 잘 보였고, 셀든으로서는 그 사람들이 전체적으로 그 경관 자체보다 더 흥미로워 보였다.

그러나 잠시 후, 셀든은 그 자리에 앉아 있는 것에 싫증이 나 홀로 포장도로로 떨어져 나왔다. 그러고는 사람들을 밀치며 첫 번째 모퉁이로 가서 불 켜진 조용한 옆길로 빠져들었다. 나무들이 위에 드리워진 긴 정원의 담장들이 포장도로와 거무스름한 경계를 이룬 그곳에 빈 승객용 마차 하나가 사람이 없는 도로를 느릿느릿 가는 모습이 보였다.

그런데 곧 반대편 그늘진 곳에서 두 사람이 나와서 신호를 보내 그 마차를 불러 타더니 도심 쪽으로 가는 것이 셀든의 눈에 잡혔다. 마차에 올라타기 위해 잠시 멈추어 선 그들의 모습이 달빛을 받아 드러났는데, 셀든은 그들이 도싯 부인과 청년 실버턴이라는 것을 바로 알 수 있었다.

가장 가까운 가로등의 기둥 아래에서 셀든은 자신의 시계를 흘끗 보고는 시간이 11시가 다 되었다는 것을 알았다. 셀든은 또 다른 교차로로 들어서서 앙글래의 산책길에 있는 사람들을 헤치고 나아가질 않고, 그 도로를 굽어보는 최신식 클럽으로 들어갔다. 그곳에서는 사람들이 꽉 찬 바카라[12] 테이블의 불꽃 사이로 허버트 데이시 경의 모습이 셀든의 눈에 들어왔다.

그는 빠르게 줄어드는 황금색 칩 무더기 뒤로 예의 그 지친 미소를 흘리며 앉아 있었다. 오래 버티지도 못하고 남은 무더기마저 다 잃어버리자, 허버트 경은 어깨를 으쓱해 보이며 자리에서 일어나

12) 한 사람이 물주를 서고 두 사람 이상이 돈을 거는 카드 노름.

셀든에게로 왔다.

두 사람은 사람이 없는 그 클럽의 테라스로 이동하였다. 이제 자정이 지나 관람석에 있던 사람들도 해산하고 있었고, 붉은 등불을 단 보트들이 지나간 긴 자국들도 흩어지며 고요한 달빛을 다시 찾은 하늘 아래에서 사라져갔다.

허버트 경이 자신의 시계를 들여다보고 말했다.

"이런……. 나는 오늘 런던 하우스에서 그 공작부인과 저녁을 먹기로 약속이 돼 있었소. 이제 12시가 넘었으니 그 사람들은 모두 해산했을 거요. 사실은 저녁 식사 후 바로 사람들 속에서 그 사람들을 잃어버려서…… 내 잘못으로 여기로 피난 오게 된 거요. 그 사람들은 관람석에 자리를 잡았는데…… 물론 조용히 머물러 있을 수가 없었지요.

그 공작부인은 결코 그렇게 할 수 없는 사람이니까……. 그녀와 바트 양은 소위 모험을 찾아서 떠나갔소. 참말로…… 그들이 뭔가 기묘한 것을 찾지 못한다 하더라도 그건 그들의 잘못이 아니오!"

허버트 경은 담배를 찾아 더듬거리느라 잠시 말을 멈춘 후에, 주저하며 말을 이었다.

"바트 양은 당신의 오랜 친구 아니오? 바트 양이 그렇다고 말했소. 아, 고마워요. 내게는 한 개비도 안 남은 것 같구먼."

허버트 경은 셀든이 내민 담배에 불을 붙이고는, 새되고 답답한 음조로 말을 이어갔다.

"물론 내가 알 바는 아니지만……. 바트 양을 그 공작부인에게 소개한 건 바로 나요. 매력적인 여자지요…… 그 공작부인 말이오. 당신도 이해하겠죠? 내 아주 좋은 친구요. 하지만 좀 자유분방하게 교육을 받아서……."

셀든은 그의 말을 묵묵히 듣고만 있었다. 허버트 경은 몇 모금 담배연기를 뿜어낸 후에, 다시 말을 이었다.

"뭔가…… 젊은 여자에겐 이야기를 해줄 수가 없소. 비록 요즘 젊은 여자들은 아주 유능하여 스스로도 잘 판단한다고 하지만……. 이런 경우에는 나 또한…… 당신도 알다시피…… 늙은 친구라……. 그리고 누구에게 말할 사람도 없는 것 같더군요. 전체 상황이 좀 뒤죽박죽이지만, 난 그렇게 봐요.

어딘가에 고모가 있었다던데…… 산만하고 세상물정 모르는 사람이…… 그녀가 알지 못하는 협곡들을 건너는 데 열중하고 있는데…….

아, 뉴욕에 그 고모가 있나요? 뉴욕이 그렇게 멀리 떨어져 있으니 안됐어……!"

2

릴리는 다음 날 그녀의 선실(船室)에서 늦게 일어나 사브리나의 갑판에 나와 보니 아무도 없었다.

넓은 차양 아래에 앉기 좋게 배치된, 쿠션이 있는 의자들에서는 조금 전까지 누군가 앉아 있었던 흔적을 찾아볼 수 없었다. 릴리는 곧 객실 승무원으로부터 도싯 부인이 아직 나타나지 않았으며, 신사들은 아침을 먹자마자 따로따로 해안으로 갔다는 사실을 알았다.

그런 얘기를 듣고, 릴리는 의자 옆에 잠시 상체를 기대고 자신의 앞에 펼쳐진 경치를 한가로이 즐기며 시간을 보냈다. 구름이 가리지 않은 햇빛이 바다와 해안가를 순수한 광채로 감싸 안았다. 자줏빛으로 물든 바닷물은 해안가 바닥에 거품으로 하얀 선을 선명하게 그렸고, 그 해안가의 고르지 못한 언덕을 배경으로 호텔들과 별장들이 희끄무레한 초록빛의 올리브와 유칼리나무로부터 번쩍번쩍 반사광을 비쳐 보냈다.

연필로 미세하게 그린 듯한 헐벗은 산들은 어슴푸레한 빛 속에서 흔들리고 있었다.

그 모습이 얼마나 아름답던지…… 그리고 릴리는 얼마나 아름다움을 사랑했던가! 그녀가 언제나 느낀 것은 이런 방면에서의 자신의 감성은 자신이 별로 긍지를 느끼지 못하는 어떤 무딘 감성을 보충한다는 것이었고, 지나간 석 달 동안에도 열정적으로 그런 감성에 빠져 지냈다.

도싯 부부가 자기들과 함께 외국으로 가자고 한 초대는 그녀를 짓눌러오는 곤경에서 거의 기적적으로 풀려나게 하듯 다가왔었다. 새로운 무대에서 거듭남으로써 자신의 행위로 일어났던 문제들을 그런 것들이 일어난 환경만큼이나 간단하게 날려버릴 줄 아는 것이 릴리의 재능 중 하나였다.

한 장소에서 다른 장소로 단순히 이동하는 것이, 그녀에게는 골치 아픈 문제들을 단지 뒤로 미루는 것이 아니라 그 해결책 자체인 것처럼 여겨졌다. 도덕적으로 곤란한 문제들은 릴리에게는 그런 것들이 일어난 환경에서만 존재하는 것일 뿐이었다. 그것은 릴리가 그런 것들을 경시하거나 무시해서가 아니라, 그런 것들이 배경이 바뀌면서 그 현실성을 상실하기 때문이었다.

릴리는 트레너에게 진 빚을 갚지 않고서는 더 이상 뉴욕에 그대로 있을 수가 없었으며, 그런 끔찍한 빚에서 벗어나기 위해서는 심지어 로즈데일과 결혼을 해야 할지도 모를 일이라고까지 생각했었다. 그러나 릴리와 그녀의 빚을 갚을 의무 사이에 대서양이 가로놓이자, 그런 것들은 마치 릴리가 여행하면서 지나치는 이정표와 같은 것이 되어 릴리의 시야에서 점차 사라져갔다.

특히 릴리가 사브리나에서 두 달을 보낸 것에 힘입어, 그녀의 마음에는 그러한 착각이 흔들림 없이 자리하게 되었다. 그녀는 새로운 무대에 뛰어들었고, 거기에서 그녀의 옛 희망과 야망을 새롭게 할 수 있었다.

순항(巡港) 여행은 그 자체가 그녀에게 하나의 낭만적인 모험으로서 매력적으로 비쳐졌다.

릴리는 달빛 아래에서 네드 실버턴이 테오크리토스[13]의 시를 읽는 것을 들었었고, 자신이 이동해 간 여러 장소와 그 이름들에 가슴이 뭉클해지기도 했다.

요트가 시칠리아의 갑(岬) 주위를 돌 때에는 영혼이 떨리며 자신의 지적인 우월성에 대한 믿음을 굳게 했다. 그러나 칸과 니스에서 보낸 수주일 동안 체험한 큰 즐거움에 비하면 그런 것들은 또 아무것도 아니었다.

릴리는 상류층의 사람들과 함께 하기만 하면 환영받고, 거기에서 자기 자신이 상승하게 되는 것 같았다. 그에 따라 자기가 함께 하는 국제적인 명사들의 일거수일투족에 대한 기사를 다루는 흥미로운 잡지에 한 번 더 '아름다운 바트 양'으로 묘사되는 것을 발견하는 만족감도 맛보았다.

이런 모든 경험들은 릴리가 탈출해 나왔던 그 재미없고 비참한 어려움들을 가장 깊숙한 기억 속으로 던져 넣는 데 한몫을 했다.

설령 릴리가 앞으로 닥쳐올 새로운 어려움들을 희미하게 인식했다 하더라도, 그녀는 그런 것들에 대처할 자신의 능력을 확신했을 것이다. 그녀의 특징은, 자신이 풀 수 없는 유일한 문제들은 그녀가 잘 알고 있는 문제들이라고 느끼는 점이었다. 그러는 동안 릴리

13) 기원전 3세기의 그리스의 목가(牧歌) 시인.

는 좀 다루기 힘든 상황에 자신을 적응시켰던 솜씨에 대하여 솔직히 긍지를 느낄 수 있었다.

릴리에게는 자신이 도싯이나 도싯 부인에게 똑같이 필요한 존재가 되었다고 생각할 만한 충분한 이유가 있었다. 다만 그러한 상황으로부터 재정적인 이익을 이끌어낼 수 있는 완벽하게 흠잡을 데 없는 수단을 알기만 했어도, 자신의 지평선에는 어떠한 구름도 없었을 것이었다.

사실 그녀의 자금 사정은 늘 그랬던 것처럼 형편이 좋지 않았다. 그런 속된 금전적 어려움은 도싯이나 도싯 부인 중 어느 누구에게도 넌지시 말할 수 있는 것이 못 되었다. 그래도 아직은 금전적으로 부족하다는 것이 그렇게 절박한 문제는 아니었기 때문에 예전부터 자주 그렇게 했던 것처럼, 자신을 지탱할 운명이 기분 좋게 변할 것을 희망하며 그럭저럭 지낼 수 있었다.

그러는 동안 삶은 즐겁고, 아름답고, 편안해서, 릴리는 그러한 환경에 놓인 것이 가치 없다고 생각하지는 않았다.

릴리는 그날 아침 벨트셔 공작부인과 아침을 같이 했고, 말 한 필이 끄는 이륜마차를 타고 해안가로 나가자고 요청했다. 그렇게 하기 전에 릴리는 도싯 부인을 만날 수 있는지 알아보라고 그녀의 하인을 보냈었지만, 도싯 부인은 피곤해서 잠을 더 자려 한다는 답변을 받았다.

릴리는 그 거절의 이유를 이해할 수 있을 것 같았다. 도싯 부인은 그 공작부인의 초대에 포함되려고 성실하게 노력했음에도 불구하고, 거기에 초대되지 않았던 것이다. 그러나 그 공작부인의 성질은 여러 암시에 둔감하여서, 자신이 선택하는 대로 초대하기도 하고 빠뜨리기도 하였다.

도싯 부인의 복잡한 태도가 그 공작부인의 느긋한 템포에 들어맞지 않는다면, 그것은 릴리의 잘못이 아닌 것이었다. 심중을 털어놓는 일이 거의 없는 그 공작부인은"당신도 알겠지만 그 여자는 좀 따분해. 당신 친구들 중 내가 좋아하는 사람은 그 작은 브라이 씨밖에 없어. 그 사람은 재미있어."라고 말하는 정도를 넘어서 자신의 의중을 명확히 표현하지 않았다.

하지만 릴리는 충분히 그 속을 알고 있어서 핵심을 말해 달라고 간청하지 않았고, 버사가 대주는 비용으로 이렇게 품위 있게 지내게 된 것에 대하여 전혀 미안하다는 생각이 들지도 않았다. 버사는 확실히 시와 네드 실버턴에 전념한 이후로 점점 따분한 사람이 되어갔다.

대체로 이따금씩 사브리나에서 빠져나오는 것은 기분전환이 되었다. 또한 허버트 경이 평소의 기량을 다 발휘하여 준비한 그 공작부인과의 잠깐의 아침 식사는, 릴리에게는 자신의 여행 동료들이 포함되지 않아서 더욱 즐거운 일이었다.

최근에 도싯은 평소의 시무룩하고 변덕스러운 성격이 점점 더 심해졌고, 네드 실버턴은 마치 우주에라도 도전할 것 같은 티를 내며 돌아다녔다. 자유스럽고 가벼운 그 공작부인과의 교제로 인해서 그러한 귀찮은 문제로부터 벗어나 기분전환이 되었기에, 릴리는 점심식사 후에는 동료들을 좇아서 그 열띤 분위기의 카지노로 자리를 옮기고 싶은 생각이 났다.

릴리는 거기에서 놀 생각까지는 없었다. 왜냐하면 그녀의 용돈이 줄어들어서 그런 노름을 할 생각이 별로 나지 않았기 때문이었다.

하지만 공작부인의 등 뒤에 어정쩡하게 가려진 채 벽에 붙은 긴 의자에 앉아 있는 것은 그런대로 즐거웠다. 공작부인은 옆 테이블의 자신이 건 돈에 매달려 있었다.

그 방들에는 뚫어져라 보는 사람들로 꽉 찼는데, 그 많은 인파는 오후에 동물원의 사자 우리에 모여든 인파처럼 테이블 사이를 가득히 메우며 느릿느릿 나아갔다.

그 많은 사람들의 흐름이 정체되면 누가 누군지 거의 구별을 할 수가 없었지만, 릴리는 곧 브라이 부인이 군중들을 헤치고 확고한 모습으로 문들을 통과해 가는 것을 보았다. 그리고 브라이 부인이 넓게 휘젓고 지나간 뒤로, 예인선의 고물 쪽에서 노 젓는 보트처럼 이리저리 움직이는 피셔 부인의 가벼운 모습도 보였다.

브라이 부인은 계속해서 맹렬히 앞으로 나아갔다. 그 방들 중 어떤 지점에 도달하려는 결심에 차서 그렇게 활기 넘치게 가는 것이 분명했다. 그런데 피셔 부인은 릴리가 있는 곳을 지나쳐가다가 자기를 이끄는 예인선에서 떨어져 나와 릴리가 있는 곳으로 두둥실 흘러왔다.

"그녀를 놓쳤느냐고?"

피셔 부인은 릴리가 물었던 말을 그대로 반복하며, 뒤쪽으로 멀어지는 브라이 부인을 무관심하게 흘깃 쳐다봤다.

"아마도……. 하지만 그건 중요한 문제가 아니지. 진즉에 그 여자를 놓쳤는걸."

그러고는 릴리가 놀라 소리치자, 피셔 부인이 말을 덧붙였다.

"우린 오늘 아침 심하게 다투었다니까……. 물론 당신도 알겠지만, 공작부인이 어젯밤 만찬에서 브라이 부인을 버렸잖아요. 그걸 그 여잔…… 내 잘못이었다고 생각하는 거야. 내 관리 부족이라나……? 그중 최악인 것은 그런 전갈이…… 그저 단지 전화로 통보되는 바람에…… 그 저녁 식대를 꼼짝없이 지불해야만 했다는 거야. 게다가 베카신은 그 식대 가격을 올려놨고 말이야. 공작부인이 올 것이라는 생각이 그 식당 주인 남자의 배포를 엄청 키워놓은 거지!"

피셔 부인은 그 일들을 회상하고 가볍게 웃으며 말을 이었다.

"자기가 먹지도 못한 식사비용으로 돈을 낸다는 게, 루이자에게는 무지무지 짜증나는 일이지. 난 그게 돈을 내지 않고 먹을 수 있는 길로 가는 하나의 준비단계라는 걸 루이자에게 이해시킬 수가 없단 말이야. 그리고 후려치기에 가장 가까이 있는 존재가 바로 나이니까, 날 박살이 나게 후려쳤잖아. 이런 딱한 신세가 있나……!"

릴리는 낮은 목소리로 동정의 말을 했다. 릴리는 충동적인 연민의 감정이 자연스럽게 들었고, 본능적으로 피셔 부인을 자신이 돕겠다는 제안을 냈다.

"만약 내가 할 수 있는 어떤 일이 있다면……. 만약 공작부인을 만나는 기회를 만들어주는 것으로 도울 수 있다면 좋겠건만! 공작부인이 브라이 씨는 재미있는 것 같다고 하는 말을 들었거든요……."

그러나 피셔 부인은 단호한 몸짓으로 그 말을 자르며 말했다.

"감사하지만, 난 자부심이 있어요. 내 일에 대한 자부심 말이야. 난 그 공작부인을 관리할 수 없는데, 당신의 수완을 루이자에게 내 수완인 양 팔아먹을 수는 없어요. 난 마지막 조치를 취했어요. 나는 샘 고머 부부와 오늘밤 파리로 가요. 고머 부부는 아직 초보 단계이고 이탈리아 왕자는 어떤 왕자보다 더 무게가 있어서…… 그 왕자를 위해 언제라도 급사를 보내려 할 거야. 그들을 도와 그런 문제를 해결해 주는 것이 내 현재의 일이에요."

피셔 부인은 그런 일을 머릿속에 그려보며, 다시 웃음을 터뜨렸다.

"그렇지만 내가 가기 전에 내 마지막 유언을 하고 싶은데…… 난…… 당신에게 브라이 부부를 맡기고 싶어요."

릴리는 피셔 부인과 같이 재미있어하며 말했다.

"나요? 날 생각해 주시는 당신의 말씀은 정말 매력적이네요. 하지만 정말……."

"당신은 아주 잘 준비되어 있잖아요?"

피셔 부인은 릴리를 예리한 눈초리로 휙 훑어보며 말을 이었다.

"한데 릴리 씨는 내 제안을 거절할 셈이에요?"

릴리는 서서히 얼굴이 달아올랐다.

"내 말인즉슨 브라이 부부가 조금도 마음 내켜 하지 않으려 할 거란 거예요."

피셔 부인은 눈을 떼지 않고, 릴리가 곤혹스러워하는 모습을 살피며 말을 이었다.

"당신의 진정한 뜻은…… 당신은 브라이 부부를 지독히도 냉대한다는 거지요. 그리고 그러한 걸 그들이 알고 있다는 걸 당신이 안다는 것이고……."

"캐리 씨!"

"오, 어떤 면에서 루이자는 무언가 알아차리고 깨닫는 능력이 있어요. 만약 당신이 관리하여 그들이 사브리나에 초청되게만 한다면…… 특히 왕족들이 온다면! 그건 그리 늦은 게 아니에요."
피셔 부인은 진지하게 말을 맺었다.
"당신들 그 어느 누구에게도…… 그다지 늦은 게 아니라고요."
릴리가 미소를 지으며 말했다.
"여기에 남아 있으세요. 그러면 내가 그 공작부인을 브라이 부부와 식사하도록 만들게요."
피셔 부인은 간단히 말했다.
"나는 여기에 남아 있을 수 없게 되었어요. 고머 부부가 내 전용 칸막이 열차 객실 요금을 이미 지불했거든요. 하지만 그렇더라도 공작부인을 브라이 부부와 식사하도록 만드는 일은 그대로 진행하세요."
미소 짓던 릴리는 또다시 가벼운 웃음을 흘렸다. 집요한 피셔 부인의 말에도 릴리는 자신과는 아무 관계가 없는 일이라는 생각이 들기 시작하여, 말을 이었다.
"브라이 부부에 관하여 부주의했던 것은 제가 미안하군요."
피셔 부인이 불쑥 입을 열었다.
"오, 브라이 부부에 관하여는…… 내가 생각하고 있는 사람은 바로 당신이에요."
피셔 부인은 말을 멈추고 앞으로 고개를 숙여 목소리를 더 낮추며 말했다.
"당신도 알다시피 어젯밤에 공작부인이 우리를 차버렸을 때, 우린 모두 니스로 갔어요. 그건 루이자의 생각이었죠. 난 루이자에게 그것에 관해 내가 생각했던 것을 말했어요."
릴리가 그 말에 동의하며 말했다.

"네…… 나도 역으로 돌아오는 길에 당신을 봤어요."

"음…… 당신과 조지 도싯이 함께 그 객차에 있었던 남자…… 〈리비에라의 사교계 모습〉을 쓴 그 징글맞게 작은 다브함 말이에요. 우리와 함께 니스에서 식사를 했었어요. 그런데 그 친구가 모든 사람에게 당신과 도싯이 단둘이서 자정이 넘어 돌아왔다고 말하더군요."

"단둘이라니요……? 그 사람이 언제 우리와 함께 있었나요?"

릴리는 처음에 웃었지만, 그 웃음은 피셔 부인의 표정과 그 말 속에 들어 있는 진정한 의미를 눈치 채고는 서서히 사라졌다.

"우리는 단둘이서 돌아왔어요. 그게 그렇게도 무서운 일이라니! 하지만 그게 누구의 잘못이죠? 공작부인은 그날 밤을 왕세자비와 시미에즈에서 보냈고, 버사는 그 구경거리가 재미없다고 나중에 역에서 우리와 만나기로 약속하고 일찍 가버렸어요. 우린 시간에 딱 맞춰 거기에 갔지만, 버사는 그러지 않았어요. 거기에 나타나지조차 않았단 말이에요!"

이런 말을 하는 릴리의 어조는 흠잡을 데 없는 변명이어서 되는대로 자신 있게 말하는 사람의 어조를 띠고 있었지만, 피셔 부인은 그것을 거의 비논리적인 것으로 받아들였다. 릴리는 그 사건에서 버사의 역할을 보지 못하는 것 같았다. 그녀는 자기만의 내적인 면을 편향적으로 바라보는 것이었다.

"버사가 나타나지조차 않았다고요? 그렇다면…… 어떻게 그 여자가 돌아왔단 말예요?"

릴리가 요약을 해서 말했다.

"오, 다음 열차로 왔겠죠. 그 축제 때문에 두 편의 열차가 더 있었어요. 여하간 난 버사를 아직까지도 보지 못했지만, 안전하게 요트에 있다는 걸 알고 있어요. 하지만 그게 내 잘못이 아니었다는 것은 당신도 알 거예요."

"버사가 나타나지 않은 게 당신 잘못이 아니라고? 이 서투른 양반아, 당신이 그것에 대해 대가를 지불할 필요가 없다면야 그렇지!"

피셔 부인이 일어섰다. 브라이 부인이 그녀가 있는 쪽으로 밀려오는 것을 보았기 때문이다.

"루이자가 와서 난 그만 가봐야 돼요. 오, 우린…… 외적으로는 가장 좋은 사이이지요. 우리 함께 점심을 먹자고요. 하지만 루이자가 점심을 사더라도 마음으로는 내가 내는 것인 줄로 알아요."

피셔 부인은 그렇게 설명하고는, 마지막으로 손을 꽉 잡고 릴리를 보면서 말을 덧붙였다.

"잊지 말아요, 난 루이자를 당신에게 맡긴다는걸. 그 여자는 지금 배회하며, 당신을 받아들일 준비가 돼 있단 말이에요."

릴리는 카지노 문을 나서며 피셔 부인의 작별 인사에 대한 생각에 잠겼다. 릴리는 자리를 뜨기 전에 브라이 부인의 호감을 삼으로써 자신의 복위(復位)를 향한 첫 번째 단계를 완성시켰었다.

상냥한 접근—그들이 서로에 대하여 더 많이 알아야 한다는 막연한 속삭임—과 머지않아 사브리나는 물론 공작부인까지 포함할 수 있다는 것이 느껴지는 암시적인 잠깐의 언급 등이 얼마나 자연스럽게 행해졌는지. 모든 사람이 그렇게 할 만한 솜씨를 가지고 있다면 얼마나 좋을까!

릴리는 언제나 자신이 그랬던 것처럼, 자신이 그런 솜씨를 가지고 있으면서 더욱 줄기차게 그것을 써먹지 않았다는 것에 대해 의아한 생각이 들었다. 그러나 그녀는 때때로 무관심했으며, 때때로 그러한 것에 자신이 자부심을 가질 수 있는 것인가 하는 의문이 들었다.

여하간 오늘 릴리는 자신의 자존심을 굽히는 어떤 이유를 모호하게 의식하고 있었고, 실제로 카지노 계단에서 우연히 만난 허버트 데이시 경에게 제안했다고 말해도 좋을 정도로 자신의 자존심을 굽히기까지 했다.

만약 릴리가 책임지고 브라이 부부를 사브리나로 초청되게 한다면, 허버트 경은 정말로 공작부인으로 하여금 브라이 부부와 식사를 같이 하게 할 수도 있을 것이었다.

허버트 경은 릴리가 믿을 수 있도록 재빠르게 릴리를 돕기로 약속했었다. 허버트 경은 단지 그러한 신속함을 보여줌으로써 예전에 자기가 릴리를 위해 기꺼운 마음으로 도울 준비가 되어 있었다고 한 말을 릴리로 하여금 떠올리게 할 수 있었다.

릴리의 길은 간단히 말해서, 그녀가 나아감에 따라 스스로 평탄해지는 것 같았다. 하지만 어딘가 찜찜하다는, 어렴풋한 반란의 목소리가 끊이지를 않았다. 그것이 이루어진다면 셀든과도 우연히 만나게 될까? 릴리는 그것이 궁금해졌다. 그녀는 그렇게 되지는 않을 것이라고 생각했다. 시간이 흐르고 변하여 셀든은 완전히 예전대로 자기 자신의 거리를 유지하는 것 같았기 때문이었다.

자신의 걱정거리들로부터 오는 갑작스럽고도 예민한 반응으로 인해서 최근에 일어났던 일도 아주 먼 과거로 여겨졌고, 셀든조차도 그런 것의 일부로써 어떤 비현실적인 분위기를 계속 풍기고 있었다. 그리고 셀든은 그 자신과 릴리는 다시 만날 일이 없을 것이라는 점을 아주 분명히 했었다. 자신은 단지 하루 이틀 동안 니스로 내려왔으며, 다음 증기선에 자기의 발을 들여놓은 것이나 마찬가지라고 했었다.

아니다. 과거의 그 부분은 빠르게 사라지고 잊히는 사건들의 표면 위로 잠시 솟구쳐 올라왔었다가 다시 가라앉은 것이므로, 그러한 불확실성과 그런 생각이 끊이지 않는 것이었다.

그러한 생각들에 점점 빠져 들어가고 있는 릴리의 눈에 호텔 드 파리('파리의 호텔'이란 뜻의 고유명사)의 계단을 내려와 광장을 건너서 자신에게로 오는 조지 도싯의 모습이 들어왔다. 릴리는 부두로 내려가 요트를 다시 탈 생각이었지만, 이제 뭔가 그 이상의 것이 먼저 일어날 것이라는 긴박감을 느꼈다.

도싯이 입을 열었다.

"당신은 어느 쪽으로 갈 거죠? 우리…… 잠깐 걸을까요?"

도싯은 첫 번째 질문에 대답도 하기 전에 두 번째 질문을 던지고는, 그 어느 쪽의 대답도 기다리지 않고 말없이 릴리를 이끌고 비교적 한적한 아래쪽 정원으로 향하여 갔다.

릴리는 즉시 도싯에게서 극도로 신경이 불안한 징후를 모두 간파해 냈다. 그의 움푹 들어간 눈 아래의 피부는 부풀어 올랐고, 그 혈색 나쁜 피부는 흰빛이 도는 납빛만큼이나 창백했다. 그와 대조적으로 그의 고르지 못한 눈썹과 길고 붉은 콧수염은 납빛의 음울한 효과로 더욱 눈에 띄게 드러났다. 그의 외모는 간단히 말해서, 구정물로 더러워진 모습과 사나운 모습을 기이하게 섞어놓은 것 같았다.

도싯은 릴리 옆에서 말없이 걸으며 걸음을 재촉하여 카지노의 동쪽으로 가는, 나무로 둘러싸인 비탈에 도착한 후 갑자기 멈추며 말했다.

"버사를 봤습니까?"

"아뇨…… 제가 요트를 떠날 때, 버사 씨는 아직 일어나지도 않았어요."

도싯은 그 말을 듣고 웃었다. 그 웃음소리는 고장 난 괘종시계가 윙윙거리는 소리 같았다.

도싯이 소리치며 말했다.

"아직 일어나지 않았다고요? 버사가 잠자리에 들었었나요? 버사가 몇 시에 온 줄 압니까? 오늘 아침 7시라고요!"

"7시에요?"

릴리는 깜짝 놀랐다.

"무슨 일이 일어났나요? 기차에 사고라도……?"

도싯이 또다시 웃었다.

"그들은 그 기차를 놓쳤어요. 그다음 기차도…… 모든 기차를 말이죠. 그 사람들…… 다시 돌아가야 했어요."

"그래요……?"

릴리는 곧바로 그들을 위해 어떠한 변명의 말을 한다 하더라도 이미 지나가버려 돌이킬 수 없는 시간에 대한 설명으로 얼마나 효과가 있을까 하는 것을 느끼며, 아무 말을 못 하고 머뭇거렸다.

"음, 그들은 즉시 마차를 잡을 수도 없었겠죠. 아시다시피 한밤중 그 시간에……."

그렇게 설명하는 말투로 봐서는 마치 도싯이 그러한 사태에 대해 자기 아내를 위해 변명이라도 하는 것처럼 보였다.

"그리고 그들이 마침 마차를 잡았을 때는…… 그게 말 한 필이 끄는 마차였는데…… 설상가상으로 그 말은 불구였고 말이에요!"

"정말…… 속상하기도 하지! 이제야 알겠네요."

릴리는 자신이 뭔가 그런 일이 생기지 않게 하지 못한 것을 초조하게 의식하였기 때문에 더욱 진지하게 도싯의 말에 맞장구를 쳤다. 그녀는 잠시 말을 끊었다가 다시 이었다.

"정말 안된 일이에요. 그렇기에 우리가 그때 그들을 끝까지 기다렸어야 하는 것 아니었나요?"

"말 한 필이 끄는 마차를 기다려요? 그 마차는 우리 네 명 모두를 태우고서는 한 발짝도 가지 못했을 거요, 그런 생각…… 안 듭니까?"

릴리는 그렇게 하는 것이 유일한 방법이라도 되는 양, 도싯처럼 사건을 유머러스하게 다루면서 그 문제 자체를 가라앉히려는 속셈이 깃든 웃음을 지으며 말했다.

"음, 그렇게 하기는 어려웠겠네요. 우리는 교대로 걸어와야만 했을지도 모르죠. 하지만 그 덕분에 일출을 보았다면 즐거웠을 걸요."

도싯이 맞장구를 쳤다.

"네. 일출을 보면서 즐거웠으니까……."

"그랬나요? 그렇다면 당신은 일출을 보셨군요?"

"네, 일출을 봤어요. 갑판에서……. 나는 그들이 돌아오기를 기다렸답니다."

"그러셨겠죠. 당신은 걱정이 많이 되셨을 거예요. 왜 같이 밤새 기다리자고, 저를 부르시지 않으셨어요?"

도싯은 가만히 서서 그의 가느다랗고 허약한 손을 자신의 콧수염으로 천천히 가져가며 갑자기 험악해진 표정으로 말했다.

"나는 당신이 그 데누망('결말'이란 뜻의 불어)을 보고 싶어 하지 않을 것이라고 생각했어요."

또다시 릴리는 도싯이 갑자기 어조를 바꾸자 당황하였으며, 그 즉시 그 순간의 위험과 위험하다는 그런 의식을 자신의 시야에 계속 남아 있지 않게 할 필요성을 느꼈다.

"데누망이라뇨? 그런 사소한 사건에 비해 그 말은 지나친 표현이 아닌가요? 그중 가장 나쁜 것은…… 결국…… 버사 씨의 피로예요. 그걸 날려버리려고 아마도 아직까지 잠을 자고 있을지 모르죠."

릴리는 비록 괴로움으로 번뜩이는 도싯의 두 눈빛으로 볼 때, 그것이 아무 소용이 없다는 것이 명백함에도 불구하고 용감하게 거기에 주목하였다.

도싯은 아픈 아이가 외치는 것처럼 소리를 질렀다.

"아니오! 아니오!"

그러고는 릴리가 그녀의 연민과 그 연민을 위한 근거를 묵살하려는 그녀의 결심을 섞어서 차츰 이도저도 아닌 항의의 작은 목소리를 내려할 때, 도싯은 그들이 잠깐 걸음을 멈추었던 그 옆의 벤치에 갑자기 쓰러져 그의 비참한 영혼을 쏟아내었다.

그것은 끔찍한 시간이었다. 그것은 마치 그녀의 눈꺼풀이 진짜 번쩍이는 빛에 의해 타들어가는 것과 같은 시간이었다. 릴리가 한

없이 움츠러들고 생기를 잃은 채 빠져나온 시간이었다. 그것은 릴리가 그러한 일의 발생을 사전에 결코 눈치 못 챈 무방비 상태였기 때문이 아니었다.

지난 석 달 동안 내내 여기저기서 겉으로 드러난 인생이 너무나도 불길하게 갑자기 충돌하여 우지끈 깨지고 수증기처럼 사라지는 것을 보고 두려움을 느껴, 갑작스러운 어떤 변화에 언제나 빈틈없이 경계하고 있었기 때문이었다.

그러한 상황은 생각보다 흔히 일어나는 일이지만, 더욱 생생한 모습으로 드러난 순간들이 있었다. 즉 충돌한 길을 넘어 돌진하는, 길들여지지 않은 말이 끄는, 흔들거리는 마차의 모습으로 말이다. 그러는 동안 릴리는 그 안에서 움츠리고 그 마구(馬具)는 손볼 필요가 있다는 것을 알아차리고, 무엇이 먼저 부러질까 궁금히 여기던 모습과 같은 순간 말이다.

자, 이제 모든 것이 부러지고 결딴이 났는데, 놀라운 것은 그 미치광이 같은 마구 한 벌은 아주 오랫동안 결합되어 왔었다는 것이었다. 그러한 충돌 사건을 길에서 그저 바라보는 대신에 그 사건에 직접 끼어 있었다는 릴리의 느낌은, 자기 경멸의 거친 반응을 보이고 공공연한 격한 비난을 하는 도싯을 보면서 그에게 자신이 필요하다는 것과 그의 인생에서 자신이 차지하는 위치가 어떤 것인가를 느끼면서 더욱 강해졌다.

릴리가 없었다면 누가 있어 그의 울부짖음을 들어주었을까? 그리고 그녀의 손이 아니었다면 어떤 손이 그를 끌어올려 다시 온전한 정신과 자존심의 발판을 디디게 할 수 있었을까? 그와 함께 힘들게 발버둥치는 내내, 릴리는 도싯을 인도하고 들어 올리려는 노력을 하면서 희미한 모성적인 무언가를 느꼈다.

그러나 지금 이 순간 도싯이 릴리에게 매달린다면, 그것은 끌어 올려 달라고 하는 것이 아니라 자기와 함께 구렁에서 몸부림치는 누군가를 느끼기 위한 것이었다. 그는 릴리가 자신을 덜 아프도록 돕기를 바라는 것이 아니라, 자신과 함께 같이 아파하기를 원했으니까.

두 사람을 위해 다행히도 도싯에게는 광란을 지속할 육체적 힘이 거의 남아 있지 않았다. 그래서 그는 맥없이 주저앉아 숨차하며, 너무나 심하게 그리고 오랫동안 감정상실 상태가 되어 있었다.

지나가던 사람들이 그것을 어떤 발작의 결과라 생각하고 멈춰 서서 돕겠다고 제안할까 봐 릴리는 걱정이 되기까지 하였다. 그러나 몬테카를로라는 데는 모든 장소 중에서 인간적인 유대가 가장 낮고, 희한한 광경들이 가장 이목을 끌지 못하는 곳이다. 한두 번쯤은 도싯과 릴리를 힐끔거리며 망설였다 하더라도, 동정심에 사로잡혀 주제넘게 나설 사람들이 아니었다.

그리고 정작 그러한 정적을 깬 것은 릴리 자신이었으니, 그녀가 자리에서 일어났기 때문이었다. 그녀의 눈이 맑아지면서 위험은 멀리 쓸려 나갔고, 위험의 표지판은 더 이상 그의 곁에 없다는 것을 그녀는 알았다.

릴리가 힘주어 말했다.

"당신이 돌아가지 않는다 하더라도 저는 가야 합니다. 당신을 그냥 놔두고 떠나지 않게 해주세요!"

그러나 도싯은 말이 없이 계속 꼼짝도 하지 않았다. 릴리가 다시 말을 덧붙였다.

"어떻게 할 거예요? 당신은 정말…… 밤새 여기에 앉아 있을 수는 없잖아요?"
"나는 호텔로 갈 수 있소. 내 변호사들에게 전보를 칠 수도 있소."
도싯은 새로운 생각이 났는지 윗몸을 일으켜 앉으며 말했다.
"틀림없이 셀든은 지금 니스에 있어요. 그 사람을 불러오라고 사람을 보낼 거란 말이오!"
그 말을 듣은 릴리가 자리에 앉으며 외치듯 말했다.
"안 돼, 안 돼, 안 돼요!"
도싯이 몸을 빙 돌려 의심스러운 표정으로 릴리에게 말했다.
"왜, 셀든을 부르면 안 된다는 거요? 그 사람은 변호사요. 그렇지 않소? 이와 같은 사건은 누구라도 다른 사람만큼 잘 처리할 거요."
"다른 사람만큼 못할 거라는 말씀이겠죠. 당신을 돕는 나를 당신이 믿었다고 생각했는데……."
"날 돕고 있지요. 내게 아주 다정하고 인내심을 가지고 대해 주니 말이오. 당신이 아니었더라면 난 오래전에 그 문제를 끝냈을 거요. 그러나 이제 그 막바지에 다다랐소."
도싯은 갑자기 일어서더니 애써 몸을 폈다.
"당신은 내가 우스꽝스러워지는 것을 보고 싶어 해서는 안 돼요."
릴리는 다정하게 도싯을 보며 말했다.
"바로 그 점이에요."
그러고는 잠시 생각한 후에, 거의 스스로도 놀랄 만하게 언뜻 어떤 생각이 떠오르는 동시에 입을 열었다.
"음, 그리 가서 셀든 씨를 만나세요. 당신은 저녁 식사 전에는 그렇게 할 시간이 있을 거예요."
"오, 저녁 식사……."
도싯은 릴리의 말을 흉내 내며 놀렸지만, 릴리는 웃으며 다음과 같이 대답하고는 그의 곁을 떠났다.
"선상에서의 저녁 식사를…… 잊지 마세요. 당신이 원한다면 우린 그걸 9시까지 미룰 거예요."
벌써 4시가 넘었다. 마차를 타고 부두에서 내려 자기를 태우기 위해 선장용 보트를 육지에 가까이 대는 동안 서서 기다리면서, 릴리는 요트에서 무슨 일이 일어났었는지 궁금해지기 시작했다. 도싯은 실버턴의 행방에 대해서는 아무 말도 없었다.
실버턴은 사브리나로 돌아왔었는가? 아니면 버사가 정말……? 둘 중의 하나를 선택해야 하는 그 끔찍한 일이 릴리의 머릿속에 갑자기 떠올랐다.
버사는 혼자 남게 되자 배에서 내려 다시 해변으로 가서 실버턴과 만날 수 있었을까? 그런 생각을 하자, 릴리의 심장이 멎는 것 같았다. 릴리가 이제까지 신경 쓰는 것은 모두 청년 실버턴 때문이었다. 그것은 그런 경우에 여자의 본능이 남자의 편에 있게 되어서일 뿐만 아니라, 실버턴의 경우는 릴리의 동정심이 독특하게 유발되었기 때문이었다.
실버턴은 정말 지독히도 진지하게 불행한 젊음에 빠져 있었고, 버사도 충분히 지독했었지만 그의 진지함은 버사의 진지함과는 차원이 아주 다른 것이었다. 그 차이란 버사의 진지함은 오직 자기 자신에 관한 것이었던 반면에 실버턴의 진지함은 버사에 관한 것이었다는 것이다.

그러나 위기가 현실이 된 지금은 그러한 차이로 해서 버사 쪽의 진지함이 부족하다는 것을 알 수 있을 것 같았다. 그것은 적어도 실버턴의 고민은 버사를 위한 것이지만, 버사의 고민은 오직 자신을 위한 것이기 때문이었다. 여하간 더 현실적으로 바라본다면, 그러한 상황의 불이익은 모두 여자에게 있게 마련인지라 릴리의 동정심은 이제 버사에게로 흘렀다.

릴리는 버사 도싯을 좋아하지 않았지만, 그녀에 대한 의무감도 없지는 않았다. 릴리 개인적으로는 그 의무감을 유지하는 것을 거의 좋아하지 않았기 때문에 그것이 더욱 무겁게 다가오는 것이었다. 버사는 릴리에게 친절했었다. 지난 석 달 동안 편안한 사이가 되어 함께 지냈었다. 릴리가 최근에 알아차리게 된 불화의 느낌으로 해서, 릴리는 자기가 버사를 위하여 일관되게 일하는 것이 더욱 긴급한 일인 것처럼 느꼈다.

릴리가 도싯을 로렌스 셀든과 의논하도록 급히 보낸 것은 확실히 버사를 위한 것이었다. 일단 릴리가 상황이 괴이하게 흘러간다는 사실을 받아들였을 때, 그녀는 단번에 그렇게 하는 것이 도싯으로 하여금 제정신을 차리게 할 수 있는 가장 안전한 방법이라는 것을 알았었다. 셀든 말고 누가 책임을 지고 버사를 구하기 위한 솜씨를 그렇게 기적적으로 발휘할 수 있을 것이란 말인가? 굉장한 솜씨가 필요할 것이라는 것을 깨닫고, 릴리는 기쁘게 책임이라는 위대함에 희망을 걸었다.

셀든이 버사가 처한 난국을 어떻게든 타개하려 할 것이기 때문에, 릴리는 셀든이 무엇인가 방법을 찾아낼 것이라고 믿을 수 있었다. 그녀는 부두로 돌아오는 길에 셀든에게 보내려고 했던 전보에 자신의 신뢰를 충분히 표시했다.

릴리는 지금까지 자신이 잘했다는 생각이 들었고, 그런 확신은 릴리에게 남아 있는 일을 할 힘을 솟아나게 했다. 릴리와 버사는 서로 속을 터놓는 사이는 아니었지만 이런 위기에는 은폐의 장벽들은 확실히 무너져야만 한다.

도싯이 그날 아침 앞일에 대한 거친 암시의 말을 쏟아놓았을 때, 릴리는 그들의 관계는 이미 엉망이 되었으며 그것을 다시 세우려는 어떠한 시도도 버사의 능력을 벗어났다는 느낌이 들었다.

릴리의 마음속에는 그 가련한 여인이 무너진 방어벽 뒤에서 떨면서, 조마조마해하며 주어지는 첫 번째 은신처에 피난할 수 있는 순간을 기다리는 그림이 떠올랐다. 그 은신처가 이미 다른 곳에 제공되지만 않았다면 얼마나 좋으랴!

그 소형보트가 부두와 요트 사이의 짧은 거리를 건너자, 릴리는 자기가 없었던 긴 시간 동안 일어났을지도 모를 일의 결과에 대해 보통 때보다 점점 마음이 불안해졌다. 만약 그 불쌍한 버사가 그 긴긴 시간 동안 의지할 사람 하나 없었다면 어찌 되는가? 그러나 릴리가 열심히 배의 측면에 댄 사다리를 올라가 사브리나에 첫 발을 내디딜 때까지는 릴리가 우려한 최악의 모습은 일어나지 않았다. 왜냐하면 후갑판의 사치스러운 차양 안에서는 그 불쌍한 버사가 자신의 호리호리한 몸맵시의 우아함을 여전히 드러낸 채로 벨트셔 공작부인과 허버트 경에게 차를 대접하며 앉아 있었으니까.

그러한 광경에 릴리는 무척 놀랐다. 적어도 버사는 자신의 그런 놀란 표정의 의미를 읽었음에 틀림없다고 느꼈지만 그에 대한 반응은 무표정한 것이어서 그만큼 당황스러웠다. 하지만 릴리는 곧바로 도싯 부인으로서는 다른 사람들 앞에서 무표정할 필요가 있으며, 자기 자신이 놀란 표정을 드러낸 효과를 누그러뜨리기 위해 짐짓 그런 표정을 하게 된 뭔가 그럴듯한 이유를 즉시 만들어 내야 한다는 것을 알았다. 상황에 재빠르게 대처하는 습관이 몸에 밴 덕택에, 릴리는 아무렇지도 않은 듯 공작부인에게 탄성을 지르며 말하는 게 어렵지 않았다.

"어머나, 전 부인이 그 왕자에게 되돌아가신 줄 알았어요!"

이런 릴리의 말은 허버트 경에게는 충분하지 않았을지라도, 공작부인에게는 충분한 것이었다.

적어도 그 말로 인해서 공작부인은 사실 곧 어떻게 되돌아갈 것인지, 그리고 그전에 내일 저녁 식사 건에 관해 도싯 부인과 대화를 나누기 위해 요트로 급히 왔었다는 사실에 대해 활발하게 이야기를 하게 되었다. 그 저녁이란 브라이 부부와 함께 하는 것으로, 허버트 경이 주장을 굽히지 않음으로써 마침내 성사시킨 것이었다.

허버트 경이 그의 신속함을 좀 알아달라는 듯 릴리에게 호소하는 눈빛으로 외쳤다.

"아시다시피 이 목숨을 구하기 위해서랍니다!"

그 말에 이어 공작부인이 당당한 어조로 솔직하게 말했다.

"브라이 씨가 허버트 경에게 정보를 귀띔해 줄 거라고 약속했지요. 그리고 우리가 가면, 브라이 씨가 우리에게도 그걸 귀띔해 줄 거라고 하네요."

이런 대화가 오고감에 따라 결국 그들은 기분 좋은 분위기에서

농담을 하게 되었다. 도싯 부인은 그런 익살에 놀랍도록 용감하게 자신의 몫을 다하는 것으로 릴리에게 보였다. 그 말미에 허버트 경은 배의 측면에 댄 사다리를 반쯤 내려간 상태에서 머릿수를 세는 티를 내며 그 만찬에 대해 다시 한 번 상기시켰다.

"물론 도싯 씨도 참석하는 사람 수에 포함시켜야겠죠?"

도싯 부인이 즐겁게 맞장구를 쳤다.

"오, 그럼요. 그이도 포함시켜야죠."

도싯 부인은 마지막까지 잘 버티어 내고 있었다. 하지만 그녀는 뱃전 너머로 흔드는 작별의 손짓에서 몸을 돌리자마자 틀림없이 얼굴을 떨어뜨리고 두려워하는 영혼의 모습을 내비칠 것이라고, 릴리는 마음속으로 중얼거렸다.

도싯 부인이 천천히 몸을 돌렸다. 아마도 그녀는 자신의 표정을 변함없이 유지하기 위해 시간이 필요했으리라. 여하간 도싯 부인은 여전히 자신의 표정을 완전히 통제하는 상태로 차 탁자 뒤에 있는 자기 자리에 다시 앉아 약간 빈정대는 투로 릴리에게 말했다.

"우리는 이제야 아침인사를 해야만 할 것 같은 생각이 드네."

비록 버사의 반응이 예상했던 것과는 상당히 거리가 있는 의미를 담고 있음에도 불구하고 만약 그 말이 암시의 말이라면, 릴리는 그것을 받아들일 준비가 되어 있었다. 도싯 부인의 태연자약함을 생각하면 뭔가 기운이 빠져서, 릴리는 애써 가벼운 말투로 말을 받았다.

"아침에 당신을 만나려고 했었지만 당신은 아직 일어나 있지 않았어요."

"맞아요. 난 늦게 잠자리에 들어야 했으니까. 우리가 기차역에

도착해 당신들이 없다는 걸 알고 난 후에, 난 우리가 마지막 기차까지는 당신을 기다려야 한다는 생각이 들었어요."

도싯 부인은 아주 점잖게 이야기했지만, 거기에는 얼핏 책망의 빛이 담겨 있었다.

"당신들이 우리가 없다는 걸 알았다고요? 기차역에서 우릴 기다렸단 말이에요?"

이제 정말로 릴리는 이야기가 어디로 흘러가는지 모를 정도로 혼란스러워 상대방이 무슨 말을 하는지 알 수도 없었고, 자신이 하려고 하던 말을 계속할 수도 없었다.

"하지만 난 마지막 기차가 떠나도록 당신들은 역에 나타나지 않았다고 알고 있는데요!"

도싯 부인은 내리뜬 눈꺼풀 사이로 릴리를 훑어보더니, 그 말에 즉각적인 물음으로 답했다.

"누가 당신에게 그런 말을 했나요?"

"조지 씨가요. 난 지금 막 정원에서 그를 만났어요."

"아, 그게 조지의 설명인가요? 불쌍한 조지…… 내 말을 기억도 못 하는 상태가 되다니! 오늘 아침에 또다시 최악의 발작을 하기에, 의사를 만나보라고 내보냈더니……. 당신은 혹시 조지가 의사를 만났는지 알아요?"

릴리가 여전히 추측에 잠긴 채 아무 대답을 하지 않자, 도싯 부인은 느릿느릿 말했다.

"조지는 좀 기다리는 한이 있더라도 의사를 꼭 만나야 해요. 그 사람은 자기 스스로에 대해 지독히 놀랐어요. 걱정한다는 건 그에게 몹시 나쁜 일인데…… 마음이 혼란스런 어떤 일이 생기기만 하면 언제나 발작을 일으켜요."

그 말에 들어 있는 어떤 암시가 자기를 압박하고 있음을 릴리는 확실히 느낄 수 있었다. 그 말은 놀랄 정도로 갑작스럽게 버사의 입에서 나왔고, 그 말이 결국 무슨 의미인지를 무시하며 태연한 척하는 버사의 태도를 도대체 믿을 수가 없었다. 릴리는 그저 무슨 말인지 모른다는 투로 더듬거리며 말했다.

"마음이 혼란스런 어떤 일이라뇨……?"

"네, 이를테면 밤중에 눈에 띄게 당신과 함께 있게 되어 부담을 느끼게 되는 일 같은 거죠. 알겠지만…… 릴리 씨, 자정이 넘어 그런 적절치 못한 곳에 두 사람이 함께 있었다는 건……. 당신에게도 책임이 있어요."

완전히 뜻밖이고 그 상상할 수도 없는 무모한 말에 릴리는 깜짝 놀라 웃음을 참을 수 없었다.

"아, 나 참……. 그렇게 되도록 그에게 부담을 지운 건 바로 당신이란 걸 생각해 봐요!"

도싯 부인은 세련되고 부드럽게 말을 받았다.

"기차를 타기 위해 허둥지둥 달려드는 당신들을 발견할 만큼 초인적으로 영리하지 못해서요? 아니면…… 우리가 애써 당신들이 올 때까지 역에서 조용히 기다리는 대신 우리 없이도 당신들…… 당신과 조지, 단둘만이 먼저 기차를 타고 갔을 거라고 믿는 상상력이 없어서 말인가요?"

릴리의 안색이 붉어졌다. 버사는 자신이 스스로 계획한 어떤 방침에 따라, 어떤 목적을 추구하고 있다는 것이 분명해지고 있었다. 결과적으로 어떤 결론은 금방이라도 내려질 텐데, 왜 그것을 피하기 위해 이런 유치한 노력에 시간을 낭비하는가? 그런 시도를 하는 자체가 어린애 같다는 생각이 들면서 오히려 릴리의 분노는 사그라졌다. 그 가련한 여자가 얼마나 끔찍이 겁을 먹었으면 그럴까?

릴리가 다시 그 말을 받아쳤다.

"아뇨, 그저 니스에 우리 모두가 계속 함께 있어서죠."

"계속 함께 있어서요? 당신이야말로 공작부인과 그녀의 친구들과 함께 서둘러 떠났던 첫 번째 기회를 잡았던 게 언제였죠? 이봐요, 릴리 씨! 당신은 그 사람이 이끄는 대로 따라갈 어린애가 아니잖아요!"

"아니, 나를 가르치려 하지 마세요. 버사 씨, 정말로……. 그게 당신이 지금 내게 하려는 것이라면 말이에요."

도싯 부인은 질책하는 듯한 미소를 띠며 말했다.

"당신을 가르쳐요? 내가……? 맙소사! 나는 그저 당신에게 친구로서 암시를 주려 하였을 뿐이에요. 하지만 통상적으로는 그 반대란 말이에요. 그렇지 않나요? 나는 암시를 주는 것이 아니라 받는 사람이에요. 난 지난 몇 달 내내…… 정말로 그런 여러 암시에 의지해 살았어요."

릴리가 그 말을 그대로 받았다.

"암시라니…… 내가 당신에게요?"

"오, 그 부정적인 암시들……. 되어서는 안 되는 것이나 해서는 안 되는 것…… 혹은 보아서는 안 되는 것들 말이에요. 그런데도 나는 그 암시들을 훌륭하게 받아들였어요. 단지 릴리 씨, 만약 내가 말해도 좋다고 한다면 말하죠. 당신이 너무 지나치게 무분별하게 행동했을 때, 당신에게 그것을 경고해서는 안 된다는 게……

내가 해서는 안 되는 의무들 중의 하나라는 것을 납득할 수는 없었어요."

오싹한 두려움이 릴리에게 몰려왔다. 그것은 어둠 속에서 나이프가 번쩍하는 것 같은, 과거의 배신을 되새기게 하는 느낌이었다. 그러나 곧 본능적인 혐오보다는 동정이 앞섰다.

이토록 무분별한 말을 신랄하게 쏟아 붓는 것은 쫓기는 암컷이 자신이 달아나고 있는 쪽문을 덮어 가리려는 시도가 아니면 무엇이란 말인가? 릴리의 입술에서 '가련한 사람 같으니! 잔머리 굴리지 말고 내게 솔직히 털어놔요! 그러면 우리는 함께 빠져나갈 길을 찾을 수 있을 거라고요!'라는 고함이 터져 나오려 했으나, 완고하고 오만한 태도를 한 버사의 미소 앞에서 그만 말문이 막혀버렸다.

릴리는 가만히 앉아 있음으로써 말없이 그 날카로운 공격에 정면으로 맞서며, 그렇게 쌓인 거짓의 마지막 한 마디까지 다 들었다. 그러고는 한마디 말도 없이 일어서서 자신의 선실로 내려갔다.

3

로렌스 셀든은 묵고 있던 호텔의 문간에서 릴리의 전보를 받았다. 그것을 읽고는, 도싯을 기다리기 위해 되돌아섰다. 그 메시지에는 추측으로 알아봐야 할 면이 상당히 있다는 것은 피치 못할 일이었지만, 셀든이 최근에 듣고 보았던 것을 모두 고려하면 어렵지 않게 알아볼 수도 있었다.

전체적으로 보아 그의 느낌은 한마디로 놀라움이었다. 왜냐하면 비록 그가 그 상황이 가지는 폭발적인 요소들을 모두 알아보았음에도 불구하고, 자신의 개인적인 경험 범위에 비추어 볼 때 그런 요소들은 그저 약간의 시간만 지나면 별 탈 없이 가라앉는 것을 자주 충분히 보았기 때문이었다. 하지만 도싯의 발작적인 노여움과 그것을 무모하게 무시해 버리는 그의 아내의 태도로 인해, 그들의 상황은 독특한 불안정성을 띠고 있었다.

셀든이 그 부부를 안정된 상태로 이끌기로 결심한 것은 그 사건에 특별한 관계가 있다는 생각보다는 순수하게 직업적인 열정 때문인 면이 많았다. 그 사건에 있어서 부부 어느 쪽을 위해서건 크게 훼손된 끈을 수선해야 다시 안정에 이르게 된다는 점은 그가 고려할 일이 아니었다. 셀든은 단지 일반적인 원칙에 의거하여 추문을 막을 일을 생각하기만 하면 되었으며, 그것을 막으려는 욕구는 그 추문에 릴리가 연루되는 것을 그가 두려워했기에 더욱 커졌다. 그로 하여금 그런 염려를 하게 할 만한 구체적인 것은 아무것도 없었다. 셀든은 단지 도싯의 속옷을 외부에 드러내는 데 티끌만큼이라도 릴리가 연관되어서 거북해지는 상황으로부터 릴리를 구하고 싶었을 뿐이었다.

그러한 과정은 얼마나 힘들고 불쾌할 것인가를, 셀든은 불쌍한 도싯과의 두 시간의 대화 후에 한층 더 생생히 알았다. 만약 뭔가가 조금이라도 드러날 게 있다면, 그것은 도싯이 떠나기 전까지 엄청나게 풀어놓아 쌓인 도덕적 넝마들과 마찬가지일 것이다. 셀든은 도싯이 사라진 후에 창문을 활짝 열어젖히고 그의 방을 말끔히 쓸어내고픈 느낌이 들었다. 하지만 아무것도 드러나지 않았다. 그 사건을 맡은 셀든의 입장으로서는 다행이었다. 그런 더러운 넝마들은 아무리 이어 맞춘다 하더라도, 쉽사리 그와 같은 불평거리로 변할 수는 없는 것이었다. 찢겨 나간 가장자리가 언제나 맞춰지는 것은 아니었다. 행방불명된 조각들이 있으며, 크기나 색깔이 맞지 않는 부분도 있었다. 그 모두를 최대한 활용하여 그것의 전체적인 모습을 그의 고객의 눈 아래에 펼쳐놓는 것은 당연히 셀든의 일이었다.

그러나 도싯과 같은 기분에 젖어 있는 사람에게는 가장 완전한 형태를 드러내 보여준다 하더라도 설득력이 없을 수 있다. 셀든은 자신이 우선 할 수 있는 것이라고는 달래고, 사태를 관망하며, 동정을 표시하고, 신중하게 처신할 것을 권고하는 것밖에는 없었다.

셀든은 다음에 두 사람이 다시 만날 때까지는 엄격하게 이도 저도 아닌 태도를 유지해야만 한다는 부담을 지워 도싯을 떠나보냈다. 그것은 간단히 말해서, 그 게임에서 셀든의 몫은 당분간은 그저 관망하는 데 있다는 것을 의미했다. 그러나 셀든은 그처럼 비정상적인 처사를 오랫동안 유지할 수 없다는 것을 알고서, 다음 날 아침 몬테카를로의 한 호텔에서 도싯과 만나기로 약속했다.

한편 셀든은 릴리의 성격상 익숙지 않은 도덕적 힘을 모두 쓰고 난 다음에 오는 허약함과 자기 불신의 태도라는 반응에 적지 않게 신경이 쓰였다. 그는 릴리에게 보낸 답신 전보에는 간단히 '모든 게 평상시와 같다고 가정하시오.'라고만 썼다.

이러한 가정에 따라 다음 날 오전 시간은 그대로 지나갔다. 도싯은 릴리의 단호한 명령에 복종이라도 하듯 요트에서의 늦은 저녁 시간에 때맞춰 돌아왔다. 그 식사는 그날의 가장 어려운 순간이었다.

도싯은 한없이 깊은 침묵에 잠겼다. 그동안에는 그것에 이어 그의 아내가 '발작'이라고 부르는 현상이 너무 흔하게 일어났었기 때문에 하인들 앞에서 그 발작을 이러한 침묵의 탓으로 돌리기가 쉬웠다. 그러나 지금 버사 자신은 아주 별스럽게도 이러한 명백한 자기 보호의 수단을 이용할 생각이 거의 없는 듯했다. 어리석은 버사는 그 상황의 예봉을 자기 남편의 두 손에 그대로 둔 셈이었다. 그것은 마치 버사가 자신이 불평하는 대상에 너무 골몰하여 그녀 자신이 불평의 대상이 될 수 있음을 알아차릴 수 없는 것과 같았다.

그 상황에서 버사의 이러한 태도는 릴리에게 가장 복잡한 요소이기 때문에 매우 불길한 느낌을 주었다. 아슬아슬하게 명멸하는 미약한 대화를 부추기고 무너져가는 '상황'의 구조물을 몇 번이고 다시 세우려고 애쓰는 릴리의 관심은 끊임없이 다음과 같은 의문 때문에 혼란스러웠다.

'도대체 버사는 어쩌자는 것인가?'

자기 혼자만으로 완강히 저항하는 버사의 태도에 왠지 약이 올랐다. 버사가 친구인 자신에게 어떤 암시라도 주기만 한다면 둘이서 잘 협력하여 성공에 다가설 수 있을 테지만, 이렇게 완강히 자신이 끼어들 수 없게 배제한다면 자신이 어떻게 쓸모 있는 역할을 할 수 있단 말인가?

자신이 쓸모 있게 된다는 것은 릴리가 솔직히 원하는 것이었다. 그것은 릴리 자신을 위해서가 아니라 도싯 부부를 위한 것이었다. 릴리는 자기 자신의 상황을 전혀 생각하지 않았고, 단지 그들의 상황을 제대로 자리 잡게 하려는 데 골몰하였을 뿐이었다. 그러나 짧고 우울하게 저녁을 마쳤을 때, 릴리는 노력한 보람도 없이 시간만 낭비하였다는 생각이 들었다. 릴리는 도싯하고만 따로 만나려고 하지 않았다.

릴리는 분명 그의 신임을 다시 새로이 하겠다는 생각을 하기가 꺼려졌다. 릴리가 추구하는 것은 버사의 신임이었다. 버사야말로 릴리의 신임을 릴리와 똑같이 열렬히 끌어내려고 노력해야 했었는데, 버사는 마치 자기 파괴에 홀린 것처럼 실제로는 릴리가 구원하려고 내미는 손을 밀쳐내고 있었다.

릴리는 그 부부 둘만의 시간을 갖도록 놔두기 위해 일찍 잠자리에 들었다. 그리고 한 시간 이상이 흘러가면서 릴리는 전체적으로 뭔가 알 수 없는 부분으로 자신의 입지가 움직여가고 있다는 느낌이 들었다. 그 후에 릴리의 귀에 버사가 조용한 통로를 지나 자신의 방으로 다시 들어가는 소리가 들려왔다.

다음 날에도 전날과 똑같은 상황이 명백히 계속되면서 그 대립하고 있는 부부 사이에 간밤에 어떤 일이 일어났었는지는 아무것도 알 수가 없었다. 외견상 알 수 있는 단 한 가지 변화는 그들이 모두 서로를 상대하지 않으려 한다는 점에서는 일치했으며, 네드 실버턴이 나타나지 않았다는 것이었다. 아무도 그것을 말하지 않았고 그런 화제를 회피하자, 곧바로 그것에 대하여 더욱 뚜렷하면서도 쉼 없이 생각하게 되었다.

그러나 릴리만이 알아챌 수 있는 또 다른 변화가 있었다. 그것은 도싯이 이제 자신의 아내를 피하려 하는 만큼이나 뚜렷이 릴리를 회피한다는 것이었다. 아마도 도싯은 전날 경솔하게 감정을 쏟아낸 것에 대해 후회하고 있는지도 모르며, 어쩌면 그의 서투른 태도로 '평상시와 같이' 행동하라는 셀든의 조언에 따르려는 것일는지도 모르는 일이었다. 그런 조언들은 자연스러운 표정을 취하라는 사진사의 요청과 마찬가지로 태도를 편안히 하는 데 도움이 되는 것은 아니다. 버릇처럼 몸에 익은 겉모습을 드러내는 불쌍한 도싯만큼 무의식적으로 행하는 사람에게 있어서 어떤 포즈를 유지하기 위해 애쓰는 모습은, 결과적으로 확실히 기묘하게 찌푸린 모습이 되어버렸다.

여하간 그런 상황들에 따라 릴리는 이상하게도 제 스스로의 방편에 의지해야만 했다.

릴리는 선실에서 나오면서 도싯 부인은 아직 보이지 않는다는 것과 도싯은 일찍 요트를 떠났다는 것을 알 수 있었다. 혼자 남아 있기에는 불안한 느낌을 지울 수 없어서 그녀 역시 나룻배를 타고 육지로 나갔다. 카지노에 가려고 헤매다가 니스에서 온 지인들의 무리에 합류했다. 릴리는 그들과 점심을 함께 한 후 도박실로 되돌아오다가 광장을 건너오는 셀든과 마주쳤다.

그 순간에 릴리는 명확히 그 일행에서 빠져나올 수가 없었다. 그것은 그들이 손님 접대 차원에서 자기들이 떠날 때까지는 릴리가 함께 할 것이라고 생각했기 때문이었다. 하지만 잠시 틈이 생겨 멈춰서 물어볼 수는 있었다. 그 물음에 셀든은 곧바로 대답해주었다.

"난 그를 다시 만났어요. 그는 이제 막 나와 헤어졌습니다."

릴리는 셀든의 말이 끝나기를 기다렸다가, 근심스럽게 물었다.

"뭐예요? 어떻게 되었어요? 어찌 될까요?"

"아직까지는 어떤 일도 일어나지 않았어요. 그리고 앞으로도 그럴 것이라고 생각해요."

"그렇다면, 일이 끝난 거예요? 잘 해결된 거예요? 그렇게 확신하나요?"

셀든은 미소를 지으며 말했다.

"내게 시간을 주세요. 확신하진 않지만…… 점차 확신하게 될 거예요."

릴리는 그 말에 만족할 수밖에 없었으며, 서둘러 층계에서 기다리고 있는 일행에게로 갔다.

셀든은 비록 릴리의 눈동자에 우려가 스치는 불확실한 면이 있었지만, 사실상 그녀에게 자신이 할 수 있는 한 최대한의 확신을 말한 것이었다.

셀든은 몸을 돌려 역을 향하여 언덕길을 따라 이리저리 걸어 내려오면서 생각했다. 이제 새로이 갖게 된 우려는 자신이 우려하는 것을 뚜렷이 정당화하는 것으로써, 계속 그의 마음을 떠나지 않았다.

사실 셀든이 두려워하는 것의 정체는 딱 꼬집어 말할 수 있는 것이 아니었다. 셀든이 어떤 일도 일어나지 않을 것이라고 생각한다고 말한 것은 문자 그대로 진실이었다. 단지 셀든에게 신경이 쓰이는 것은 도싯의 태도가 눈에 띄게 변하였음에도 왜 그런 변화가 일어났는지 명확히 알 수가 없다는 것이었다. 그러한 변화가 일어난 것은 셀든의 권고에 의한 것도 아니었고, 더욱 냉정해진 도싯 자신의 이성에 의한 것도 아님이 확실했다.

5분간의 대화로 어떤 이질적인 영향이 작용하였다는 것과 그것이 도싯의 화를 가라앉혔다기보다는 그의 의지를 약화시켜서 마약에 취한 위험한 정신병자처럼 무감정(無感情)의 상태에서 그러한 행동을 취하게 되었다는 것을 충분히 알 수 있었다.

아무리 어떤 영향이 작용하였다 하더라도, 분명히 그 영향에 의해 생긴 안정은 대체로 일시적인 것일 수밖에 없었다. 문제는 그 상태가 얼마나 오래 지속될 것이며, 그 뒤에 올 수 있는 반응은 어떤 종류가 될 것인가 하는 것이었다. 셀든은 그런 점에 관하여 알 수 있는 방법을 찾을 수가 없었다. 왜냐하면 도싯이 그렇게 태도를 바꾼 결과로 셀든이 그와의 자유로운 교감을 할 수 있는 길이 막혀버릴 수 있다는 것을 알았기 때문이었다.

도싯은 진정으로 자신의 잘못에 관하여 토론하고 싶은 욕구를 거역할 수 없을 정도로 지니고 있음이 틀림없었다. 그래서 셀든은 별반 희망은 없지만 계속 똑같이 집요하게 그 문제에 초점을 맞추어 물었었다. 그럼에도 불구하고 도싯에게는 언제나 속 시원히 털어놓을 수 없는 무언가가 있다는 것을 셀든은 알아차렸다. 도싯의 상태는 듣는 사람으로 하여금 처음에는 맥이 빠졌다가 그다음에는 참을 수 없게 만드는 것이었다. 두 사람의 대화가 끝났을 때, 셀든은 자기로서는 최선을 다했으며 그 결과에서 자신이 손을 떼는 것도 정당화될 수 있다는 생각이 들기 시작했다.

그런 생각들을 하며 셀든은 역으로 돌아가고 있었고, 그때 릴리가 그에게로 건너왔었던 것이다. 릴리와 짧게 이야기를 나눈 후에, 셀든은 기계적으로 자신이 가던 길을 계속 갔음에도 불구하고 자신의 목적이 점점 변하고 있음을 깨달았다.

그러한 변화가 일어난 것은 릴리의 눈에 담긴 표정 때문이었다. 그 표정의 의미를 명확히 정의하고 싶은 마음이 불타오른 셀든은 근처 정원에 있는 한 의자에 풀썩 주저앉아 그 문제를 골똘히 생각하였다.

릴리의 모습에 우려가 담긴 것은 도의상으로도 충분히 자연스러운 것이었다. 요트를 타고 순항하며 여행하는 절친한 사이였는데 그들이 바야흐로 불행에 직면하게 되었고, 그 부부 사이에 놓여 있게 된 젊은 여자는 자기의 친구들인 그 부부에 대하여 걱정하는 것 외에 자기 자신의 입장이 거북해지는 것에 대하여는 거의 의식할 수 없었을 것이다. 그중 가장 안 좋은 것은 릴리의 마음 상태를 해석함에 있어서는 아주 여러 가지의 해석이 가능하다는 것이었다.

셀든의 혼란한 마음속에서 그것들 중의 하나가 고개를 쳐들었다. 피셔 부인이 넌지시 말했던 것처럼 추한 모습을 하고 있는 그것이.

만약 릴리가 두려워한다면, 그 두려움은 그녀 자신 때문인가 아니면 자신의 친구들을 걱정해서인가? 그리고 어떤 큰 불행에 대한 그녀의 두려움은 그 안에 불운하게도 포함되었다는 느낌에 의해 어느 정도까지 커지게 되었는가? 그 짐스러운 죄는 분명히 도싯 부인에게 있는데 말이다. 이러한 추측은 언뜻 보기에는 아무 근거도 없는 고약한 것처럼 보였다. 하지만 일방만의 잘못으로 일방이 제기한 부부간의 싸움에 있어서는 일반적으로 상대방에게도 잘못이 있다는 반격이 가해질 수 있는 것이며, 그 반격이 더욱 강하게 가해지는 곳은 애초의 불평의 원인으로 매우 강조되는 지점이라는 사실을 셀든은 알고 있었다.

피셔 부인은 만약 '어떤 일이 일어난다면' 도싯이 릴리와 결혼할 가능성을 거리낌 없이 암시했었다. 비록 피셔 부인의 결론은 늘 성급하다는 평판이 있었지만, 피셔 부인은 그러한 결론을 이끌어내는 조짐을 읽는 데는 상당히 기민했다. 도싯은 명백히 릴리에게 뚜렷한 흥미를 보였었고, 그러한 흥미는 그의 아내가 명예 회복을 위해 싸울 때 철저히 유리하게 사용될 수 있는 것이었다.

셀든은 버사가 탄약이 다 떨어질 때까지 싸우리라는 것을 알고 있었다. 그녀의 경솔한 행위는 불합리하게도 그 행위의 결과를 회피하기 위한 냉정한 결단력과 결합되어 있었다. 버사는 위험을 초래할 경솔한 짓을 할 때와 똑같이 그녀 자신을 위하여 싸울 때에도 그만큼 파렴치할 수 있었고, 그런 상황에서 그녀의 손에 들어오는 것은 무엇이든지 방어용 폭탄으로 사용될 수 있을 것이었다.

셀든은 아직까지는 버사가 어떤 길을 택할지 명확히 알 수 없었다. 그는 혼란스러워 더욱 걱정되었고, 그런 걱정과 더불어 그곳을 떠나기 전에 릴리와 다시 이야기를 해야 한다는 느낌이 점차 커져 갔다. 그동안 셀든은 릴리를 그녀의 주변 상황에 의해서 판단하지 않으려고 언제나 성실하게 노력해 왔다고 할 수 있다. 현 상황에 대해 릴리가 얼마나 큰 책임을 공유하고 있든 간에, 릴리가 아무리 그 상황과 개인적으로 관련되어 있지 않다 하더라도, 릴리는 혹시 있을지 모르는 충돌의 길에서 비켜 서 있는 게 좋을 것이라는 생각에는 변함이 없었다. 릴리가 도와달라고 그에게 호소했었기 때문에, 그녀에게 그렇게 말하는 것은 명백히 그의 일이었다.

이런 결정을 하고 셀든은 일어서서 릴리가 들어갔던 도박실 문 안쪽으로 다시 가 봤으나, 오래도록 거기에 모여 있는 사람들 사이를 찾아봐도 릴리의 자취를 찾을 수는 없었다. 그 대신 셀든은 놀랍게도 네드 실버턴이 약간의 허세를 부리면서 테이블 주위를 어슬렁거리는 것을 보았다.

극 중의 이 배우가 무대의 양옆에서 어슬렁거릴 뿐만 아니라 실제로는 스포트라이트가 비치는 무대 중앙에 몸을 드러내려 하는 것을 발견한 것이다. 비록 그것은 모든 위험이 끝났다는 것을 함축하는 것 같기도 했지만, 그보다는 오히려 무엇인가 안 좋은 일이 일어날 것 같다는 느낌이 셀든의 생각을 깊숙이 파고들었다. 이렇게 복잡한 생각으로 꽉 찬 채 광장으로 되돌아오던 셀든은 몬테카를로에 있는 사람은 모두 적어도 하루에 열두 번은 불가피하게 마주치게 마련인 것처럼, 그 광장을 건너오는 릴리를 보기를 희망했다.

그러나 거기서 다시 그녀를 만나기 위해 기다린 노력은 허사로 돌아갔고, 릴리는 사브리나로 돌아갔다는 결론을 서서히 내리게 되었다. 배에까지 릴리를 따라간다는 것은 어려운 일일 것이고, 설사 그가 그렇게 하더라도 사적인 대화를 나눌 기회를 갖기는 한층 더 어려운 일이 되겠기에, 그는 불만족스럽지만 그 대안으로 편지를 쓰기로 결심을 굳혔다. 그때 갑자기 중단 없는 광장의 디오라마가 돌아가며 허버트 경과 브라이 부인의 모습이 셀든 앞에 펼쳐졌다.

셀든은 인사와 질문을 동시에 했으며, 릴리는 지금 막 도싯과 함께 사브리나로 되돌아갔다는 사실을 허버트 경의 입을 통해서 알게 되었다. 그것은 그에게는 대단히 명백하게 당혹스러운 말이었다. 브라이 부인은 허버트 경이 흘끗 그녀를 쳐다보자 용수철 위에 얹힌 무거운 추처럼 행동하려는 듯, 셀든에게 그날 저녁 만찬에 와서 친구들을 만나면 어떻겠느냐는 제안을 즉각적으로 내놓았다.

"베카신에서…… 공작부인을 위해 마련한 작은 만찬이에요."

브라이 부인은 허버트 경이 용수철 위에 얹혀 있는 무거운 추를 들어낼 짬도 갖기 전에 섬광같이 말을 내뿜었다.

셀든은 그런 자리에 포함되었다는 특권을 의식하면서 그날 저녁 일찍 그 음식점으로 갔다. 그 음식점의 문간에 잠깐 서서 환하게 불 밝힌 테라스 아래로 움직여 가는 만찬 손님들의 계층을 살펴보았다. 거기서 브라이 부부가 마지막으로 선택할 메뉴들을 열심히 검토하며 이리저리 움직이는 동안, 셀든은 사브리나로부터 온 손님들(도싯 부부와 릴리)을 계속 지켜볼 수 있었다.

그들은 공작부인과 스키도 경 및 레이디 스키도, 그리고 스텝니 부부와 함께 그 모습을 드러냈다. 셀든이 테라스를 따라서 늘어서 있는 휘황찬란한 상점들을 훑어보자는 구실을 대면서 그 사람들에게서 릴리를 떼어내어 둘이서 함께 한 보석 상점의 창문에서 나오는 하얗게 눈부신 빛 속에서 서성이며 이렇게 말을 붙이는 것은 그다지 어렵지 않은 일이었다.

"당신을 만나기 위해서 잠시 그대로 눌러앉았어요. 당신에게 그 요트를 떠나라는 요청을 하기 위해서죠."

셀든을 다시 바라보는 릴리의 눈에는 이전의 그 두려워하는 모습이 언뜻 나타났다.

"떠나라고요……? 그게 무슨 말이죠? 무슨 일이 일어났어요?"

"아무 일도 일어나지 않았어요. 하지만 만약 어떤 일이 일어난다면, 왜 당신이 거기에 휘말려야 하느냔 말예요?"

보석 상점의 창문에서 나오는 번쩍이는 빛을 받아 릴리의 얼굴은 더욱 창백해졌고, 얼굴의 섬세한 곡선 때문에 그 애처로운 얼굴은 더욱 뚜렷한 모습을 띠게 되었다.

"아무 일도 없을 것이라고 난 확신해요. 하지만 혹시 무슨 일이 있을지 모른다는 의심이 가더라도, 어떻게 당신은 내가 버사 씨를 버릴 거라고 생각할 수 있는 거죠?"

그 말에는 경멸의 음색이 묻어났다. 혹시 셀든을 향한 경멸이 담긴 것은 아니었을까?

"흠……."

셀든은 분명 흥분한 기분 그대로 '아시다시피 당신 스스로를 생각해야만 해요.'라는 말에 이해관계를 나타내는 말까지 덧붙여 기어이 자신의 주장을 관철하고 싶었지만, 그 말을 입 밖에 꺼내지는 못했다. 그에 대하여 릴리는 목소리에 묘한 슬픔을 드리운 채 셀든의 눈을 마주보며 말했다.

"그렇게 해봐야 별 차이가 없다는 걸 당신이 알았으면 좋겠어요!"

"오, 그래요……. 아무 일도 없을 거예요."

셀든은 릴리를 위해서라기보다는 자기 자신이 더 안도하고 싶어 그렇게 말했다. 릴리가 힘을 내며 그 말에 맞장구를 쳤다.

"아무 일도, 아무 일도 없을 거예요. 물론이죠!"

그와 동시에 그들은 그 일행을 따라잡기 위해 몸을 돌렸다.

사람들이 우글거리는 레스토랑에서 브라이 부인이 주최한 호화로운 식탁 주위에 둘러앉아 있게 되었을 때, 그들의 확신은 그들 주위의 친밀함에 의해 더욱 굳어지는 것 같았다.

거기에서 도싯과 그의 아내는 예의 그 얼굴들을 세상에 한 번 더 드러내 보여주고 있었다. 도싯 부인은 최신식 옷과 자신의 관계를 과시하는 데 몰두하고 있었고, 도싯은 유혹적인 다양한 메뉴에서 오는 소화불량의 공포로 움츠러들고 있었다.

그 장소가 제공해 주는 최상의 개방성과 더불어, 그들이 이렇게 함께 있는 모습을 보여주었다는 사실만으로도 의심할 여지없이 그들의 불화는 수습된 듯 보였다. 그런 결과가 어떻게 이루어졌는가 하는 것은 여전히 궁금한 문제였지만, 확실한 것은 당분간 릴리는 확신을 갖고 그런 결과를 믿게 되었다는 것이었고, 셀든은 아무래도 관찰의 기회는 자신보다 릴리 쪽에 훨씬 많았었다고 마음속으로 생각하며 릴리와 같은 견해를 가지려고 노력했다.

한편, 만찬이 미로와도 같이 복잡한 코스로 나아가면서, 그 와중에 브라이 부인은 허버트 경의 제지하는 손에서 때때로 명백하게 이탈하고 있었다. 그리고 특별히 릴리만을 주목하여 보는 셀든에게는 전체적으로 돌아가는 판세가 눈에 들어오지 않기 시작했다.

그날은 릴리가 특히 매력적으로 돋보인 날들 중의 하나였다. 그랬다. 그녀가 매력적이라는 것 하나만으로도 충분했다. 그 나머지, 그녀의 우아함과 민첩함과 사교적인 장점들은 모두 자연스럽고 풍부한 천성으로 흘러넘쳤다. 그러나 특히 셀든의 마음을 사로잡은 것은 릴리가 정의를 내리기 힘든 수많은 차이에 의해, 릴리와 마찬가지 스타일을 간직한 대부분의 사람들과 확연히 차별화된다는 점이었다.

릴리 자신이 동경하는 그러한 상태를 활짝 피워 완전히 나타내며 그저 그들과 함께 있기만 하여도 그러한 차이는 특히 뚜렷하게 나타났다. 릴리의 품위는 세련된 다른 사람들의 가치를 떨어뜨렸으며, 차별화된 릴리의 멋진 침묵에 다른 사람의 수다는 그 빛을 잃었다. 지난 몇 시간의 긴장 탓에 릴리의 얼굴 표정은 웅변보다 더욱 깊은 의미를 보여주는 것 같았다. 그것은 셀든이 최근에 그녀의 얼굴에서 보지 못했던 것이었으며, 릴리가 셀든에게 말했을 때의 용기가 아직도 그녀의 목소리와 두 눈에서 펄럭거렸다.

그렇다, 릴리는 '무적'이었다. 그 한 낱말은 릴리를 표현하기 위한 것이었으므로 셀든은 자유롭게 그러한 찬양을 할 수 있었다. 왜냐하면 그런 찬양을 하는 데에는 개인적인 감정은 거의 개입되어 있지 않았기 때문이었다.

릴리로부터 셀든이 진정으로 이탈한 때는 환멸감을 느꼈던 그 끔찍한 순간이 아니라, 맑은 정신으로 나중에 생각하고 판별하는 바로 이 순간에 일어났던 것이다. 거기서 셀든은 릴리 안에서 그가 느꼈던 바로 그 차별화된 특성들을 부정한 듯한, 어떤 조잡한 선택 때문에 릴리가 자신으로부터 완전히 떨어져 나갔다는 것을 알았다.

그것이 셀든의 눈앞에 다시 그 완전한 모습을 갖춘 것은 릴리가 그 안에서 안심하며 만족할 수 있는 선택을 했다는 사실이었다. 그것은 어리석게 돈을 처들여 만든 음식과 허세 부리는 지루한 대화, 위트라고는 전혀 찾아볼 수 없이 마구 지껄여 대는 말이나 로맨스에는 전혀 도움이 안 되는 아무렇게나 하는 행동 속에서 내린 선택이었다.

그 레스토랑의 귀에 거슬리는 식탁 차리는 소리와, 그들의 테이블이 유별나게 눈에 띄게 자리 잡은 것 같은 점, 그리고 〈리비에라의 사교계 모습〉을 쓴 그 작은 다브함이 그곳에 나타난 것은, 이목을 끄는 것이 탁월함으로 통하고 사교계의 모습을 전하는 칼럼이 명망을 떨치는 명부(名簿)가 되었었던 어떤 세계의 전형(典型)을 가장 잘 드러내고 있었다.

그러한 행사에 불후의 명성을 주는 사람으로서 작은 다브함은 옆의 고귀한 두 사람 사이로 적당히 주의하며 끼어듦으로써 갑자기 셀든이 유심히 바라보게 되는 중심인물이 되었다. 현재 진행되고 있는 일에 관하여 다브함은 얼마나 많이 알고 있으며, 그의 목적을 위해서 아직도 찾아낼 가치가 있는 것이 얼마나 많은 것일까?

다브함의 작은 두 눈은 여러 암시를 잡기 위해 내민 촉수(觸手)처럼 반들거렸다. 셀든이 보기에는 그 순간의 공기는 답답하기 짝이 없었고 다시 환기를 시킨다 해도 공허하기는 마찬가지여서, 신문 등에 글을 쓰는 사람에게는 오직 여자들의 우아한 옷에 관해 써둘 수 있는 자료 외에는 아무것도 볼 수 있는 것이 없었다. 특히 도싯 부인의 옷이 다브함의 풍부한 어휘를 자극했다. 그 어휘란 그가 '문학적 표현법'이라 불렀음에 어울릴 가치가 있는 놀라움과 신비를 표현하는 여러 단어들을 말함이다.

처음에 셀든이 주목했었던 것처럼 그 어휘는 그 표현의 대상자에게 거의 지나치게 쓰이는 것 같았지만, 이제 도싯 부인은 충분히 그런 어휘를 예견하고 보통 때와 달리 자유롭게 그녀의 겉모습을 지어내 보이기까지 하였다.

도싯 부인은 실로 완전히 자연스럽기에는 그다지 자유롭지도, 유연하지도 않잖은가? 그리고 셀든의 눈이 자연스럽게 이동하며 대충 훑어본 도싯 역시 양 극단 사이에서 너무나 변덕스럽게 흔들리고 있잖은가? 도싯은 정말로 늘 변덕스러웠지만, 셀든이 보기에 오늘밤의 도싯은 특히 동요(動搖)할 때마다 자기의 중심에서 훨씬 더 멀리 벗어나 흔들리는 것처럼 여겨졌다.

그동안에 만찬은 브라이 부인이 분명히 만족스러워할 만큼 성공적으로 끝나가고 있었다.

스키도 경과 허버트 경 사이에서 위엄을 갖추면서 흥분한 채 왕위에 오른 듯 앉아 있는 브라이 부인은 마음속으로 피셔 부인을 찾아 자신이 달성한 장면을 보란 듯이 으스대는 것 같았다. 피셔 부인이 없어도 그녀의 관객은 완벽하다고 할 수 있었으니 말이다. 그 레스토랑에는 구경하려는 목적으로 모인 사람들로 만원이었다. 그들이 보러 온 명사들의 이름과 얼굴에 관하여 적절히 게시되었으니 말이다.

브라이 부인은 자신의 여자 손님들이 모두 그러한 명사에 해당한다는 것과 그 여자 손님은 제각각 자신의 역할에 아주 잘 어울려

보인다는 것을 의식하고, 피셔 부인이 받지 못했던 감사의 마음을 모두 억누르며 릴리를 바라보는 눈을 반짝였다.

셀든은 그런 시선을 알아채고, 그런 연회를 베푸는데 릴리가 어떤 역할을 했는지 궁금해졌다. 릴리는 적어도 그 연회의 아름다움을 돋보이게 하는 데 큰 역할을 하고 있었다. 빈틈없이 안전하게 릴리가 처신하는 것을 보면서 셀든의 입가에는 미소가 흘렀다. 그것은 릴리에게 자신의 도움이 필요할지 모른다고 생각했었다는 사실이 떠올랐기 때문이었다.

릴리는 그 어느 때보다도 더욱 차분하게 그 상황의 안주인다운 역할을 해냈다. 그리고 만찬이 끝나 헤어지려 할 때에는 테이블 주위의 사람들로부터 조금 떨어지며 도싯이 걸쳐주는 망토를 받기 위해 몸을 돌려 미소를 지은 채 우아하게 어깨를 기울이는 것이었다.

만찬은 브라이가 이례적으로 연이어 담배를 피워 대며 당황스러울 정도로 리큐어(식물성 향료와 단맛 등을 가미한 강한 알코올음료)를 많이 마시면서 바로 끝나지 않고 질질 끌었었다.

많은 테이블들이 이미 비어 있었지만, 식사를 마친 사람들 중 많은 사람들이 아직도 남아서 브라이 부인의 저명한 손님들의 작별 인사를 돋보이게 했다. 대개 이런 작별의 의식은 공작부인과 레이디 스키도 입장에서는 별다른 의미를 지닌다.

일정 기간 동안 헤어지지만 영국으로 가는 도중에 가능하면 빨리 파리에서 재회하여 옷장에 보충하여 넣을 새 옷을 사기로 약속하는 일이 포함된다는 사실 때문에 시간이 길어지고 간단히 끝나지를 않는 것이었다.

브라이 부인의 환대와 아마도 그녀의 남편인 브라이가 가르쳐준 정보가 가치 있었기 때문인지 영국 레이디들의 태도에는 그들을 대접한 브라이 부인의 미래에 가장 낙관적인 빛을 던져주는 모습이 역력했다. 그러한 빛 속에는 도싯 부인과 스텝니 부부도 명백히 포함되어 있었고, 그 광경은 전체적으로 다브함의 주의 깊은 펜을 위해 그들의 황금 무게에 어울릴 만한 매우 친밀한 교제라는 기색을 풍겼다.

공작부인이 자신의 시계를 흘끗 쳐다보더니 자신의 누이동생에게 기차 시간에 대려면 급히 서둘러 가야 한다고 소리쳤고, 그들이 질풍같이 떠나가고 난 뒤에 스텝니 부부는 문 앞에 세워둔 자기네 자동차로 도싯 부부와 릴리를 부두까지 태워주겠다고 말했다. 그런 호의를 받아들여, 도싯 부인은 그녀의 남편과 함께 시중을 받으며 걸어갔다. 릴리는 허버트 경과 마지막 말을 하기 위해 남아 있었는데, 브라이로부터 마지막으로 한층 더 비싼 담배를 권유받고 있던 스텝니가 그녀를 향해 소리쳤다.

"릴리 씨, 요트로 되돌아갈 거라면 한대 태우고 가요."

릴리는 그 말에 따르려고 몸을 돌렸고, 릴리의 그런 동작과 동시에 나가다 말고 잠시 멈춰 섰던 도싯 부인이 테이블 쪽으로 두세 걸음 되돌아오더니 유달리 분명한 목소리로 말했다.

"바트 양은 요트로 되돌아가지 않을 거예요."

사람들의 눈에서 눈으로 놀라는 표정이 빠르게 번져갔다. 브라이 부인은 금방 두 눈이 충혈이 될 정도로 새빨개졌고, 스텝니 부인은 자기 남편 뒤에서 초조해진 듯 발을 헛디뎠으며, 셀든은 그의 감각 전체가 소란해진 가운데 다브함의 멱살이라도 움켜잡아 길 밖으로 내동댕이치고 싶은 간절한 마음에 휩싸였다.

그러는 사이에 도싯은 자기 부인의 곁으로 되돌아왔다. 도싯의 얼굴은 하얗게 질려서 놀라고 화난 눈초리로 주위를 둘러보았다.

"버사! 바트 양은……. 이건 뭔가 오해요……. 뭔가 착각이……."

"바트 양은 여기에 남아요."

그의 부인은 날카롭게 다시 한 번 말했다.

"그리고…… 내 생각에는…… 조지, 우리가 스텝니 부인을 기다리게 하지 않는 게 좋겠어요."

릴리는 그런 말들이 간단히 오가는 중에, 그녀 주위의 당황한 사람들과는 약간 떨어져서 감탄할 만큼 몸을 꼿꼿이 세우고 있었다. 그녀는 그런 모욕을 받은 충격으로 약간 창백해지기는 했지만, 주변에 있는 사람들의 얼굴에 나타난 당황스러움이 그녀 자신의 얼굴에는 없었다. 엷은 경멸이 담긴 미소로 인하여 릴리는 그녀의 적수가 닿지 못하도록 높이 올라가 있는 것 같았다. 도싯 부인이 충분히 멀어진 후에야 그녀는 몸을 돌려 브라이 부인에게 손을 내밀며 설명했다.

"저는 내일 공작부인과 함께 지낼 거예요. 그러니 이 밤에는 해안에 남아 있는 게 저한테는 더 편안할 것 같아요."

릴리는 이런 설명을 하는 동안에는 브라이 부인의 흔들리는 눈을 굳게 바라보고 있었지만, 그 말을 마쳤을 때에는 여자들의 얼굴을 차례로 살피는 모습이 셀든의 눈에 잡혔다. 릴리는 그녀들의 외면하는 모습과 그녀들 뒤에서 말을 못 하고 있는 남자들의 비참한 표정 속에서 그들이 자기의 말을 믿으려 하지 않는다는 것을 읽었고,

그 실패 직전의 괴로운 찰나에 릴리가 몸을 떨었던 것도 알았다. 그런 다음 릴리는 셀든에게 몸을 돌리더니 맥 빠진 용기를 내어 편안한 동작으로 미소를 다시 띠며 말했다.
"친애하는 셀든 씨, 당신은 저를 마차까지 배웅해 주기로 약속하셨지요."

바깥의 하늘에는 바람이 심했고 구름이 짙게 깔려 있었다. 릴리와 셀든은 레스토랑 아래에 있는 인적이 끊긴 정원을 향하여 움직여 갔다. 따스한 빛줄기가 이따금 날아와 그들의 얼굴에 부딪쳤다. 마차에 대해 꾸며낸 이야기는 무언중에 없던 일로 되었다. 그들은 침묵 속에 걸었다. 릴리는 셀든의 팔을 잡았다. 정원의 더 깊이 그늘진 곳으로 접어들어 벤치 옆에서 잠시 멈추었을 때, 셀든이 입을 열었다.
"잠시 앉아요."
릴리는 아무 대답도 않고 그 자리에 앉았다. 굽이진 길의 전등불빛 속에 고통으로 몸부림치는 그녀의 얼굴이 드러났다. 셀든은 릴리의 옆에 앉아서 자기가 선택한 어떤 말이 너무 거칠어서 그녀의 상처를 건드릴까 두려워 그녀가 말하기를 기다렸다. 또한 셀든 자신의 마음속에서 서서히 다시 살아나는, 안 좋은 의혹들로 인해서 자유롭게 말을 할 수가 없었다.
무엇 때문에 릴리는 이런 상태에 이르렀는가? 어떤 약점이 있기에 그녀의 적수가 이토록 지긋지긋하게 그녀를 마음대로 할 수 있단 말인가? 그리고 어찌하여 버사 도싯은 아주 명백하게 동성(同性)의 지지가 필요한 바로 그 시점에, 릴리에게 한 사람의 적수로 변하게 되었는가?

남편들이 그들의 아내에게 복종하는 것과 동성에 대한 여자들의 잔인성을 보고 셀든의 신경이 불같이 달아올랐던 동안에도, 이성(理性)은 고집스럽게 연기와 불 사이의 관계를 묘사하는 격언에 대하여 매달리고 있었다. 피셔 부인의 암시에 대한 기억과 셀든 자신의 느낌에 대한 확증적인 사실 때문에, 릴리를 향한 동정심이 깊어지는 동안에도 셀든은 점점 더 심해지는 압박감을 느꼈다. 왜냐하면 셀든이 어느 쪽으로 동정의 출구를 찾으려 하여도, 큰 실수를 저지르게 된다는 두려움이 그것을 가로막았기 때문이었다.

갑자기 셀든은 자신의 침묵이 그녀에게서 몸을 돌렸다는 이유로 자신이 경멸했던 남자들의 침묵과 거의 똑같이 힐문하는 것처럼 보임에 틀림없다는 생각이 들었다. 그러나 셀든이 적당한 말을 찾아내기도 전에 그런 생각을 끊으며 릴리가 물었다.

"당신은 조용한 호텔을 하나 아시나요? 나는 아침에 내 하녀가 오게끔 사람을 보낼 수 있는데……."

"호텔요? 이곳에서 당신 혼자 갈 수 있는 곳 말이오? 그건…… 불가능합니다."

릴리는 그 말에 얼핏 예전의 장난기를 발동하며 받았다.

"그렇다면 뭐예요? 이 정원에서는 너무 축축해서 잘 수가 없잖아요."

"하지만 분명 누군가가 있을 텐데……."

"내가 갈 수 있는 누군가 말이죠? 물론이죠. 얼마든지……. 하지만 이 시간에요? 아시다시피 내 계획이 변한 게 좀 갑작스러워서……."

셀든은 자기의 무력함을 갑작스럽게 화로 발산하며 말했다.

"이것 참……. 당신이 내 말을 들었었더라면……!"

릴리는 여전히 미소로 부드럽게 조롱하며 셀든의 말을 받았다.

"하지만 내가 당신의 말을 듣지 않았나요?"

릴리가 말을 이었다.

"당신은 내게 요트를 떠나라고 충고했어요, 그래서 난 이제 요트를 떠나려 하는데……."

그러자 셀든은 비통하게 자책하는 마음이 들었다. 릴리는 자기 자신을 설명하거나 방어할 생각이 없다는 것과, 자신이 치사하게 침묵함으로써 릴리를 도울 수 있는 모든 기회를 잃어버렸으며 결정적인 시간은 흘러갔다는 것을 알았다.

릴리는 일어서서 마치 자리에서 쫓겨난 왕자가 조용히 망명길에 오르듯, 좀 침울하면서도 위엄 있게 셀든 앞에 섰다.

셀든이 호소하는 듯한 절망적인 목소리로 외쳤다.

"릴리 씨!"

하지만 릴리는 점잖게 셀든에게 주의를 주는 말을 했다.

"오, 지금은 아니에요."

그런 다음 그녀는 침착함을 다시 찾아 최대한 부드럽게 말했다.

"왜냐하면 나는 지금 쉴 곳을 찾아야만 하니까요, 그리고 당신이 날 돕기 위해서 너무나도 친절하게 여기에 있어주니까……."

셀든은 용기를 내어 그 말을 받았다.

"당신은 내가 말하는 대로 하겠소? 그렇다면 단 한 가지 길이 있소. 당신의 사촌인 스텝니 부부에게 곧장 가도록 해요."

"오……."

본능적인 저항의 몸짓으로 릴리의 입에서 그런 소리가 터져 나왔지만 셀든은 자신의 주장을 굽히지 않았다.

"어서요! 늦었소. 그리고 당신은 그리로 곧장 갔다고 여겨져야 해요."

셀든은 릴리의 손을 자신의 팔 안으로 끌었으나, 릴리는 결정적인 항의의 몸짓으로 셀든을 밀쳐내며 말했다.

"난 그럴 수 없어요. 난 그럴 수 없단 말이에요. 그렇게 못 하는 건……. 당신은 그웬을 몰라요. 당신은 내게 그렇게 하라고 해선 안 돼요!"

셀든은 비록 마음속으로는 릴리 바트의 두려움이 그대로 느껴졌지만, 자신의 주장을 계속했다.

"그렇게 해야만 해요. 내 말을 들어야 해요."

릴리는 목소리를 낮추어 속삭였다.

"그런데 만약 그웬이 거절한다면……?"

그러나 셀든은 자신의 주장을 되풀이함으로써 그 물음에 대답할 수 있을 뿐이었다.

"오, 내 말을 믿으시오. 내 말을 믿으라고요!"

그러자 셀든의 말에 순응하여, 릴리는 다시 말없이 그의 뒤를 따라 광장의 끝에 다다랐다.

마차 안에서 두 사람은 계속 아무 말이 없었고, 얼마 안 가서 스텝니가 묵고 있는 호텔의 조명장식을 한 으리으리한 정문에 이르렀다. 여기에서 셀든은 릴리를 바깥에 높이 쳐진 차일의 어두운 그림자 안에서 기다리게 한 후에, 자신의 이름을 스텝니에게 올려 보내놓고 화려한 로비 안을 서성거리며 스텝니가 내려오기를 기다렸다.

10분 후에 두 명의 남자가 호텔 입구의 금 레이스를 단 경비들 사이로 함께 나갔고, 스텝니는 마지막으로 마지못해 나온 기색을 역력히 드러내며 현관 홀에 섰다.

"이해가 되지만…… 그래서요?"

스텝니는 셀든의 팔을 손으로 잡고 신경질적으로 분명하게 말했다.

"그녀는 내일 일찍 기차로 떠나야 하는데…… 자고 있는 내 집사람을 깨워서 걱정스럽게 할 수는 없단 말입니다."

4

페니스턴 부인의 응접실의 커튼은 숨 막힐 듯한 6월의 태양을 가리기 위해 끌어내려졌고, 무덥고 어스름한 빛 속에서 그녀의 친척들은 그녀와 사별하게 되어 슬프다는 듯 그늘진 얼굴을 하고 있었다.

그들은 모두 거기에 있었다. 반 얼스타인 부부, 스텝니 부부와 멜슨 부부, 그리고 평소에는 찾아오지도 않던 한두 명의 페니스턴 가문의 사람들조차도 옷이나 태도에서 더욱 위상을 높이며, 촌수는 더욱 멀어도 희망은 더욱 확고한 모습을 드러내고 있었다. 그 페니스턴 가문 측은 실제로 페니스턴 씨의 재산 대부분이 '되돌아왔다'는 것을 확실히 알고 있었지만, 한편 미망인이었던 페니스턴 부인의 개인 재산의 처분과 그 확정되지 않은 범위에 관하여 직접적으로 관련되어 있는가에 대하여는 결정을 내릴 수 없는 상태였다.

잭 스텝니는 가장 부유한 조카로서 자기의 새로운 특성에 걸맞게 묵묵히 선두에 서서 더욱 깊은 애도의 빛을 내며 차분하면서도 권위 있는 태도로 자신의 중요성을 강조하고 있었다. 한편 막대한 재산을 상속받았던 그의 아내는 따분해하는 태도와 경박한 옷을 입은 것으로 볼 때, 보잘것없는 이익이 걸려 있는 것에 관해서는 무시하겠다는 뜻임을 알 수 있었다.

늙은 네드 반 얼스타인은 불행을 산뜻하게 바꾸는 코트를 입은 그녀 옆에 앉아서, 자신의 입술이 떨리는 것을 감추기 위해 연방 허연 콧수염을 빙빙 돌리고 있었고, 코가 빨개진 그레이스 스텝니는 크레이프 상장(喪章)의 냄새를 풍기며 감정을 담아 허버트 멜슨 부인에게 속삭였다.

"다른 어디에서건 나이아가라를 보고 싶어 못 견디겠어요!"

상복(喪服) 스치는 소리가 나자 사람들은 재빨리 머리를 돌려 문이 열린 곳을 바라다보았다. 검은 옷을 입은 릴리 바트가 큰 키에 당당한 모습으로 들어섰고 그녀의 옆에는 거티 패리쉬가 있었다.

릴리가 의심쩍어하며 입구에서 멈춰 서자, 우물쭈물하는 여자들의 얼굴이 볼 만하였다. 한두 사람이 하는 둥 마는 둥 인사를 했는데, 그것은 그곳의 엄숙함 때문이거나 아니면 다른 사람들이 얼마나 적극적으로 인사를 할지에 관한 의혹 때문일 수도 있었을 것이었다.

잭 스텝니는 되는 대로 고개를 끄덕여 보였고, 그레이스 스텝니는 음침한 손짓으로 자신의 옆에 있는 의자를 가리켰다. 그러나 릴리는 그 손짓이 가리키는 의자에 앉거나 잭 스텝니가 공식적으로 그녀를 이끌려고 하는 것에도 따르지 않고, 자유롭고 유려한 발걸음을 내디디며 그 방을 가로질러서 다른 의자들과 의도적으로 따로 떼어놓은 듯한 의자에 앉았다.

릴리가 두 주 전에 유럽에서 돌아온 이래로 그녀의 가문 사람들에게 모습을 드러낸 것은 이번이 처음이었다. 하지만 만약 그녀가 그들의 환영을 받을지 어떨지 몰랐다 하더라도, 그것은 단지 평상시와 같은 그녀의 차분한 태도를 좀 비꼬는 시선으로 보게 할 뿐이었다.

부두에서 거티 패리쉬로부터 페니스턴 부인이 갑자기 돌아가셨다는 소식을 들었을 때 받았던 절망적인 충격은, 거의 동시에 마침내 이제 그녀가 자신의 빚을 갚을 수 있을 것이라는 생각이 억누를 수 없이 밀려들면서 완화되었었다. 릴리는 상당히 불편한 마음으로 맨 먼저 고모와 얼굴을 마주해야 할 것이라고 생각했었다. 페니스턴 부인은 그녀의 조카딸인 릴리가 도싯 부부와 떠나는 것을 격렬하게 반대했었고, 릴리가 집에 없는 중에도 편지 한 통 보내지 않음으로써 자신이 계속 그 여행을 반대하고 있음을 나타냈었다.

그래서 도싯 부부와 사이가 틀어졌다는 소식을 고모가 확실히 들었으리란 사실 때문에 고모와 만날 일이 더욱 두려웠으며, 꽤나 심한 닦달을 당할 것을 예상하고 있었다. 그러니 오랫동안 보장된 상속을 멋지게 받기만 하면 된다는 생각을 하게 된 릴리가 재빠르게 밀려드는 안도감을 어떻게 억누를 수 있었겠는가?

페니스턴 부인이 그녀의 조카딸을 위해 상당한 재산을 물려줄 것이라는 것은 성별(聖別)의 용어로써, '언제나 믿어지는' 것이었으며, 릴리의 마음속에서 그러한 믿음은 오래전부터 기정사실로 굳어졌었다.

"저 여자가 모든 것을 받게 되는 건 뻔한 일이죠. 무엇 때문에 우리가 여기에 있는지 모르겠네요."

잭 스텝니 부인이 주의하지 않고 큰 소리로 네드 반 얼스타인에게 말했다. 그러자 네드 반 얼스타인은 낮은 목소리로 투덜거리며 그 말을 받았다.

"줄리아는 언제나 공정한 여자였소."

그의 말은 묵인으로도 의심으로도 해석될 수 있는 것이었다.

스텝니 부인이 하품을 하며 말을 이었다.

"흥, 그래봐야 고작 사십만 달러 정도일 텐데 뭐……."

그러자 변호사가 말하기에 앞서 기침소리를 내어 조용해진 가운데, 그레이스 스텝니가 흐느끼며 말하는 소리가 들렸다.

"그들은 수건 하나라도 없어진 사실조차 알지 못할 거예요. 나는 고인과 바로 그날 그것들을 점검했는데……."

릴리는 답답한 분위기와 숨 막힐 듯한 새로운 애도의 낌새에 짓눌려서, 페니스턴 부인의 변호사가 그 방 끝의 상감세공을 한 테이블 뒤에서 근엄하게 서서 유언장의 서문을 빨리 읽어 내려갈 때, 주의력을 제대로 집중할 수 없었다.

릴리는 그웬 스텝니가 정말로 장엄해 보이는 그 모자를 어디에서 샀는지를 막연히 궁금해하며 곰곰이 생각했다.

'여기 분위기가 꼭 교회 안에 있는 것 같잖아.'

그러고는 잭이 얼마나 뚱뚱해졌는지에 주목했다. 그는 곧 거의 허버트 멜슨 만큼이나 부풀어 오를 것 같은 느낌을 주었다. 허버트 멜슨은 그와 1미터쯤 떨어져 앉아서, 검은 장갑을 낀 두 손을 단장에 올려놓고 가쁜 숨을 쉬고 있었다.

'왜 부자들은 언제나 뚱뚱해지는 걸까? 그들에게는 걱정할 게 없

기 때문일 거야. 상속을 받으면, 아무래도 외모에 주의해야만 하겠어.'

릴리가 그런 생각에 잠긴 한편에서는 변호사가 계속 낮은 소리로 복잡한 유산에 관한 글을 읽어 내려갔다.

먼저 하인들이 거명되었고, 그다음에 두셋의 자선단체, 이어 대여섯 명의 촌수가 먼 멜슨 가문과 스텝니 가문의 사람들이 거명되었다. 그들은 자기들의 이름이 울려나오자 의식적으로 감정을 드러낸 다음에 그런 엄숙한 일에 들어맞는 냉정한 상태로 가라앉았다.

네드 반 얼스타인과 잭 스텝니, 그리고 한두 명의 사촌이 뒤를 이었는데, 그들 각자는 쌍쌍이 2~3천 달러가 언급되었다. 릴리는 그레이스 스텝니가 그들 가운데 끼어 있지 않은 것이 궁금해졌다.

그다음에 릴리는 자신의 이름을 들었다.

"나의 조카딸 릴리에게는 일만 달러……."

그리고 그 후에 변호사는 또다시 난해한 말들을 연이어 읊어 댔는데, 그로부터 결론적인 어구가 놀랍게도 뚜렷이 번쩍 귓속을 파고들었다.

"그리고 나의 남은 재산은 나의 사랑하는 사촌이자 이름이 나와 같은 그레이스 줄리아 스텝니에게 주노라."

검은 상복을 입은 모습들이 숨이 막힐 정도의 놀라움을 참고 재빨리 고개들을 돌려 일시에 구석진 곳을 향하였다. 그 구석에는 스텝니 양이 구겨진 공처럼 된, 가장자리가 까만 손수건을 통해서 자신이 합당한 사람이 아니라는 느낌을 울면서 토해 내고 있었다.

릴리는 일반 사람들이 움직이는 것으로부터 따로 떨어져 서서,

처음으로 자기 자신이 완전히 혼자라는 느낌이 들었다. 아무도 릴리를 보지 않았고, 아무도 릴리가 있다는 사실을 알지도 못하는 것 같았다.

릴리는 무가치함의 그 맨 밑바닥을 탐색하고 있었다. 그리고 냉담한 마음을 가다듬으려는 릴리의 의식 밑으로 배반당한 희망이라는 더욱 예리한 고통이 나타났다.

상속권을 빼앗기다니!

릴리는 상속권을 빼앗겼다. 그것도 그레이스 스텝니에게! 릴리는 자신을 위로하고자 절망적인 모습을 하고서 릴리에게서 눈을 떼지 않는 거티의 구슬픈 두 눈을 마주하고는, 정신을 가다듬었다. 자신이 그 집을 떠나기 전에 해야 할 무언가가 있었다. 자신이 알고 있는 바로 그 고결함으로 어떠한 몸짓을 하고서 해야 할 무언가를 말이다. 릴리는 스텝니 양의 주변에 있는 사람들에게로 다가가 손을 내밀며 간단히 말했다.

"그레이스, 난 정말 기쁘군요."

다른 여자들은 릴리가 다가감에 따라 뒤로 물러서서, 릴리의 주위에는 저절로 하나의 공간이 만들어졌다. 그 공간은 릴리가 떠나기 위해 몸을 돌렸을 때 넓어졌는데, 아무도 그 공간을 채우려 다가서질 않았다.

릴리는 잠시 멈춰 자기 주위를 흘긋 보고는, 자신의 처지를 조용히 가늠해 봤다. 릴리는 어떤 사람이 유언장의 날짜에 관하여 묻는 소리를 들었고, 변호사의 대답 중 일부도 들려왔다. 그것은 갑작스러운 하늘의 부름과 '더욱 앞당겨진 유서'에 관한 어떤 말이었다. 해산하는 인파가 릴리를 지나쳐 가기 시작했다.

잭 스텝니 부인과 허버트 멜슨 부인은 문 앞에 서서 자기들의 자동차를 기다리고 있었고, 슬픔을 같이하는 사람들은 그레이스 스텝니를 마차에까지 바래다주었는데. 비록 그레이스가 단지 한두 블록 떨어진 가까운 곳에서 살고 있기도 했지만, 그 마차는 그녀가 잡아타기에 딱 알맞은 것처럼 느껴졌다. 이제 릴리와 거티는 자기들 둘만이 자주색 응접실에 남아 있게 된 것을 알았다. 그 응접실은 이전보다 더욱 갑갑하고 침침한 느낌을 주었기 때문에 그 안에 이제 막 마지막 시신이 점잖게 안치되었던, 잘 보존된 가문의 지하 납골소를 닮아 있었다.

둘이서 2인승 마차를 타고 도착한 거티 패리쉬의 거실에서 릴리는 가냘프게 웃으며 한 의자의 안으로 몸을 던졌다. 자기에게 남겨진 고모의 유산이 트레너에게 진 빚과 거의 같은 금액이어서 우습다는 생각이 갑자기 릴리의 머리에 스쳤던 것이다. 그 빚을 갚아야 할 필요는 릴리가 미국으로 돌아온 이래 더욱 절실하게 느껴져서, 그녀는 근심스럽게 배회하는 거티에게 자신의 첫 번째 생각을 털어놨다.

"언제 그 유산을 받게 될지 궁금하네."

그러나 유산에 관하여 논할 기분이 아니었던 거티는 벌컥 화를 내며 말했다.

"오, 릴리야, 그건 불공평해. 그건 잔인한 거야. 그레이스 스텝니는 그 모든 돈을 받을 권리가 없다고 생각해야 해."

릴리는 이성적으로 말을 이었다.

"줄리아 고모를 즐겁게 하는 방법을 아는 사람이라면 누구든지 고모의 돈을 받을 권리가 있는 거야."

"그러나 네 고모는 널 많이 사랑하셨어. 네 고모 때문에 모두들 생각하기를……."

거티는 당혹감을 감추지 못하고 스스로 말을 더 잇지 못하였다. 릴리가 거티에게로 몸을 돌려 마주보며 말했다.

"거티야, 솔직히 말해봐. 이 유언은 단지 6주 전에 만들어졌어. 고모는 내가 도싯 부부와 갈라졌다는 소식을 들었었니?"

"모두가……. 물론 어떤 의견 차이가 있다는 소식도 들었어. 뭔가 오해가……."

"고모는 버사가 날 요트에서 쫓아냈다는 소리도 들었니?"

"릴리야!"

"너도 알다시피 그런 일이 일어났던 거야. 버사는 내가 자기 남편인 조지 도싯과 결혼하려 한다고 말했어. 버사가 그렇게 말한 건 자기가 남편을 빼앗기지 않으려고 조심하고 있다는 사실을 남편이 알도록 하기 위한 거야. 버사가 그웬 스텝니에게 말한 게 그런 것 아니었니?"

"난 몰라. 난 그런 소름끼치는 말은 듣지 못했어."

"나는 그들이 한 말을 알아야만 해. 나는 내가 어떤 처지에 놓이게 됐는가를 분명하게 알아야 한다고."

릴리는 잠시 말을 끊었다가, 다시 약간 조롱이 담긴 목소리로 말을 이었다.

"너 그 여자들 보았니? 그 여자들은 내가 돈을 받을 거라고 생각하면서 날 냉대하길 두려워했어. 그런데 나중에는 내가 역병에라도 걸린 것처럼 허둥지둥 나에게서 달아났잖아."

거티가 말없이 듣고만 있자 릴리가 말을 이었다.

"나는 어떤 일이 일어날지를 계속 지켜보았어. 그 여자들은 그웬 스텝니와 룰루 멜슨으로부터 훈수를 받더구나. 나는 그들이 그웬 스텝니가 어떻게 하는지를 보기 위해 예의 주시하는 것을 알았어. 거티야, 나는 나에 관해서 무슨 말들이 오고가는지 알고는 있어야 하잖아."

"네게 말했잖아, 난 듣지 못했다고……."

"들으려 하지 않아도 그런 말들은 들려오는 법이야."

릴리는 일어서서 그녀의 두 손을 거티의 양 어깨에 굳게 얹으며 말했다.

"거티야, 사람들이 나와의 관계를 끊을까?"

"네 친구들 말이야…… 릴리야…… 왜 그런 생각까지 하고 그래?"

"이런 때에 누가 내게 친구가 되겠니? 바보같이 믿어주는 충실한 친구인 너 빼고는 누가 있겠어? 그리고 네가 나에 대해 뭔가 이상하다고 생각하는지 어떤지는 아무도 모르는 일이야!"

릴리는 변덕스럽게 중얼거리며 거티에게 입을 맞추었다.

"그렇다고 해서 너는 결코 어떤 차이가 나도록 하진 않을 거야. 또 한편으로는…… 넌 범죄자들을 좋아하잖아. 거티야! 그렇지만 교정할 수 없는 자들에 대해서는 어떻게 생각하니? 왜냐하면 너도 알다시피, 나는 절대로 회개하지 않는 사람이거든."

릴리는 반항하는 어떤 어둠의 천사처럼 자신의 호리호리한 몸을 위엄 있게 한껏 치켜 올려 거티 위로 우뚝하게 곧추 세웠다. 근심에 빠진 거티는 더듬거리며 이런 말을 할 수밖에 없었다.

"릴리…… 릴리, 어떻게 넌 그런 일을 웃어넘길 수 있니?"

"아마도 울지 않기 위해서일지도 모르지. 하지만…… 아니야, 난 툭하면 질질 짜는 체질이 아니야. 나는 일찍이 울면 내 코가 빨개진다는 사실을 알았어. 그리고 그걸 안 덕분에 나는 고통스러운 몇몇 사건들을 잘 헤쳐 나왔거든……."

릴리는 끊임없이 방을 이리저리 돌더니 다시 자리에 앉아 짐짓 밝은 표정을 한 눈을 들어 거티의 근심에 찬 얼굴을 보며 말했다.

"나는 염두에 두지 말았어야 했어. 너도 알다시피, 내가 그 돈을 받을 것에 관해서 말이야……."

"오……!"

거티의 그런 항의의 외침에 릴리는 차분히 말을 되뇌었다.

"염두에 두지 말았어야 했어. 단 한 푼도 말이야. 처음에 그들은 감히 날 무시할 생각을 전혀 하지 못했거든……. 그리고 만일 그들이 그랬더라도 그건 그다지 중요하지 않았었을 거야. 왜냐하면 난 그들과는 아무런 관계가 없었을 테니까 말이야. 하지만 지금은……!"

릴리의 눈에서 빈정대는 빛이 사라져갔다. 릴리는 수심에 찬 얼굴로 거티를 보았다.

"어떻게 그런 말을 할 수 있어, 릴리야? 물론 그 돈은 네 것이어야 했지만, 결국 그래봐야 아무 차이도 없어. 중요한 건……."

거티는 잠시 말을 멈추더니 다시 단호하게 하던 말을 계속했다.

"중요한 건 너 자신의 결백을 증명해야 하는 거야. 네 친구들에게 진실을 모두 말해야 해."

"진실을 모두……?"

릴리는 웃었다.

"진실이 뭐지? 여자가 관계되어 있는 한, 그런 이야기야말로 가장 쉽게 믿게 되잖아. 이런 경우에는 내 말보다 버사의 말을 훨씬 더 믿기 쉽겠지. 왜냐하면, 버사는 큰 집도 있고 오페라 특등석도 있는 데다 모두들 버사와 사이좋게 지내는 것이 편할 테니까 말이야."

거티는 여전히 걱정스러운 눈빛을 릴리에게서 떼지 않고 물었다.

"하지만 네가 할 말은 뭐니, 릴리야? 나는 아무도 그 진실을 모르고 있다고 생각한단 말이야."

"내가 할 말? 나 자신도 그것을 모르는 것 같은데……. 너도 알다시피, 난 버사가 그랬던 것처럼 어떤 할 말을 미리 준비할 생각은 전혀 하지 못했어. 그리고 설사 내게 뭔가 할 말이 있었더라도 굳이 지금 그걸 사용해야 한다고 생각하진 않았어."

그러나 거티는 조용히 조리에 맞게 말을 이었다.

"난 미리 준비해 놓은 얘기를 하라는 게 아냐. 하지만 네가 처음부터 정확히 무슨 일이 일어났었는지를 내게 말해 줬으면 좋겠어."

"처음부터……?"

릴리는 점잖게 거티의 말을 흉내 내며 말했다.

"얘, 거티야. 너같이 착한 사람들은 참으로 상상력이 부족하구나! 아니 처음이란 내 요람 안에 있었지 않나 싶구나. 날 길렀던 그 방식과 내가 좋아하도록 배웠던 것들 안에 말이다. 혹은…… 아니지, 난 내 잘못을 가지고 누구를 탓하진 않겠어. 난 말이야…… 그것은 내 피 속에 있었다고. 나는 그것을…… 사악하게 쾌락을 사랑하는 뉴 암스테르담의…… 가정적인 미덕에 반항하고 샤를 왕조의 궁으로 되돌아가고 싶어 했던 어떤 여자 조상들로부터 받았다고 말하겠어!"

그러고는 거티가 계속 재촉하는 근심스러운 눈빛을 보내자, 릴리는 참지 못하고 말을 계속했다.

"너는 지금 막 진실을 내게 물었는데…… 음…… 어떤 젊은 여자에 관하여 진실이란 일단 그 여자가 구설수에 오르면 끝장이라는 거야. 그리고 그 여자가 자신의 상황을 설명하면 할수록 그 상황은 더욱 추잡해 보인다는 거지. 이 착한 친구, 거티야, 혹시 너 담배 가진 거 있니?"

그날 저녁에 릴리는 배에서 내려 육지에 올랐을 때 갔었던 호텔의 통풍이 잘 안 되는 방에서 자신이 처한 상황을 돌이켜봤다. 때는 6월의 마지막 주였고 그녀의 친구는 아무도 시내에 없었다. 페니스턴 부인의 유언장을 읽기 위해 계속 머물러 있었거나 되돌아왔던 극소수의 친척들은 다시 그날 오후 뉴포트나 롱아일랜드로 급히 가버렸다. 그들 중에 릴리에게 친절히 같이 가자고 제안하는 사람은 아무도 없었다.

릴리는 자기의 인생에서 처음으로 거티 패리쉬를 빼면 완전히 자기 혼자뿐이라는 사실을 절감했다. 릴리는 도싯 부부와의 사이가 틀어진 현실이 일어난 순간에조차도 그 사건의 의미를 절실히 깨닫지 못했었다. 오히려 허버트 경으로부터 그 불행한 소식을 들은 벨트셔 공작부인이 즉시 릴리를 보호하겠다고 나섰기 때문에 그 공작부인의 비호의 날개 아래 들어가 거의 승리감에 차서 런던까지 갔었다.

거기서 릴리는 어느 사교계에 계속 남아 있고 싶은 간절한 마음을 가졌었다. 그것은 그들이 릴리에게 단지 자기들을 즐겁게 해주고 매료시켜 달라고 요청을 했고, 그렇게 할 줄 아는 재능을 어떻게 획득했는지에 관해서는 그다지 지나치게 묻지도 않았기 때문이었다.

그러나 셀든은 떠나기 전에 즉시 고모에게 되돌아가야 할 필요성을 릴리에게 강하게 인식시켰고, 허버트 경도 런던에 다시 나타나서 바로 똑같은 조언을 많이 해주었다. 공작부인의 옹호가 사교계의 명예 회복에 이르는 최선의 길은 아니라는 말을 릴리에게 말할 필요까지도 없었다.

릴리는 공작부인 외에도 자기를 옹호하는 귀족이 새로이 보호할 대상을 더 좋아하게 되면 언제라도 자기를 저버릴 것이란 사실도 알아차리고 있었기 때문에 결국 마지못한 듯 미국으로 돌아가기로 결심했었다. 그러나 릴리가 고향의 해안에 들어선 지 10분도 지나지 않아서, 그녀는 자신이 유럽에서 너무 오래 지체함으로써 명예 회복을 할 수 없게 되었다는 사실을 깨달았다.

도싯 부부, 스텝니 부부, 브라이 부부 등 그 비극의 당사자와 목격자 모두가 그 사건에 대하여 뭔가 할 말을 가지고 그녀보다 먼저 와 있었던 것이다. 설사 릴리가 자기 자신을 변호할 말을 할 기회가 어쩌다 있었다 하더라도, 뭔가 모를 경멸감과 꺼림칙함 때문에 말을 하지 못하였을 것이었다.

릴리는 설명이나 반론에 의해서는 자신이 잃어버린 입지를 다시 찾기를 조금도 바랄 수 없다는 것을 알고 있었다. 비록 그런 것들의 효능에 대해서 릴리가 약간 수긍했다 하더라도, 거티 패리쉬에게 릴리 자신을 변호하게 할 수 없다는 감정 때문에 그녀에게도 마찬가지로 말을 꺼내지 못했던 것이다. 그 감정이란 반은 자존심이요, 반은 창피함이었다. 왜냐하면, 비록 릴리가 버사 도싯이 자신의 남편을 되찾으려고 결심함에 따라 자신이 가차 없이 희생당했다는 것을 알았음에도 불구하고, 그리고 도싯과 그녀 자신의 관계가 그야말로 훌륭한 동료의식이란 관계였다 하더라도, 릴리는 처음부터 캐리 피셔가 잔인하게 말했듯이 그 사건에서 도싯의 관심을 그의 아내로부터 딴 데로 돌려놓는 역할을 맡았다는 것을 완전히 알고 있었다는 것이었다.

그것이 릴리가 '거기에 있게 된 이유'였다. 그것은 석 달 동안 아무 걱정을 하지 않고 사치스러운 삶을 살기 위해 그녀 스스로가 치르기로 선택한 대가였다. 릴리에게 어쩌다 있는 자기반성의 순간에도 사실들에 단호히 맞서는 릴리의 버릇 때문에, 이제 릴리는 그런 상황에 대해 뭔가를 억지로라도 꾸며내서 말을 하지 못했다.

릴리는 이심전심으로 통하는 무언의 계약에서 자기의 역할을 아주 충실히 수행했고, 바로 그 때문에 고통을 당하게 된 것이다. 그 역할이란 게 조금도 당당한 것이 아니었을 뿐만 아니라, 결국 추한 실패만으로 끝났다는 사실을 릴리는 이제야 알았다.

릴리는 또한 똑같이 완고한 견지에서 연이어 일어난 여러 결과들이 그 실패로부터 왔다는 것을 알았다. 이런 생각들은 시내에 남아서 지루한 일상을 보내는 릴리에게 갈수록 더욱 명확해졌다. 릴리는 거티 패리쉬가 가까이 있어 마음이 놓이기도 했고, 딱히 어디로 갈지도 잘 몰라 그대로 눌러 있었다.

릴리는 자기 앞에 놓여 있는 과업의 성질을 잘 이해했다. 릴리는 자신이 잃어버린 지위를 차츰차츰 되찾는 일을 시작해야만 했다. 그 지겨운 과업의 첫 단계는 가능한 한 빨리 자기 친구들 중 의지할 수 있는 사람이 얼마나 되는가 하는 것을 알아내는 것이었다.

릴리의 희망은 주로 트레너 부인에게 집중되었다. 트레너 부인은 자신을 즐겁게 하거나 자신에게 유용한 사람들을 쉽게 관용해 주는 덕목을 갖고 있었고, 지금까지 시끄럽고 혼잡한 그녀의 생활 주변에서 들려오는 작은 험담의 목소리에도 귀를 기울이려 하지 않았다.

그러나 주디는 틀림없이 릴리가 돌아왔다는 것을 통지받았을 텐데도 불구하고, 자기 친구이기도 한 릴리의 고모가 돌아가심에 따른 공식적인 위로의 편지를 보냄으로써 릴리가 돌아왔음을 알고 있다는 표시조차도 안 했었다. 그렇기 때문에 릴리 쪽에서 어떤 선수를 치는 것은 위험할 수도 있었다. 그저 운에 맡기고 우연히 만날 행운을 기다리는 수밖에 없었다.

릴리는 시즌이 한층 더 깊어졌지만, 그녀의 친구들이 자주 다니는 시내의 길에서 친구들을 우연히 만날 기회는 언제든지 있다는 것을 알았다.

그런 목적으로 릴리는 열심히 친구들이 자주 찾던 레스토랑에 모습을 드러냈으며, 거기에는 언제나 근심 어린 거티가 따라다녔다. 릴리는 스스로 말한 것처럼 유산 상속의 가능성을 믿고, 사치스러운 점심을 먹으며 말했다.

"얘, 거티야, 너는 내가 줄리아 고모의 유산 말고는 믿고 살아갈 것이 아무것도 없다는 걸 급사장이 알도록 해야 좋겠니? 만약 그

레이스 스텝니가 들어와서 우리가 식어 빠진 양고기와 차로 점심을 때우는 걸 발견하고 고소해 할 걸 생각해 봐. 오늘 우린 얼마나 맛있는 것을 먹을까? 얘, 쿠페 자크[14]나 아니면 페쉬 아 라 멜바[15]로 할까?"

릴리는 갑자기 얼굴색이 환해지더니 메뉴판을 떨어뜨렸다. 릴리의 시선을 따라간 거티는 그 안쪽 방으로부터 트레너 부인과 캐리 피셔가 앞장 선 일행이 다가오는 것을 알아볼 수 있었다. 그 여자들과 그 동반자들—그들 가운데에서 릴리는 곧바로 트레너와 로즈데일 두 사람을 식별해 냈는데—이 나가면서, 릴리와 거티가 앉아 있는 테이블을 지나가지 않기란 불가능한 일이었다. 그 사실을 의식하고 거티는 당황하여 어찌할 바를 모르는 태도를 드러내지 않을 수 없었다.

그 반면에 릴리는 그녀에게 어울리는 쾌활한 빛을 너울거리며 자신 있게 전면을 향하면서 자기의 친구들로부터 움츠리거나 숨어서 기다릴 생각이 없는 듯한 태도를 취했다. 그렇게 우연히 마주친 것에 대해 자연스러운 티를 나타내는 그녀는 천성적으로 어쩌면 가장 긴장되었을지도 모를 상황을 그렇게 자연스러운 것으로 바꿀 수 있는 것이었다.

도리어 당황함을 보인 것은 트레너 부인 쪽이라는 것은 뭔가 숨기는 구석과 과장된 흥분이 뒤섞인 모습에서 알 수 있었다. 트레너 부인은 릴리를 만난 즐거움을 요란스레 떠들었지만, 그 요란함 속

---

14) 버찌 술에 담근 생과일이 위에 덮인 레몬과 딸기 아이스크림.

15) 바닐라 아이스크림의 층에 나무딸기 퓌레를 입힌, 바닐라 시럽에 복숭아를 약한 불에 끓여내어 넣은 디저트. 유명한 호주의 오페라 스타, 넬리 멜바의 이름을 따서 지은 것임.

에는 구체적인 의미가 명료하지 않았다. 거기에는 릴리의 미래에 대한 질문도, 릴리를 다시 만나고 싶었다는 명확한 의사표시도 포함되어 있지 않았다. 그러한 언급을 하지 않고 말하는 방식에 대해 누구보다 잘 알고 있는 릴리는, 그 일행의 다른 사람들도 자기와 똑같이 그런 사실을 쉽게 알 수 있으리라고 생각했다.

그러한 무리들과 함께 한다는 중요성에 우쭐댈 법도 한 로즈데일조차도 트레너 부인의 온정이 어느 정도인지 즉시 감(感)을 잡고는 릴리에게 되는 대로 인사를 함으로써 그런 사실을 나타냈다. 트레너는 얼굴이 붉어지고 불편한 기색을 보이며, 급사장에게 할 말이 있다는 구실로 갑자기 인사를 짧게 끝냈으며, 그 일행의 나머지 사람들도 곧 트레너 부인의 본보기를 따랐다.

그런 일은 한순간에 끝이 났다. 웨이터는 손에 메뉴판을 들고 쿠페 자크와 페쉬 아 라 멜바 사이에 무엇을 선택했는지를 여전히 서서 기다리고 있었다. 그러나 릴리는 그 사이에 자신의 운명을 저울질했다.

세상 사람들은 주디 트레너가 이끄는 곳으로 모두 뒤따라 갈 것이다. 릴리는 다가오는 배에 신호를 보냈으나 빠르게 사라져 허사가 돼버린 조난자의 버림받은 것 같은 느낌을 받았다.

언뜻 릴리는 트레너 부인이 캐리 피셔의 약탈에 대해 불평했던 일이 생각났다. 그런 불평은 그녀 남편의 사적인 일을 뜻하지 않게 알게 되었음을 의미한다는 것을 비로소 알았다. 어느 누구도 다른 사람을 관찰할 시간이 없어 보이고, 사적인 목표와 개인적인 흥미는 분주한 집단 활동에 밀려버리는, 무척이나 소란스럽고 무질서한 벨로몬트에서의 생활에서 릴리는 그 불편한 감시로부터 자신이 보호되리라 생각했었던 것이 사실이다.

그러나 만약 피셔 부인이 주디의 남편으로부터 언제 돈을 빌렸는지를 주디가 알고 있다면, 릴리 쪽에서 똑같은 거래를 한 것을 과연 주디가 모르는 체하려 할까? 만약 주디가 트레너의 애정에 무관심하다면, 그녀는 단지 그의 호주머니를 지키려고 몹시 경계하는 것이라고 볼 수 있다. 그런 사실에서 릴리는 주디가 자기에게 던진 퇴짜에 대한 설명을 읽었다. 그런 결론이 내려짐에 따라 릴리는 곧바로 트레너에게 진 빚을 되갚겠다는 결의를 불태우게 되었다. 그 의무에서 벗어나자면 릴리에게는 페니스턴 부인의 유산 중 단 일천 달러가 남을 것이고, 릴리 자신의 적은 수입 외에는 의지하고 살아갈 것이 아무것도 없게 되는 것이다.

릴리의 적은 수입이란 것은 거티 패리쉬의 형편없는 수입보다도 훨씬 적은 것이었지만, 그런 사실은 릴리의 상처받은 자존심의 단호한 요구 때문에 고려되지 않았다. 릴리는 먼저 트레너 부부와 돈 관계를 매듭지어야만 하며, 미래에 대해서는 그 후에 생각할 일이었다.

법적인 지연에 대하여 잘 알지 못하는 릴리는 자신이 받게 되는 유산이 고모의 유언이 읽혀진 후 2~3일 이내에 지급될 것이라고 생각했었다. 초조하게 애를 태우며 기다린 후에, 릴리는 그 지연의 이유를 묻기 위해 편지를 썼다.

얼마 후에 유언 집행인들 중의 한 사람인 페니스턴 부인의 변호사가 그 유언의 해석과 관련하여 몇 가지 의문점이 있기 때문에 그 확실한 결정을 하기까지 법적으로 정해진 12개월이 지나기 전에는 그와 그의 동료 변호사들은 그 유산을 지급할 수 있는 위치에 있지 않다는 취지의 답신을 해왔다.

당황하고 화가 났다. 릴리는 개인적으로 호소하는 작전을 쓰려고 결심하였지만, 무정한 법 절차에는 아름다움과 매력이 통하지 않는다는 무력감을 안고 돌아와야 했다. 자신의 부채의 무게에 짓눌려 또 일 년 동안 살아가야 한다는 것은 정말 참을 수 없을 것 같았다. 릴리는 최후의 수단으로 그레이스 스텝니에게 청해 보기로 결심했다.

그레이스는 아직도 시내에 남아 그녀에게 은혜를 베푼 페니스턴 부인의 소유물을 세밀하게 살펴보는, 즐거운 일에 빠져 있었다. 릴리로서는 그레이스 스텝니에게 뭔가 부탁하는 것은 정말 쓰디쓴 일이었지만, 다른 대안은 한층 더 쓰디쓴 것이었기에 어느 날 아침을 빌어 페니스턴 부인의 집을 찾았다. 그레이스는 자신의 종교적인 사무의 편의를 위해 그 집에 임시로 거주하고 있었다.

한 사람의 애원자로서 그렇게 오래 살았었던 그 집에 들어가자니 이상한 느낌이 들었다. 릴리는 그러한 시련을 짧게 마치고 싶은 생각이 컸기 때문에 그레이스가 가장 좋은 품질의 크레이프 상장을 달고 옷 스치는 소리를 내며 그 어두컴컴한 응접실로 들어왔을 때, 곧바로 본론으로 들어갔다.

'그레이스는 릴리가 받기로 되어 있는 유산 금액을 기꺼이 미리 내줄 수는 없겠는가?'

그레이스는 그 대답으로, 울면서 그런 요청 자체를 의아해 하며 냉혹한 법에 탄식하고 그들 처지가 정확히 비슷하다는 사실을 릴리가 깨닫지 못하는 것에 대해 놀라워했다. 유산 중에 단지 릴리의 것만 지연되었다고 릴리는 생각하는 것인가?

아니, 그레이스 그녀 자신도 유산 중에 동전 한 푼도 지급받지 못했는데도, 집세를 내고 있다. 맞다! 실제로 그렇다! 자기에게 속하게 된 집에 살고 있다는 혜택 때문에 말이다. 그레이스는 그것이 사랑하는 불쌍한 사촌 줄리아가 바랐던 바가 아니라고 확신했다. 줄리아는 그 유언 집행자들에게 그 얼굴에다 대고 그 뜻을 분명히 말했겠지만, 그들은 확인되지 않은 동기는 받아들이려 하지 않았다. 기다릴 수밖에 달리 어찌해 볼 방도가 없었다.

릴리는 자신을 본받아 참을성을 가지도록 하라. 그들 두 사람 모두 사촌 줄리아가 얼마나 참을성이 좋았었는지를 기억하자.

하지만 릴리는 그러한 본보기에 완전히 동화되지 않았음을 나타내는 움직임을 보였다.

"하지만 당신은 모든 걸 가지게 될 거예요, 그레이스. 당신은 내가 요청하는 금액의 열 배라도 빌리기 쉬울 거예요."

"빌리다니……. 내가 빌리기가 쉽다고?"

그레이스 스텝니는 무섭게 화를 내며 릴리 앞에서 일어섰다.

"너는 잠시라도 내가 사촌인 줄리아로부터의 유산 상속 가망성을 담보로 돈을 마련할 거라고 생각했단 말이냐? 그런 종류의 모든 거래에 대해서 줄리아가 말할 수 없이 무서워했던 것을 잘 아는 내가 말이야?

아니, 릴리야, 네가 꼭 알아야 할 게 있다. 그것은 네가 빚을 지고 있다는 바로 그 사실이 네 고모를 아프게 했다는 거야. 네 고모가 병이 났는데 네가 배를 타고 떠났던 걸 떠올려 봐.

오, 물론 자세한 내막을 나는 모른다만…… 나는 그런 것을 알고 싶지도 않다. 하지만 너에 관한 좋지 못한 소문들이 네 고모를 정말 불행하게 했단 말이다. 네 고모와 함께 있었던 사람이라면 모두 그걸 알 수 있었어. 내가 이런 말을 해서 네가 감정을 상한다 해도 어쩔 수 없구나. 만약 네가 하는 방식이 잘못되었다는 것과 네 고모가 그런 것을 얼마나 많이 불만스러워했는지를 네가 깨달을 수 있도록 내가 무엇이든 할 수 있다면, 난 그것이 네 고모를 여읜 것에 대해 너에게 해줄 가장 진실한 방법이 될 거라고 생각한다."

5

페니스턴 부인 집의 문이 릴리의 뒤에서 닫혀졌을 때, 릴리에게는 그녀의 예전 생활에 자신이 마지막 작별을 고한 것으로 여겼다. 그녀 앞에 펼쳐진 미래는 인적이 끊긴 동안의 5번가만큼이나 따분하고 텅 빈 것이었으며, 기회는 너무나 빈약하여서 오지 않는 승객을 찾아 느릿느릿 움직이는 잡기 힘든 마차와도 같이 보였다. 하지만 그 비유는 릴리가 보도에 다다르자 마차 한 대가 빠르게 다가와 릴리가 보이는 곳에서 섰을 때, 그 완전함이 손상되었다.

그 마차의 짐이 가득한 꼭대기 아래로부터, 물결치듯 신호를 보내는 손이 릴리의 눈에 들어왔다. 다음 순간 피셔 부인이 길로 튀어 나오더니 감정을 드러내며 릴리를 얼싸안았다.

“어머나, 당신이 아직까지 시내에 남아 있다니 정말 놀라운 일인걸? 일전에 쉐리에서 당신을 봤을 때에는 물어볼 시간이 없어서…….”

피셔 부인은 하던 이야기를 갑자기 멈추더니, 솔직하게 말을 이었다.
"사실 나는 몸서리가 났었어요. 릴리 씨, 그리고 나는 그 후에도 내내 그렇게 당신에게 말해주고 싶었어요."
"오……."
릴리는 피셔 부인이 뉘우치며 하는 포옹에서 몸을 뒤로 빼며 항의의 목소리를 냈다. 그러나 피셔 부인은 아랑곳하지 않고 평상시의 그 직설적인 말을 이어 나갔다.
"이봐요, 릴리 씨, 우리 에둘러 말하지 맙시다. 인생 고난의 반은 아무 고난도 없는 척하는 데 원인이 있는 거니까 말이오. 그건 나의 방식이 아니에요. 난 다른 여자들이 이끄는 대로 뒤따라간, 나 자신이 정말 부끄럽다고 말할 수 있을 뿐이에요. 하지만 우리 그것에 관해서는 차차 말하기로 합시다.
지금은 당신이 어디에서 머물고 있으며 앞으로의 당신 계획은 무엇인지 내게 말해 봐요. 난 당신이 그레이스 스텝니와 함께 저기에 있는 집에 틀어박히지는 않을 거라고 생각하는데, 어때요? 그리고 당신은 별달리 뾰족한 수가 없을지 모른다는 느낌도 언뜻 드는데……."
릴리의 현재 기분으로는 이렇게 솔직하게 호의를 보이며 하는 요청을 쉽게 거절할 수가 없었다. 그녀는 미소를 띠며 말했다.
"난 당분간 별달리 뾰족한 수가 없지만 아직은 거티 패리쉬가 시내에 있고, 거티는 아주 착해서 시간이 날 때마다 날 함께 있도록 해줘요."
피셔 부인은 약간 상을 찌푸리며 말했다.
"흠…… 그건 그런대로 기쁜 일이네요. 오, 난 알아요. 거티는 믿음직한 사람이에요. 우리들 나머지 모두를 합친 것만큼이나 가치가 있지요. 하지만 결국…… 당신은 좀 더 양념을 친 맛에 익숙하잖아……. 안 그래요, 릴리 씨? 거기에다가 거티 자신도 머지않아 떠날 거라 생각하는데……. 8월 초에…… 맞나? 음, 이봐요, 당신은 여름을 시내에서 보낼 수 없다고요. 그것도 나중에 얘기해요. 하지만 그동안 트렁크에 몇 가지 물건 챙겨 넣고 오늘밤에 나와 같이 샘 고머의 집으로 내려가는 건 어때요?"

숨도 쉬지 않고 그런 제안을 불쑥 내놓는 것을 릴리가 빤히 쳐다보자, 피셔 부인은 편하게 웃으며 말을 이었다.

"당신은 그들을 모르고 그들도 당신을 모르지만, 그런 것은 아무런 차이도 없다니까요. 그들이 로슬린에 있는 반 얼스타인의 집을 빌렸는데 난 거기로 내 친구들을 데려가도 좋다는 까르뜨 블랑쉬('백지 위임장'의 불어)를 받았거든요. 동행자가 많을수록 더 즐거운 거지요. 그들은 일처리를 아주 잘해 나가지요. 거기서 이번 주에 꽤 즐거운 파티가 있을 거예요."

피셔 부인은 릴리에게 뭐라고 꼬집어 말할 수 없는 표정의 변화가 일어난 것을 보고 갑자기 하던 말을 멈춘 후, 말을 이었다.

"오, 당신도 알겠지만, 난 당신의 특별한 친구들을 말하는 게 아니에요. 좀 다른 사람들인데 무척이나 재미있는 사람들이에요. 사실 고머 부부는 그들 자신들이 좋아하는 일에 손을 뻗치는 데…… 그들이 원하는 것은 즐거운 시간을 갖자는 것이고…… 그것을 그들 스스로의 방식대로 갖자는 거예요.

그들은 뛰어난 내 후원자예요. 다른 것을 2~3개월 해봤는데 정말 잘하더라고요. 브라이 부부 때만큼 그렇게 잔신경을 쓰지 않기 때문에 그때보다 훨씬 더 빨리 일을 진행해 나갔어요. 하지만 갑자기 그들은 그 모든 일에 시들해지더니 자기들이 원하는 건 자기들이 정말로 편안하게 느낄 수 있는 사람들이라는 거예요. 꽤 참신한 사람들이지요, 그런 생각 안 들어요? 매티 고머에게는 아직도 꿈이 있어요. 여자들이라면 늘 갖게 되는 꿈이겠지요.

하지만 그 여잔 정말로 느긋한 사람이에요. 그 남편인 샘은 부인이 귀찮게 하지 않아서 편할 거예요. 그런데 그 두 사람은 모두 자기들이 가장 중요한 사람으로 보이고 싶어 하기 때문에 그들 나름대로의 흥행을 계속하기 시작했어요. 그건 일종의 사교계의 코니 아일랜드[16]란 말이죠. 거기서는 마음껏 떠들어 대면서도 으스대지 않는 사람들은 모두 환영받게 되지요.

정말 너무 재미있다는 생각이 들어요. 당신도 알겠지만 예술을 하는 몇몇 사람들…… 상품가치가 있는 예쁜 여배우라든가 뭐 그런 사람들 말이에요. 예를 들면 이번 주에는 〈위니 사로잡기(The Winning of Winny)〉로 지난봄에 대단히 성공한 오드리 앤스텔이 온대요. 그리고 폴 모페스 그 남자는 매티 고머를 그릴 것이고, 딕 벨링거 부부와 케이트 코비처럼 당신이 재미있고 기발한 소동을 일으킨다고 생각할 수 있는 사람은 모두 온대요.

자, 이보세요, 오만하게 거기 서 있지만 말고…… 찌는 듯한 이 시내에서 일요일을 보내는 것보다 훨씬 좋을 거고…… 떠들썩한 사람들만큼이나 현명한 사람들도 있을 거라고요.

매티를 엄청나게 찬양하는 모페스는 언제나 자기 친구 한두 명을

---

16) Long Island의 가장 서쪽에 있는 촌스러운 지역. 1904년판 베데커 미국 여행 안내서에 따르면, 사람들이 매년 여름에 천만 명이, 단 하루에만 수십만 명이 그곳을 방문하여 놀았다고 적혀 있다.

데리고 와요."

피셔 부인은 다정하면서도 권위 있게 릴리를 이끌며 마차를 향해 갔다.

"자, 어서 올라타요. 그래야 착한 사람이지. 당신이 묵고 있는 호텔로 가서…… 당신 짐 싸들고…… 그런 다음 차 마시고 나면…… 두 명의 하녀가 역에서 우리를 맞을 수 있을 거예요."

아닌 게 아니라 찌는 듯한 시내에서 일요일을 보내는 것보다 훨씬 좋았다. 잎이 무성한 베란다의 그늘에 누워서 레이스 옷을 입은 여자들과 테니스 플란넬 옷을 입은 남자들이 그림처럼 점점이 박힌 잔디밭을 죽 훑은 다음 바다 쪽을 바라보면서, 릴리는 의심할 여지없이 그런 기분에 푹 젖어 있었다.

거대한 반 얼스타인의 집과 사방에 흩어져 있는 부속건물들은 더 이상 들어설 수 없을 만큼 고머 부부의 주말 손님들로 초만원이었다.

손님들은 일요일 아침나절의 밝은 빛을 쬐며 뜰 여기저기로 흩어져 그곳에 마련된 다양한 오락거리를 찾고 있었다. 오락거리로는 테니스 코트와 사격장에서부터, 실내에는 브리지와 위스키, 실외에는 자동차나 작은 증기선 등이 있었다.

릴리는 급행열차의 인파에 묻혀 실려 온 한 승객처럼, 아무렇게나 인파 속에 휘말려 들었다는 이상한 느낌이 들었다. 금발에 상냥한 고머 부인은 정말로 열차 차장처럼 행동하며 쇄도하는 여행객들에게 조용히 자리를 배정해 주었다. 한편 캐리 피셔는 짐꾼처럼 여행객들의 가방을 적당한 장소에 밀어 넣고, 그들에게 식당차에 앉을 번호를 주면서 그들이 내릴 역이 가까워졌을 때 그들에게 예고해 주었다. 그러는 동안에도 기차는 속도를 거의 늦추지 않았다. 인생은 귀청이 터질 것같이 덜커덩거리고 포효하며 씽씽 날아갔고, 적어도 승객 한 사람은 제 자신의 여러 번잡한 생각으로부터 기쁘게 빠져나오는 피난처를 그 안에서 찾았던 것이다.

고머의 사교 사회는 사교계의 변두리를 대변한다고 볼 수 있는 것으로써 릴리가 언제나 까다롭게 회피했던 것이었다. 하지만 릴리가 그 안에 있는 지금 그녀에게는 '사교계의 방식'이 거의 응접실의 풍속과 비슷하게 되는 것처럼 다가왔다. 얼핏 그녀 자신이 살아가고 있는 세계의 화려한 복사본이요, 실물과 유사한 풍자만화와 같다는 생각이 그녀의 머리를 스쳤다.

릴리 주위의 사람들은 트레너 부부나 반 오스버그 부부, 도싯 부부와 똑같은 일을 하고 있었다. 다만 특별한 점이 있다면 남자들이 입은 양복 조끼의 모습에서부터 여자들 목소리의 억양에 이르기까지, 생김새나 태도에서의 수많은 작은 차이에 있었다. 모든 것은 더 높은 기준에 맞춰졌고, 그 각각의 갈래는 훨씬 더 다양했다. 소음도 색깔도 샴페인도 친교도 더 많았으며, 친절은 더 컸고 경쟁은 더 적었으면서도 향락을 위한 능력은 더 새로워졌다.

릴리는 그곳에 도착해서 여느 때처럼 특별한 대우를 받은 것이 아니라 다른 사람과 똑같은 환영을 받았을 뿐이다. 그 때문에 처음에는 자존심이 조금 상했으나, 그다음에는 그녀 자신의 처지를 예리하게 깨닫게 되었다. 그것은 당분간 릴리가 받아들여야만 하고 최대한 활용해야 하는 인생의 위치에 대한 깨달음이었다. 그 사람들은 릴리의 과거사를 알았다. 한 점 의혹도 남기지 않고 처음으로 캐리 피셔와 나누었던 이야기를 말이다.

릴리는 만천하에 '이상한' 에피소드의 여주인공으로 낙인이 찍혔지만, 릴리로부터 멀어지고자 몸을 피하는 그동안의 친구들과는 달리 그들은 아무것도 묻지 않고 릴리를 받아들여 쉽게 뒤범벅이 되는 그들의 인생에 합류하게 했다. 그들은 알려진 릴리의 과거를 앤스텔 양의 과거처럼 쉽게 소화해 냈다. 그 둘은 한 입 크기로써 명백히 어떤 차이가 없었다. 그들이 묻는 것이라고는 오직 릴리가 자신의 방식대로 기여할 것인가 하는 것뿐이었다. 그것은 그들이 다양한 재능을 알아보고 원했기 때문인데, 무대에서 벗어났을 때에도 가장 다채로운 종류의 여러 재능을 가진 우아한 여배우만큼 널리 사람들을 즐겁게 하는 데 기여해 줄 것인가 하는 것을 그들은 중시했다.

거드름을 피우거나 차별화와 특별하다는 표시를 드러내는 일체의 성향은 고머 부류의 사람들 안에서 그녀가 계속 있는 데는 치명적인 요소가 될 것이라는 느낌을 릴리는 곧바로 받았다. 그러한 조건으로 받아들여진다는 것과 또한 그러한 세계로 들어간다는 것은 정말로 여전히 남아 있는 릴리의 자존심상 매우 힘든 일이었지만, 릴리는 그 무리에서 배제된다는 것은 결국 한층 더 자기를 힘들게 할 것이라는 사실을 자기 경멸의 고통 속에서 잘 인식하고 있었다. 왜냐하면 거의 동시에 그녀는 모든 물질적 어려움이 멀어지는 생활 속으로 다시 스르르 미끄러져 들어간다는, 그 생활 속에 교활하게 숨어 있는 매력을 느꼈기 때문이다.

사람도 없는 회색 도시의 숨 막힐 듯한 호텔 방으로부터 바다의 미풍이 불어오는 웅장하고 사치스런 시골 저택으로 갑자기 탈출하자, 정신적으로 긴장되고 육체적으로 불편하게 몇 주간을 보낸 여파로 자연스레 도덕적 해이의 상태가 생겨났다. 잠시 동안 릴리는 자신의 감각들이 열망하는 상쾌함에 몸을 맡겨야만 했다. 그 후에 릴리는 자신의 상황을 다시 생각해 보고, 자신의 품위에 맞게 생각하리라.

릴리가 자신의 주위 환경을 즐기는 것은, 실로 다른 조건이었다면 그녀가 경멸했을 사람들에게 애써 인정받기를 바라며 그들의 환대를 받아들이는 것에 대한 불유쾌한 생각에 의해 어느 정도 영향을 받은 것이었다. 그러나 릴리는 그러한 점을 점차 덜 의식하게 되었다. 딱딱한 무관심의 유약이 그녀의 섬세함과 민감성 위에 빠르게 덮여가고 있었고, 매번 편의주의에 양보할 때마다 그 표면은 점점 더 단단해졌다.

그 파티는 월요일에 떠들썩한 작별 인사와 함께 해산되었다. 시내로 돌아와 보니 그녀가 두고 떠났던 삶의 매력들이 더한층 강렬하게 돋보였다. 다른 손님들도 각기 다른 환경에서 똑같은 생활을 하기 위해 흩어져 갔었다. 어떤 사람들은 뉴포트에서, 어떤 사람들은 바 하버[17]에서, 어떤 사람들은 아디론댁 산[18] 야영장의 공들인 시골풍 주택에서 말이다. 릴리가 돌아온 것을 걱정스러우면서도 다정하게 환영한 거티 패리쉬조차도 여름을 조지 호수[19]에서 보내려는 그녀의 이모와 곧 합류할 준비를 하고 있었다. 릴리 혼자만이

---

17) 메인 주의 데저트 산에 가는 사람들을 위한 상륙 항구. 1904년판 베데커 여행안내서에 따르면, '중요성에서 거의 뉴포트와 맞먹는' 해안 행락지였다.

18) 뉴욕 주에 있는 산맥으로 휴일의 전원생활지로 사람들이 자주 찾는다.

19) 뉴욕 주 아디론댁 산맥에 위치한 여름 휴양지.

어떤 계획도 목적도 없이 즐거움이란 거대한 조류의 역류에 좌초되어 있었다. 그러나 릴리를 자기 집으로 오도록 끝까지 잡아끌었던 캐리 피셔는 브라이 부부의 야영장으로 가는 도중에 자신의 집에서 하루 이틀 눌러앉아 있었는데, 새로운 구원의 제안을 들고 찾아왔다.

"이봐요, 릴리, 할 말이 있는데……. 나는 당신이 올 여름에 내 대신에 매티 고머와 지냈으면 좋겠어요. 그 사람들은 자가용을 타고 다음 달에 알래스카에 가서 파티를 열 계획인데, 살아 있는 여자 중 가장 일하기 싫어하는 매티는 내가 자기들과 함께 그곳에 가서 여러 일을 챙겨 자기의 짐을 덜어줬으면 하고 원한단 말예요.

하지만 브라이 부부도 내가 필요하다는 거예요. 오, 그래요…… 우리는 화해했어요. 내가 그 말을 안 했었나? 그리고 솔직히 말해서…… 비록 나는 고머 부부가 제일 좋지만…… 내게 떨어지는 이익은 브라이 부부 쪽이 더 많아요. 사실은 브라이 부부는 올 여름에 뉴포트에서 파티를 벌이고 싶어 하는데, 만약 그들을 위해 내가 그 일을 성공적으로 해낼 수 있으면 그들은…… 음…… 그들은 그 일을 성공시킬 거예요. 나 때문에……."

피셔 부인은 신이 나서 손뼉을 쳐대며 말했다.

"있잖아요, 릴리 씨, 내 아이디어에 대해 생각하면 할수록 난 그게 더 좋아진다니까. 나 자신은 물론 당신을 위해서도 똑같이 그래요. 고머 부부는 둘 다 당신을 몹시도 좋아했어요. 그래서 알래스카로 가는 건…… 음…… 바로 현 시점에서 당신을 위해 내가 바라는 거예요."

릴리는 눈을 들어 올려 관심 있다는 눈초리로 힐끗 보며 조용히 말했다.

"'내 친구들로부터 벗어나 있을 수 있는' 방법이라…… 그런 말이죠?"

그러자 피셔 부인은 그 말을 키스로 모면하며 말했다.

"그 친구들이 얼마나 당신이 그리운지를 깨달을 때까지는 그들이 안 보이는 곳에 있는 거예요."

릴리는 고머 부부와 알래스카로 갔다. 그리고 그 여행은 피셔 부인이 예상한 효과는 없었다 하더라도, 적어도 비난과 논의의 집중포화를 모면하는 이점은 있었다. 거티 패리쉬는 다소 말주변이 없었으나, 있는 힘껏 그 계획에 반대했었다. 거티는 만약 릴리가 그 여행을 포기한다면, 자신도 조지 호수로 가려던 계획을 포기하고 릴리와 함께 남아 있겠다는 제안까지 했었다. 릴리는 거티의 그런 제안이 몹시 못마땅하다는 것을 숨기기 위해 충분히 그럴듯한 이유를 들이댈 수 있었다.

"넌 정말 순진해. 넌 그걸 몰라."

릴리는 거티의 제안에 반대하며 말했다.

"캐리의 말이 전적으로 옳다는 것을……. 난 예전과 같은 생활을 하며 가능한 한 많이 사람들 사이에 끼어 돌아다녀야 한다는 거야. 어때? 만약 내 옛 친구들이 나에 관한 거짓말들을 믿기로 했다면, 나는 어쩔 수 없이 새 친구들을 사귀어야 하지 않겠어? 다른 이유는 없어. 그리고 너도 알다시피 거지들에게는 선택권이 있을 수 없잖아. 그건 내가 매티 고머를 좋아하지 않는단 말은 아니야. 난 매티가 좋아. 그 여자는 친절하고 정직한데다가 가식적이지 않은 사람이야. 그리고 네가 직접 보았듯이 바로 우리 가문사람들조차 일제히 나와 관계를 끊으려 했을 때에 날 환영해 준 매티에게 내가 고맙다는 생각이 들지 않겠어?"

거티는 납득하지 못한 채 묵묵히 머리를 설레설레 흔들었다. 거티는 릴리가 선택권이 있었다면 결코 구하려 하지 않았었을 어떤 친분을 이용함으로써 자신을 싸구려로 만들뿐만 아니라, 이제 예전의 생활방식으로 되돌아가면서 거기에서 영원히 탈출할 마지막 기회를 상실하고 있다는 생각이 들었다.

거티는 릴리가 실제로 어떤 경험을 했었는가에 대하여는 막연히 추측해 볼 뿐이었지만, 그 결과로 거티가 자기 친구인 릴리의 곤경을 위해 그녀 자신만의 남모르는 희망을 바친 잊히지 않는 그날 밤 이래로 릴리에 대하여 변치 않는 동정심을 갖게 되었다. 거티와 같은 성격의 사람들의 희생으로 말미암아 혜택을 보는 사람 쪽에서는 도덕적 청구권도 함께 받게 된다.

일단 릴리를 돕기로 한 이상 거티는 계속해서 그녀를 도와야만 하는 것이며, 그녀를 돕는다는 것은 그녀를 믿어주어야만 가능한 것인데, 그것은 믿는다는 것이 그러한 관계를 이루는 주요 요소이기 때문이다.

그러나 릴리가 인생의 즐거움을 새로이 맛본 후에 따분하고 텅 빈 8월의 뉴욕으로 돌아온 그녀로서는, 보잘것없는 거티라도 있어서 좀 덜하긴 했지만 금욕적인 생활이 맞지 아니하였을 것이었다. 릴리는 캐리 피셔의 말이 옳다는 것을 알았다. 때맞춰 시내에서 사라져준다는 것은 명예 회복의 첫 번째 단계가 될 수도 있는 것이다. 여하간 시즌이 다 지나가도록 시내에 하릴없이 남아 있는 것은 패배를 치명적으로 인정하는 것과 같았다.

미국 전역에 걸친 떠들썩한 고머 부부와의 여행으로부터 돌아오자, 릴리는 자신의 처지를 새로운 각도로 보게 되었다. 이렇다 할 걱정 없이 지내는 날들과 궁핍을 모르는 물질적 여유가 가져다준 사치의 습관을 다시 갖게 되어 릴리는 점차 그러한 가치들에 둔감해졌고, 그러한 것들로는 채울 수 없는 공허함을 더욱 뚜렷이 의식하게 되었다.

매티 고머의 무차별적인 고운 마음씨와 그들 서로 간에 대하는 태도 그대로 릴리를 대하는 그쪽 친구들의 무차별적인 사교성, 그 모든 독특한 차이점들은 종국적으로 릴리가 인내하기 힘든 것들이었다. 그들을 비난할 점이 더 많이 보이면 보일수록 그들을 이용한다는 사실을 정당화하기가 더욱 더 힘들어졌다.

예전의 환경으로 되돌아가고 싶은 릴리의 바람은 하나의 고정된 생각으로 굳어졌다. 그러나 릴리의 결의가 강해짐에 따라 그것을 획득하기 위해서는 자신의 자존심을 새로이 굽혀야만 한다는 생각이 필연적으로 뒤따랐다. 그리하여 불쾌한 일이지만 고머 부부가 알래스카에서 돌아온 후에도 당분간 그들에게 매달리지 않을 수 없었다. 그들 방식의 분위기에서는 릴리가 별 볼일 없었지만 릴리의 엄청난 사교적 능력, 그녀 자신만의 특색이 흐려지는 고통을 당하지 않고도 다른 사람들에게 맞춰가는 릴리의 오랜 습관, 그녀가 궁리해 내는 세련된 수단과 그것을 두루 잘 조종하는 솜씨 등으로 인해서 릴리는 고머 무리에서 차츰 중요한 위치를 차지했다.

그들에게서 울려 퍼지는 환희의 소리가 결코 릴리의 것이 될 수는 없다 하더라도, 더 시끄럽게 여러 악절을 연주하는 밴드 소리보다도 릴리는 매티 고머에게 부드러운 우아함이란 음표를 더욱 가치 있게 하는 데 기여한 것이었다.

샘 고머와 그의 특별한 벗들은 내심으로 릴리를 좀 두려워하는 경향이 있었다. 릴리는 그들이 가장 현저히 부족한 바로 그 성질 때문에 폴 모페스가 앞장서고 매티가 뒤따라서 그녀를 높이 평가하는 것이란 생각이 들었다. 사교적 게으름—사소한 예의의 강요는 알려져 있지 않거나 무시되었고, 약속들을 쉽게 어길 수도 있거나 그런 약속들을 작업복과 슬리퍼 속에 처박아 놓을 수도 있는—이 예술적 활동만큼이나 차지하는 부분이 컸던 모페스는 고머의 생활양식의 안이한 흐름에 빠져 있으면서도, 자신이 계발할 시간이 없었던 품격과 여러 가지 차이에 대한 판단력만큼은 여전히 간직하고 있었다.

일찍이 브라이 부부의 활인화들을 준비하는 중에 모페스는 릴리의 유연한 가능성에 대해 대단한 인상을 받은 경험이 있었다. 지나치게 표현을 자제하고 있었던 그녀의 '얼굴'이 아니라 그녀의 전체에 대해서 말이다. '그런 릴리는 최고의 모델이라도 될 수 있지 않은가!'라고까지 생각했었다. 비록 릴리를 처음 보았었던 그 세계에 대한 증오가 너무 커서, 당시에는 릴리를 가까이하려는 생각을 할 수 없었던 모페스는 매티 고머의 정돈되지 않은 응접실에서 빈둥빈둥 보내는 동안, 릴리를 보고 릴리의 말을 듣게 되는 것을 특권처럼 민감하게 받아들였다.

이렇게 해서 릴리는 떠들썩한 환경에서 그들이 돌아온 후에도 고머 부부를 떠나지 않고 같이 시간을 보내면서, 자신이 가는 거친 길의 험난함을 다소나마 완화시킬 수 있는 우호적인 관계의 작은 핵심을 형성하였다.

릴리가 그녀 자신의 세계를 희미하게나마 흘끔 보지 않은 것은 아니었다. 특히 뉴포트 시즌이 끝나고 사교계의 흐름이 다시 한 번 더 롱아일랜드를 향하게 되었던 이후로 그랬다.

케이트 코비는 캐리 피셔에게 필요한 존재가 되어 저명해졌듯이 그녀의 여러 취미로 또 한 번 저명해졌는데, 이따금 고머 부부에게 내려왔다. 그런데 그녀는 처음에 놀란 눈을 하고 릴리를 본 이후에 릴리가 거기 있는 것을 거의 버거우리만큼 당연한 일로 받아들이는 눈치였다. 피셔 부인 역시 인근에 나타날 때마다 자주 마차를 타고 건너와 자신이 경험한 일들과 릴리에게는 기상청의 최신 보도 자료라고 일컬어지는 세상 돌아가는 소식을 알려주었다. 자신의 속내 이야기를 결코 직접적으로 끄집어내지 못했던 릴리는 그래도 피셔 부인과는 거티 패리쉬보다도 더욱 자유로이 대화를 할 수 있었다. 따라서 피셔 부인이 적당히 당연하게 받아들이는 많은 일들이 릴리에게 있었다는 것을 인정하는 것조차 거티에게는 불가능했다.

게다가 피셔 부인에게는 릴리로 하여금 창피를 느끼게 하는 호기심이란 것이 없었다. 피셔 부인은 릴리가 처한 상황의 본질을 탐구하는 것이 아니라 단지 그것의 외적인 면을 보고 그에 따라 결론을 이끌어내려 했다. 피셔 부인은 그런 결론들을 속내를 털어놓는 대화를 나눈 끝에 간결하게 요약하여 릴리에게 말했다.

"당신은 할 수 있는 한 빨리 결혼해야 해요."

릴리는 살짝 웃음을 터뜨렸다. 그것은 피셔 부인이 독창성이 부족했기 때문이었다.

"그 말은 거티 패리쉬가 말하는 '훌륭한 남자의 사랑'이라는, 효능이 확실한 만병통치약을 권한다는 뜻인가요?"

피셔 부인은 잠시 생각한 후에 말했다.

"아니지……. 내가 꼽는 당신의 신랑 후보 둘 중 아무도 '훌륭한 남자의 사랑'이란 묘사에는 합치될 사람이 없는 것 같은데……."

"둘 중 아무도요……? 정말 그런 사람이 둘씩이나 있어요?"

"음, 아마 한 사람하고도 반쪽이라고 말해야 맞을 텐데……. 당분간은……."

릴리는 그 말이 점점 더 재미있어졌다.

"다른 조건들이 같다면, 그 반쪽 남편감이 더 좋을 것 같은데요. 그 남자가 누구예요?"

"내가 말하는 이유를 끝까지 다 들을 때까지는 내게 대들지 말아야 돼요. ……조지 도싯이야."

"오……!"

릴리의 입에서는 어쩔 수 없이 피셔 부인을 나무라듯 작은 신음소리가 터져 나왔다. 하지만 피셔 부인은 굽히지 않고 하려던 말을 계속했다.

"음, 왜…… 안 돼요? 그 사람들 유럽에서 처음 돌아왔을 때에는 꿀처럼 달콤하게 2~3주를 보냈지만, 지금 그들의 상황은 다시 악화되어 가고 있어요. 버사는 늘 미친 여자 이상으로 행동해서, 조지가 버사의 말을 곧이곧대로 듣는 능력은 이제 거의 바닥이 났어요. 그 사람들 여기에 자기 집이 있잖아요. 난 그들과 지난 일요일을 같이 보냈거든요. 정말 모골이 송연한 파티였지요. 가련한 네디 실버턴 말고는 다른 사람은 아무도 없었으니까. 실버턴은 갈리선

(船)의 노예같이 보였어요. (사람들은 그 가련한 청년을 내가 불행하게 만들었다는 말들을 하곤 했잖아!) 그리고 점심식사 후에 조지가 날 따로 이끌고 오래 걸으면서 곧 끝장을 내야 할 거라고 말하는 거야."

릴리는 쉽사리 믿지 못하는 몸짓을 보이며 말했다.

"그 일에 관한 한 끝장은 절대 오지 않을 거예요. 버사는 필요할 땐 언제나 그를 돌아오게 하는 법을 알고 있을 테니까요."

피셔 부인은 릴리에게 계속 실험하듯 주의를 기울이며 말했다.

"그 남자에게 의지할 다른 어떤 여자가 있다면…… 그렇지 않지! 그래요…… 바로 그거예요. 그 남자는 가련하게도 혼자란 것을 참을 수 없어 하니까……. 그리고 내 기억으로 그 남자는 정말 괜찮은 친구였어요. 생기와 열정이 넘쳤지."

피셔 부인은 잠시 말을 끊었다가 릴리가 힐끗 쳐다보자, 릴리를 쳐다보던 시선을 내리깔고 말을 이었다.

"조지는 버사와 10분도 함께 있으려 하지 않을 거예요. 만약 그 남자가 안다면……."

릴리가 의문을 담아 그 말을 그대로 읊었다.

"안다면……?"

"당신이 해주었으면 하는 건데…… 예를 들면 당신이 가진 기회로 말이에요! 내 말은…… 만약 그가 결정적인 증거를 가지게 되면……."

릴리는 기분이 상해 얼굴이 붉게 달아오르며 피셔 부인의 말을 가로막았다.

"제발 우리 그런 애기는 이제 그만두기로 해요, 캐리. 그런 애기는 내 비위에 너무 거슬리니까요."

그러고는 피셔 부인이 주목하는 것을 피하고 분위기를 가볍게 하려고 릴리는 말을 이었다.

"그러면 두 번째 후보는요? 우리…… 그 남자를 빼먹지 말아야죠."

피셔 부인은 울려 퍼질 정도로 크게 웃으며 말했다.

"내가 그 이름을 말하면, 꼭(나처럼) 그렇게 큰 소리로 당신이 외치지나 않을지 몰라요. ……심 로즈데일인데……?"

릴리는 큰 소리로 외치지 않았다. 그녀는 말없이 앉아 생각에 잠긴 시선을 피셔 부인에게서 떼지 않았다. 사실 그 제안은 지난 몇 주간 릴리에게 한 번 이상 되풀이하여 나타난 어떤 가능성을 표현한 것이기도 했다. 잠시 후에 릴리는 되는 대로 말했다.

"로즈데일 씨는 반 오스버그 부부나 트레너 부부가 자신을 따스하게 맞이하게 할 수 있는 그런 아내를 얻고 싶어 하는 것으로 알고 있는데요……."

피셔 부인은 릴리의 말을 귀 기울여 듣더니 말했다.

"당신은 충분히 그렇게 할 수 있어요. 그의 돈으로 말이에요! 그 돈으로 당신들 두 사람이 얼마나 멋지게 일을 해낼지는 당신이 더 잘 알잖아요?"

릴리는 그 화제를 그만 흘려버리겠다는 뜻을 담은 웃음을 터뜨리며, 그 말을 받았다.

"난 그 남자가 그런 것을 알 수 있도록 하는 방법을 하나도 모르겠는데……."

그러나 실제로는 피셔 부인이 자리를 뜬 후에도 그것에 관한 생각이 릴리에게서 쉽게 사라지질 않았다. 릴리는 고머 부부에 붙어 지낸 이후로 로즈데일을 거의 보지 못했다. 그것은 로즈데일이 이제는 릴리가 배제된 상류 사교계의 중심부로 스며들기 위해 여전히 골몰하고 있었기 때문이었다.

그는 한두 번쯤 릴리에게 더 좋은 어떤 제안이 들어오지 않았던 어느 일요일에 나타난 적이 있었다. 그런 경우마다 그는 릴리의 상황에 대하여 조금도 좋지 않은 견해를 갖지 않았었다. 그가 릴리를 찬탄하는 것은 여전하였으며, 예전보다 더 불쾌하리만치 노골적이었다. 그것은 로즈데일이 자기의 타고난 성격대로 확장하고 있는 고머의 사교계 안에는 그가 찬탄의 말을 충분히 표시하는 것을 막을 까다로운 관습이 없었기 때문이었다. 그러나 그의 찬탄의 말 속에서 릴리는 그녀의 사건에 대한 예리한 평가가 묻어 있음을 느꼈다.

로즈데일은 자신이 '릴리 양'—그녀는 이제 로즈데일에게 '릴리 양'이 되었다—을 예전부터 알았음을 고머 부부에게 알리는 것을 즐겼다. 그것은 그와 릴리 사이에 실낱같은 사교적 교제가 있었기 전의 일이었다. 특히 로즈데일은 자기가 릴리와 과거부터 친하게 지내왔던 그 오랜 기간을 폴 모페스에게 각인시키기를 더욱 즐겼다. 하지만 로즈데일의 말에는 쇄도해 오는 사교계의 흐름에 비추어 보면 그런 친교는 단지 하나의 잔물결이며, 흥미가 많고 열중하는 게 다채로운 남자가 편안한 시간에 하는 기분전환 같은 것이라는 뜻이 묻어났다.

로즈데일과 자신의 과거의 관계가 그러하다는 것을 받아들이면서 자기가 새로 사귀는 사람들 사이에 널리 퍼지는 익살 같은 것으로 그것을 대할 수밖에 없는 필요성은 릴리에게는 크게 굴욕스러운 것이었다.

그러나 릴리에게는 로즈데일과 다툴 자신이 전보다 더욱 없어졌다. 릴리는 자기가 했던 거절이 로즈데일이 받은 거절 중에서 가장 잊지 못할 것으로 마음에 사무치지나 않을까 하는 생각이 들었다. 거기에다 그가 트레너와 릴리의 불행한 거래에 대해 뭔가 알고 있음으로써 그에 의하여 그 일이 가장 비열하게 해석될 수도 있다는 사실에 의해 그녀는 어쩔 수 없이 로즈데일의 영향력을 받지 않을 수 없을 것 같았다. 그러나 캐리 피셔가 제안한 말을 듣고 릴리 안에서는 새로운 희망이 일어났다. 로즈데일을 매우 싫어하였지만 릴리는 더 이상 절대로 그를 멸시하지 못했다. 왜냐하면 그는 점차 인생에서 자기의 목표를 이루어가고 있었고, 그런 목표를 이루는 것이 릴리에게는 언제나 그러한 목표를 이루지 못하는 것보다는 덜 멸시받을 일이었기 때문이었다. 릴리가 언제나 로즈데일에게서 느꼈던, 그 서두르지 않으면서도 변치 않는 끈기를 가지고 그는 상류 사교계의 수많은 적개심을 뚫고 나아가고 있었다.

이미 그의 부(富)와 그 부를 능란하게 이용하는 솜씨로 해서 로즈데일은 동업계에서 샘이 날 정도로 두각을 나타냈다.

월스트리트는 그에게 5번가만이 갚을 수 있는 부채를 졌다. 그러한 청구권에 반응하여, 로즈데일의 이름은 여러 시 위원회와 자선위원회에 나타나기 시작했다. 그는 탁월한 손님을 위해 베푸는 여러 연회에 모습을 드러냈고, 한 상류 사교클럽에서는 그의 후보 자격이 반대의 목소리가 줄어드는 가운데 토의되었다. 로즈데일은 한두 번 트레너의 만찬에도 참석해서 그 대단한 반 오스버그의 연회를 경멸하는 데 딱 알맞은 어조로 말하는 것을 배우기도 했다.

그가 이제 필요로 하는 것이라고는 자신과 함께 함으로써 그가 오르려는 마지막 지겨운 단계를 단축시켜 줄 아내뿐이라는 것이었다. 그러한 목적으로 일 년 전에 로즈데일은 릴리에 대한 애착을 굳혔었던 것이고, 그 사이에 로즈데일은 목표에 더욱 가까이 올라간 반면에 릴리는 그 길의 나머지 단계를 단축시켜 줄 힘을 잃어버린 것이었다.

이러한 모든 사실이 릴리가 낙담한 순간에야 명확히 시야에 들어왔다. 일시적인 성공이야말로 릴리를 바로 보지 못하게 한 것이었으며, 릴리는 실패의 황혼 빛 속에서 아주 확실히 사실들을 분간할 수 있었다. 그리고 그 실패의 황혼 빛은 릴리가 지금 그것을 뚫고 나갈 길을 찾음에 따라, 점차 확신이라는 희미한 불꽃에 의해 타올랐다. 로즈데일이 구하는 사랑의 실용적인 동기를 되새김질하면서, 릴리는 아주 분명히 자기 개인적으로 좋아하는 열기를 느꼈다. 만약 로즈데일이 뻔뻔스럽게 릴리를 찬탄한다는 것을 알지 못했다면, 릴리는 그렇게까지 그를 싫어하지는 않았을 것이었다. 만일 다른 동기가 그러한 열정을 지탱하는 것을 멈추었음에도 불구하고 그 열정이 지속된다면, 그게 무엇을 뜻한단 말인가?

릴리는 그를 즐겁게 하려는 시도도 해본 적이 없었다. 로즈데일은 릴리가 드러나게 경멸했음에도 그녀에게 이끌렸었다. 만약 릴리가 적극적으로 사용하지 않았던 상황에서조차 로즈데일에게 강하게 느껴졌었던 그 힘을 지금 사용하기로 한다면 어떻게 될까? 만약 로즈데일이 그녀와 결혼할 다른 이유가 없는 지금, 로즈데일이 사랑 때문에 그녀와 결혼하게끔 릴리가 만든다면 어떨까?

6

떠오르는 중요인물들이 된 고머 부부가 롱아일랜드에 시골 저택을 짓기 위한 계약을 체결하였다. 그 건축 공사를 감독하고자 그곳에 자주 가는 고머 부인을 수행하는 것이 릴리가 하는 일 중 한 부분이 되었다. 거기서 고머 부인이 조명장치와 위생설비 문제들에 골몰하고 있는 동안, 릴리는 쾌청한 가을의 대기 속에서 그 땅이 내려다보는 양쪽 가장자리 나무가 둘러쳐진 만(灣)을 따라서 산책할 여유가 있었다.

릴리가 고독에 빠지는 일은 거의 없었지만 드물게 갖는 그런 고독은 결국 실없이 시끄러운 그녀의 인생으로부터 탈출하는 즐거운 순간이 되는 것이었다. 그녀는 자신의 몫이 없는 일과 쾌락의 조류에 수동적으로 휘말리는 데 싫증이 났다.

다른 사람들이 쾌락을 추구하며 돈을 낭비하는 것을 보는 것에도 넌더리가 났다. 자신은 그들 사이에서 어떤 버릇없는 아이의 두 손안에 있는 값비싼 장난감 정도밖에 안 된다는 느낌이 들기도 했다.

그런 심적 상태에서 어느 날 아침 해안까지 내려갔다가 급히 되돌아 낯선 오솔길의 굽이로 들어섰을 때, 릴리는 불쑥 조지 도싯의 모습을 한 사람과 우연히 마주치게 되었다. 도싯의 집은 고머가 새로 산 땅의 바로 옆에 있었다.

릴리는 고머 부인과 자동차를 타고 급히 가다가 한두 번 도싯 부부를 지나치며 본 적이 있었다. 하지만 그들 부부는 릴리와는 다른 궤도로 움직였기에 직접 마주칠 가능성이 있다고는 생각지 않았었다.

도싯은 고개를 숙인 채 몸을 좌우로 흔들며 걸어오고 있었기 때문에 가까이 다가오고 나서야 릴리를 보게 되었으나, 릴리를 알아본 후에는 그녀를 향하여 열심히 다가왔다. 그 열의는 그가 처음 입을 열면서 하는 말을 보고도 알 수 있었다.

"바트 양! 이렇게 반가울 수가 ……! 그렇지 않소? 당신을 만나고 싶었었는데……. 감히 할 수만 있었다면…… 난 당신에게 편지를 썼을 거요."

도싯은 뒤얽힌 붉은 머리칼과 헝클어진 콧수염을 하고 마치 인생이란 그 자신과 그 뒤를 바짝 따르는 생각들 사이에 일어나는 끊임없는 경주와 같다는 듯 무언가에 내몰린, 불편한 표정을 하고 있었다.

그런 표정 때문에 릴리로부터 동정적인 인사의 말을 듣고 릴리의 말투에 용기가 났다는 듯, 도싯은 하려던 말을 이어갔다.

"나는 당신에게 사과하고 싶었소. 내가 했던 형편없는 역할에 대해 날 용서해 달라고……. 당신에게 용서를 청하려고……."

릴리는 빠른 손짓으로 그의 말을 저지하며 말했다.

"우리 그 얘기는 하지 말아요. 저는 당신 때문에 마음이 몹시 상했었어요."

릴리의 말에는 경멸의 빛이 약간 서려 있었다. 그것을 도싯도 감지하였음을 그녀는 즉시 알아차렸다.

도싯은 민망함으로 얼굴을 붉혔다. 순식간에 초췌한 그의 두 눈까지 붉게 충혈될 정도였다. 그의 그런 변화를 보고 릴리는 불쑥 찌른 자신의 말이 후회스러워졌다.

"당연히 그러겠지요. 하지만 당신은 몰라요. 내게 그 설명을 할 수 있도록 해주시오. 나는 속았소. 어처구니없이 속아 넘어갔소."

"그렇다면 저는 당신 때문에 한층 더 속상하군요."

릴리는 도싯의 말을 가로채며 끼어들었으나 빈정대는 투는 아니었다.

"하지만 저는 그런 화제를 의논할 수 있는 바로 그 사람이 아니란 것을 당신은 아셔야 해요."

도싯은 정말로 궁금하다는 표정을 지으며 그 말을 받았다.

"왜 아니라는 거요? 다른 누구보다 당신에게 내가 설명을 해야 하는 것 아니오?"

"아무 설명도 필요 없어요. 그 상황은 저한테는 완벽히 명확해졌으니까요."

"아……."

도싯은 낮은 목소리를 발하고는 다시 고개를 떨어뜨렸다. 그의 손은 어찌할 바를 몰라 쩔쩔매는 마음에 따라 오솔길을 따라 늘어서 있는 덤불을 향해 하릴없이 왔다 갔다 움직였다. 그러나 릴리가 계속 가던 길을 가려고 하자 열을 내며 소리쳤다.

"바트 양, 제발 내게 등 돌리지 말아요! 우린 좋은 친구였잖소. 당신은 늘 내게 다정했소. 그리고 지금…… 내가 얼마나 친구가 필요한지 당신은 몰라요."

구슬프리만큼 처량한 그 말에 릴리의 가슴에는 동정심이 일었다. 릴리 역시 친구가 필요했다. 릴리는 외로움의 고통을 맛보았었다. 버사 도싯의 잔인성에 대한 적의로 인하여 결국 버사의 희생자들 중 으뜸이라 할 수 있는 그 불쌍하고 가련한 사람에 대하여 릴리의 마음이 다소 부드러워졌다.

"저는 여전히 당신을 다정하게 대하고 싶어요. 전 당신에게 어떤 악의도 느끼지 않아요. 하지만 뭔가 일이 터진 후인 지금 우리는 또다시 친구가 될 수 없다는 걸 당신은 이해해야 해요. 우리는 서로 만날 수 없어요."

"아, 당신은 정말 다정하구려. 당신은 자비로운 사람…… 당신은 언제나 그랬소!"

도싯은 릴리를 바라보는 그의 애처로운 시선을 유지하면서 말했다.

"하지만 왜 우리는 친구가 될 수 없다는 거요? 내가 먼지와 재를 뒤집어쓰고 후회하는데…… 왜 안 된다는 거요? 다른 사람들의 기만과 배반 때문에 내가 고통당하도록 날 내버려두는 것은 어렵지 않은 일인가요? 나는 그때에 충분히 벌을 받았소. 내겐 어떤 집행유예도 있을 수 없는 거요?"

릴리가 다시 참지 못하고 입을 열었다.

"저를 희생시켜 이루어진 화해로 당신은 완전한 집행유예를 받았다고 생각했어야 했는데……."

그러나 도싯은 애원하는 투로 릴리의 말에 끼어들었다.

"그런 식으로 말하지 말아요. 그때가 내 인생에서 가장 괴로웠던 때란 말이오. 아, 슬프다! 내가 무엇을 할 수 있었단 말이오. 난 힘이 없잖소? 당신이 이미 희생물로 선택되어 버린 그 상황에서…… 내가 뭐라고 말했다 하더라도 당신에게 불리하게 돌아갔을 거요."

"제가 말했잖아요, 당신을 비난하지 않는다고. 제가 당신에게 이해해달라고 요청하는 건…… 버사 씨가 이용 대상으로 절 선택한 후 버사 씨의 행위가 암시하고 있는 그 모든 것으로 볼 때 당신과 제가 다시 만난다는 건 불가능하다는 거예요."

도싯은 릴리 앞에 계속 서 있었다. 여전히 유약한 모습이었다.

"그런가요? 그럴 필요가 있소? 어떤 상황이 벌어질 수는 없는 거요? 말하자면……."

도싯은 하려던 말을 억누르고 더 넓은 반경으로 팔을 휘둘러 길가의 잡초들을 내리치고 나서 다시 말을 이었다.

"바트 양, 내 말 좀 들어보구려. 내게 잠깐만 시간을 줘요. 만약 우리가 다시 만날 수 없다면…… 적어도 지금 내가 들어야 할 게 있소. 당신은 말하길…… 우리가 친구가 될 수 없는 것은 그 후에…… 뭔가 일이 터진 후에라고 했소. 하지만 난 적어도 당신의 동정을 간청할 수는 없는 거요? 만약 날 한 사람의 죄수로 생각해 달라고 요청한다 해도, 당신의 마음은 요지부동이오? 당신만이 풀어줄 수 있는 죄수인데도……?"

릴리는 놀란 속마음을 감추지 못하고 얼굴이 금방 빨개졌다. 이러한 것이 진정 캐리 피셔가 예시했던 그런 의미란 말인가?

릴리는 흥분으로 달아오르는 표정을 한 도싯으로부터 약간 뒤로 물러서며 작은 소리로 말했다.

"제게는 아무래도 당신에게 어떤 도움이 될지…… 그 방법이 보이지 않아요."

릴리의 말을 들은 도싯은 격정의 순간에 자주 그랬듯이 차분해지는 것 같았다. 도싯은 자신의 얼굴의 굳은 주름살을 펴고 갑자기 유순해지며 말했다.

"당신이 늘 그랬던 것처럼 자비로움이 있다면…… 보일 것이오. 그리고 지금 내가 그 어느 때보다도 그게 필요하다는 것은 하늘이 알고 있다오!"

릴리는 도싯에 대한 자신의 영향력을 생각나게 하는 이런 말을 듣고 자기도 모르게 흥분되어 잠시 할 말을 잃었다. 릴리의 성질은 고통에 의해서 나약해져 있었으나 갑자기 도싯의 우롱을 받고 깨어진 인생을 힐끗 보게 되면서 그의 연약함에 대해 조롱하던 마음이 사라졌다.

"당신은 정말 안됐어요. 나도 당신을 기꺼이 도울 수 있으면 좋겠어요. 하지만 당신에게는 다른 친구들…… 다른 조언자들이 있어야 해요."

"내게는 당신만한 친구가 아무도 없었소."

도싯은 간단히 대답하고는 말을 이었다.

"그리고 그 밖에는…… 당신은 알 수 없는 것이오? 당신이 유일한 친구……."

도싯은 속삭이듯 목소리를 낮추어 말을 이었다.

"내가 알고 있는 유일한 친구란 말이오."

또다시 릴리는 자기의 안색이 변하는 것을 느꼈다. 또다시 가슴이 갑작스럽게 두근거리며 무엇인가가 다가오고 있다는 느낌이 들었다.

도싯은 릴리에게 간청하는 눈빛을 들어 올리며 말했다.

"당신은 분명 보고 있소. 그렇지 않소? 내 말이 이해되오? 난 절망적이오. 난 참을 수 없는 지경에 이르렀단 말이오. 난 자유롭고 싶은데, 날 자유롭게 해줄 수 있는 건 당신뿐이오. 당신이 그렇게 할 수 있다는 걸 난 알고 있소. 당신은 내가 계속 지옥에 꼼짝없이 묶여 있기를 바라진 않을 거요. 그렇지 않소? 당신이 그와 같은 앙갚음을 하고 싶어 할 리가 없지.

당신은 언제나 다정했소. 당신의 눈은 지금도 다정해요. 당신은 내가 정말 안됐다고 말했는데……. 음, 그걸 드러내 보여주는 건 당신에게 달려 있소. 그리고 당신이 그걸 감출 이유가 없다는 건 하늘이 알아요. 물론 당신은 이해가 가겠지만…… 다른 사람들은 전혀 알지 못할 거요. 그 일이 당신과 연관되어 있다는 어떤 소리도, 한마디 말도 나오지 않을 거요.

당신도 알겠지만 결코 그런 일은 없을 거요. 내가 필요한 건 분명히 말할 수 있게 되는 것뿐이오. '내가 알고 있는 건, 이것이고 이것이며 이것이다.'라고 말이오. 그러면 그 싸움은 끝날 것이고…… 길은 환하게 뚫리고 그 지긋지긋한 일은 전부 순식간에 휩쓸려 나가 시야에서 사라지게 될 거란 말이오."

도싯은 마치 지친 주자(走者)처럼 사이사이 말을 멈추기도 하고 헐떡거리기도 하며 말했다. 도싯이 사이사이 말을 멈추고 있는 동안, 릴리는 마치 안개가 바뀌는 그 틈새를 통과하여 보듯, 평화와 안전의 거대한 황금빛 전망들을 보았다. 도싯의 모호한 호소 이면의 명확한 의도를 잘못 알아들을 수는 없는 일이었다.

릴리는 피셔 부인이 한 예시를 굳이 떠올리지 않아도 그 빈칸을 완전히 채워 넣어 도싯의 의도를 알 수 있었기 때문이었다. 여기에 외로움과 굴욕이란 곤경에 빠져 릴리에게 도움을 청하는 한 남자가 있는 것이었다. 만약 릴리가 그러한 순간에 도싯에게 다가간다면, 도싯은 그가 현혹된 신앙의 힘을 다 꺼내어 그녀의 것이 될 것이었다. 그리고 그것은 도싯을 그녀의 손아귀에 완전히 사로잡게 할 힘이요, 그는 자신이 사로잡힐 완전한 그 힘을 추측조차도 할 수 없을 것이었다. 복수와 명예 회복은 단숨에 그녀의 것이 될 수 있었다. 그 완전한 기회에는 뭔가 그녀를 눈부시게 하는 것이 있었다.

릴리는 말없이 서서 도싯에게서 시선을 떼어 인적이 끊긴 채 쭉 뻗어 있는 가을의 오솔길을 물끄러미 내려다보았다. 그러자 갑자기 공포가 릴리에게 엄습해 왔다. 그녀 자신에 대한 무시무시한 유혹의 힘에 대한 공포였다. 여태까지의 그녀의 여러 가지 유약함이 그대로 한 패거리처럼 뭉쳐져 벌써 평탄하게 한 길을 향하여 그녀를 이끌고 있었다. 릴리는 재빨리 몸을 돌려 자신의 손을 도싯에게 내밀었다.

"안녕히 가세요. 죄송합니다. 아무래도 제가 할 수 있는 일이 하나도 없네요."

"없다니요? 아…… 그렇게 말하지 말아요."

도싯은 소리쳤다.

"무엇이 진실인가를 말해요. 다른 사람들처럼 그렇게 날 버리는구려. 당신이…… 날 구할 수도 있는 유일한 사람이 말이오!"

"안녕히…… 안녕히 가세요."

릴리는 서둘러 작별의 말을 되풀이하였다. 그녀가 멀어짐에 따라 도싯이 마지막 간청 어린 목소리로 외치는 것이 릴리의 귀에 들려왔다.

"적어도 당신을 한 번은 더 만날 수 있는 거죠?"

릴리는 고머 부부의 땅에 다시 들어서자마자 빠르게 잔디밭을 가로질러 집을 짓고 있는 공사 현장으로 향했다. 릴리는 고머 부인이 그냥 모르는 척 넘어가지 않고 릴리가 늦는 이유를 곰곰이 추측하고 있을지도 모른다는 생각이 들었다. 고머 부인은 시간을 지키지 않는 많은 사람들에 대해 계속 기다리는 것을 싫어했기 때문이었다.

릴리는 큰길에 이르렀을 때 다리를 높이 들고 걷는 한 쌍의 말에 달린 멋진 사륜마차가 대문 방향으로 나 있는, 관목을 심은 길 뒤로 사라지는 것을 보았다. 문 앞에는 고머 부인이 얼굴에 기쁜 일을 되새기는 흐뭇한 만족감을 숨김없이 드러내고 서 있었다. 그녀는 릴리를 보자 그 만족감으로 얼굴이 무안할 정도로 빨갛게 달아오른 채 씩 웃으며 말했다.

"날 찾아왔던 손님 봤어요? 오, 당신은 큰길로 돌아왔던 것 같은데……. 조지 도싯 부인이 왔었어요. 이웃끼리 잘 지내보자고 들렀다 하대요."

비록 버사의 특이한 여러 성격을 경험한 릴리가 그 성격 속에 이웃과 잘 사귀는 본능이 포함되어 있다고 생각되지는 않았지만, 릴리는 고머 부인이 하는 그 말을 평상시대로 차분하게 받아들였다.

그러자 고머 부인은 릴리가 별로 놀라는 표시를 하지 않는 것을 보고 안심이 되었는지 비난조의 웃음을 터뜨리며 말을 이었다.
"물론 그 여자가 온 진짜 이유는 호기심 때문이겠지요. 이 집 구석구석을 둘러보자고 했으니까. 하지만 그 여자보다 더 근사한 사람은 있을 수 없겠더라고요. 당신도 알겠지만 뽐내지도 않고 마음씨도 참 좋은 것 같던데……. 사람들이 왜 그녀를 그렇게 매력적이라고 생각하는지 이젠 정말 알 수 있겠어요."
이런 놀라운 사건은 릴리가 도싯과 우연히 마주친 것과 너무나도 완전하게 동시에 일어난 일이었기 때문에 그것을 우연이라고 여길 수만은 없게 되었다. 그것에 더하여 릴리에게는 즉시 뭐라고 꼬집어 말할 수 없는 불길한 예감이 밀려왔다.
이웃과 잘 사귀는 것은 버사의 기질상 맞는 것이 아니다. 버사가 제 성미와 맞는 아주 가까운 사람들 외의 다른 어떤 사람에게 접근하는 것은 더욱 있을 수 없는 일이었다. 버사는 언제나 시종일관 그녀의 서클에 들기를 열망하는 외부 사람들의 세계를 무시했고, 개인적인 이익이 동기가 되어 마음이 동할 때에만 그 외부 세계의 구성원들을 개별적으로 인정하는 여자였다.
바로 그 변덕스러운 버사의 은혜를 베푸는 듯한 태도야말로 릴리가 알아차린 것처럼 버사가 분류한 하찮은 사람들의 눈에는 특별한 가치로 여겨지는 것이었다. 릴리는 그러한 사실을 바로 고머 부인의 숨길 수 없는 자기만족에서, 그리고 그 다음 날이나 그 다음 다음 날 동안 고머 부인이 버사의 견해라고 예를 들기도 하고 버사가 입은 옷을 어디서 해 입은 것인지 추측하는 등 그 만족해하며 말하는 부적절한 언행에서 알아본 것이다.

고머 부인이나 그녀의 친구들의 타고난 게으름이 습관적으로 미뤄두었던 그 은밀한 야망들은, 이제 버사의 접근이라는 빛을 받아 새롭게 싹을 틔우고 있었다. 버사의 목적이 무엇이든 간에 버사의 접근을 추적해 들어가 보면, 그것은 릴리 자신의 미래에 방해가 되는 영향을 끼칠 수 있으리란 것을 알 수 있었다.

릴리는 한두 번 방문하여 알게 된 그녀의 새 친구들과 그만큼 사귄 지 얼마 안 되는 다른 지인들에게 가서 머물다가 도중에 그만 나오기로 작정했었는데, 이러한 다소 울적한 여행에서 되돌아오면서 도싯 부인의 영향력이 여전히 제 주변을 감돌고 있음을 알아차렸다.

그 이후 서로 교차 방문하거나 컨트리클럽에서 차를 마시거나 사냥 무도회에서 만날 기회가 있었을 때, 매티 고머는 만찬 계획에 대한 이야기를 꺼냈다가도 릴리가 끼어들면 예외 없이 자연스럽지 못하게 애쓰며 슬그머니 그런 대화를 감추려 한다는 소문까지 들려왔다.

릴리는 일요일에는 친구들과 작별의 인사를 하고 시내로 되돌아오려는 계획을 이미 짜놓았었다. 거티 패리쉬의 도움을 받아 릴리는 겨울 동안 머물 예약 손님만을 받는 조그만 호텔을 발견해 놓았었다. 그 호텔은 부자 동네의 끝자락에 위치해 있었으며, 릴리가 묵을 몇 평방미터도 되지 않는 방의 가격은 그녀의 수입을 상당히 초과하는 것이었다. 더 가난한 동네를 그녀가 싫어하는 것에 대한 논리적 이유로써, 이 특별히 중요한 시점에는 형편이 어렵지 않다는 것을 계속 드러내 보여주는 것이 가장 중요한 것이라는 점을 내세워 그곳에 머무는 것을 정당화시켰다.

사실상 앞으로 일주일 동안만이라도 자기 식대로 살아갈 돈이 있는 한 거티 패리쉬와 같은 생활방식에 빠져든다는 것은 릴리에게는 있을 수 없는 일이었다. 요행히 그녀는 당장이라도 지불불능 상태에 빠질 뻔한 적은 아직 없었다. 하지만 적어도 매주 돌아오는 호텔의 청구서는 결제해야 했고, 트레너에게 진 무거운 부채를 갚고 나서도 여전히 계속 살아가려면 상당한 금액의 예금 잔고를 가지고 있어야 했다.

그러나 현 실정은 그런 불안정한 상황을 완전히 잊어버릴 만큼 충분히 릴리의 마음을 달래주지는 못했다. 멀리 누르스름한 벽돌담과 화재 피난계단이 내려다보이는 전망이 갑갑한 그녀의 방들, 터무니없이 비싸고 커피 냄새가 마음을 어지럽히는 어두운 식당 안에서 혼자서 하는 외로운 식사는—이런 모든 물질적 불편사항들은 곧 사라질 특권들이라고 여겨지기도 하겠지만—그녀에게 이롭지 못한 상태로 그녀 앞을 계속 가로막고 있을 뿐이었다. 릴리의 마음에는 더욱 끈질기게 피셔 부인의 조언이 다시 떠올랐다. 그 문제를 이리저리 생각해 보았지만, 결론은 자신이 로즈데일과 결혼하도록 노력해야 한다는 점이었다. 이렇게 확신을 하던 중에 뜻하지 않게 조지 도싯의 방문을 받았다.

릴리가 시내로 돌아온 첫 번째 일요일이었다. 그녀가 그 거실의 푹신푹신한 플러시 천 위에 올려놓았던 몇 점의 골동품을 금방이라도 건드려 위태롭게 할 정도로 좁은 거실에서 도싯이 왔다 갔다 하는 것이 릴리의 눈에 들어왔다. 그러나 릴리를 보자 도싯은 얌전해지는 것 같았다.

도싯은 자신이 온 것은 릴리를 성가시게 하기 위한 것이 아니라며, 단지 약 반 시간 동안만 앉아서 어떤 것이든 그녀가 좋아하는 것을 얘기할 수 있게 해줄 것을 요청하러 온 것이라고 유순하게 말했다. 실제로 릴리가 알고 있듯이 도싯이 가진 것은 한 가지 화제였다. 그 자신과 그의 비참함이 그것이었는데, 릴리의 공감을 얻을 필요가 있기 때문에 도싯은 더욱 선뜻 그 말을 꺼내질 못했다.

그러나 그는 릴리의 근황을 묻는 척하면서 입을 열었고, 릴리가 대답하자 자기만의 생각에서 벗어나 어렴풋이나마 릴리의 곤경을 처음으로 인식하게 되었다. 릴리의 늙은 짐승 같은 고모가 정말 그녀를 내쳤다는 일이 있을 수 있는 것인가? 누구 의지할 사람도 없이 이처럼 홀로 살아가는 딱하기 짝이 없는 상태에서 얼마 안 되는 유산을 지급받을 때까지 가진 것이라고는 그저 연명이나 할 정도밖에 없다는 일이 있을 수 있는 일인가?

동정적인 마음이 일어 도싯은 자기가 할 말이 잘 나오지 않았지만, 그는 자기의 고통이 너무 강렬해서 다른 사람의 고통이 어떠한가에 대해서는 절실하게 느끼지 못했다. 그러면서 릴리가 느낀 것처럼 릴리 특유의 불행이 자기에게는 도움이 될 수도 있다는 면을 거의 동시에 자각하는 것이었다.

마침내 릴리가 저녁 식사를 위해 옷을 갈아입어야 한다는 구실을 내세워 도싯을 내보내려 하자, 도싯은 문간에서 애원하다시피 꾸물거리며 불쑥 입을 열었다.

"아주 편안하게 있다가 가요. 또다시 나를 만나주겠다고 해주시오."

그러나 이러한 직설적인 말에 동의를 해주는 것은 있을 수 없는 일이었기에, 릴리는 다정하지만 단호하게 말했다.

"죄송합니다. 하지만 제가 그럴 수 없다는 걸 당신은 알잖아요."

도싯은 눈까지 붉히면서 도로 문을 밀어 닫고, 당황스럽지만 꼿꼿한 자세로 있는 릴리 앞에 서서 말했다.

"난 당신이 할 수 있는 방법을 알고 있소. 당신이 하려고만 한다면 말이오. 여러 상황이 다르다면…… 그리고 여러 상황을 다르게 만드는 건 당신에게 달려 있소. 그건 한 마디 말만 하면 되는 거요. 그러면 당신 덕분에…… 난 불행에서 빠져나오게 된단 말이오!"

두 사람의 시선이 마주쳤다. 그 순간 릴리는 유혹이 가까이 밀려오는 것을 감지하고 또다시 몸을 떨었다.

"당신은 잘못 짚었어요. 전 아무것도 몰라요. 아무것도 못 봤다니까요."

릴리는 그저 반복하여 말함으로써 자신과 자신의 위험 사이에 장벽을 치려고 애쓰며 큰 소리로 그렇게 외쳤다. 그러자 도싯은 되돌아 나가며 신음과도 같은 말을 내뱉었다.

"당신은 우리 두 사람을 다 희생시키는 거요."

릴리는 마법에라도 걸린 듯 계속 같은 말을 되풀이했다.

"저는 아무것도 몰라요. 정말 아무것도……."

릴리는 피셔 부인으로부터 조언을 받은 대화를 나눈 이후로 로즈데일을 거의 만나지 못했다. 그리고 그 이전에 그들이 두세 번 만났던 때에는 그가 자신을 더욱 마음에 두고 있음이 분명하다고 생각했었다. 로즈데일이 자기를 전과 같이 매우 사모한다는 것은 의심할 여지가 없었기에, 그 사모의 수준을 좀처럼 사그라지지 않는 사리(私利) 추구를 제압할 지점까지 끌어올리는 것은 자기 자신에게 달려 있다고 릴리는 생각했다.

그러한 일은 쉬운 것이 아니었지만, 긴 밤을 잠 못 이루며 조지 도싯이 아주 명확하게 제안하려는 것에 대한 생각과 마주하는 것 또한 쉬운 일이 아니었다. 천한 것들끼리 견주어 볼 때, 릴리가 그나마 덜 싫은 것은 로즈데일과의 결혼이었다. 로즈데일과의 결혼은 그녀의 어려움을 명예롭게 해결할 유일한 것처럼 여겨지는 순간조차 여러 번 있었다.

그녀는 정말 서약으로 얽어매는 날이란 것 이외에는 자신의 상상을 펼쳐보지도 않았다. 그날 후의 모든 것은 그저 막연히 물질적으로 잘산다는 것만 남았고, 그런 물질적 복락을 줄 남편의 인간적인 매력은 다행히도 뚜렷하게 떠오르질 않았다.

릴리는 잠 못 이루는 긴 밤을 보내며, 확실히 생각하기에 좋은 것들은 없고 어떻게 해서라도 쫓아내야 할 어떤 한밤중의 환영들만이 있다는 것을 알고 있었다. 그것들 중의 하나가 로즈데일의 아내가 되어 있는 자신의 환영이었다.

캐리 피셔는 자신이 솔직히 고백한 대로 뉴포트에서 브라이 부부가 성공한 것에 의지하여, 겨울 몇 달 동안을 보내기 위해 턱시도에 있는 조그만 집을 빌려놓았다.

릴리는 도싯이 다녀간 그다음 일요일에 그곳으로 가게 되었다. 릴리가 도착한 때는 거의 저녁 식사 시간이었지만, 피셔 부인은 아직 귀가하지 않았었다. 불 켜진 집의 조그맣고 조용한 평온함을 대하면서 릴리의 마음에는 평화롭고 친밀한 느낌이 밀려왔다. 전에는 캐리 피셔의 주변 환경에서 그러한 감정을 느껴본 적이 없는 것 같았지만, 릴리가 최근에 지내왔던 세계와 비교해 볼 때 안온함과 안정감이 감도는 것은 바로 가구의 배치와 릴리가 머물 방까지 안내해 준 응접실 하녀의 온화함을 보이는 능력에 있었다.

피셔 부인의 인습에 사로잡히지 않는 성질은 결국 대대로 내려온 사회적으로 지켜야 할 믿음 체계에서 단지 외견상으로 일탈한 것인 반면에, 고머 사교계 사람들의 방식은 자신들을 위해 그런 사회적 믿음 체계를 조직화하는 최초의 시도를 나타내는 것이었다.

릴리는 유럽에서 돌아온 이후 처음으로 기분 좋은 분위기를 느꼈으며, 그에 익숙한 연상들이 활발히 일어나서 식사에 앞서 계단을 내려가면서는 자신의 옛 친구들을 만나게 되리라는 착각까지 들 정도였다. 하지만 그런 기대는 그 친구들에게는 자기를 만나고 싶어 하는 마음이 조금도 없을 것이라는 생각이 들면서 즉시 수그러들었다. 그 대신에 로즈데일이 응접실 화롯가에 있는 피셔 부인의 어린 딸 앞에서, 가정적인 남자의 모습으로 무릎을 꿇고 앉아 있는 것을 발견하였다. 그건 릴리에게 별로 놀랍게 느껴지지 않았다.

로즈데일의 아버지와 같은 모습이 특별히 릴리의 마음을 부드럽게 해주는 것은 아니었지만, 어린애에게 접근하는 가정적인 선한 성격을 가졌다는 데에는 주목하지 않을 수 없었다. 여하간 그렇게 접근한 것은 피셔 부인이 보는 가운데 로즈데일이 미리 계획하고 마지못해 하는 그런 애정의 표시는 아니었다. 로즈데일과 그 소녀만이 거기에 있는 상황에서 그의 쓰다듬어주는 손길을 견뎌내는 형국의 그 조그만 계집아이를 볼 때, 로즈데일의 태도에는 악의 없이 다정한 사람이라는 것처럼 여겨지는 구석이 있었다.

그렇다. 로즈데일도 알고 보면 친절한 사람이리라.

릴리는 문간에서 잠시 그렇게 느껴볼 시간이 있었다. 천하고, 무엄하고, 욕심 많은 그의 태도에 내재된 친절함을 말이다. 그 태도란 육식동물이 자신의 암컷을 대할 때 보이는 태도인 것이다. 릴리는 화롯가의 남자를 이렇게 흘낏 보는 것이 자신의 혐오를 누그러뜨릴지 아니면 오히려 더욱 구체적이고 개인적인 체험에 근거해 그를 싫어하게 될지를 얼핏 생각하게 되었다. 왜냐하면 릴리를 본 로즈데일은 곧바로 일어서면서 매티 고머의 응접실에서 보았던 대로 불그레하고 지배적인 모습으로 재빠르게 되돌아갔기 때문이었다.

로즈데일이 릴리의 유일한 동료 손님으로 선택되었다는 사실을 알았다고 해서 릴리는 놀라지 않았다. 비록 릴리의 장래에 대해 피셔 부인과 시험 삼아 대화를 나눈 이래 그 두 사람이 만난 적은 없었지만, 적대적인 무리가 넘치는 세계를 안전하고 즐겁게 통과할 길을 놓을 수 있는 통찰력을 가진 피셔 부인은 자기 친구들을 위하여 그런 통찰력을 종종 발휘한다는 것을 알고 있었기 때문이었다.

사실 캐리 피셔는 풍요로운 들판에서 그녀 자신이 필요한 것을 적극적으로 주워 모으는 한편, 다른 쪽에 있는 사람들—성공하지 못하고 그루터기만 남은 밭에서 굶주리며 고생하는 그녀의 동료들—과 불운하고 인기 없고 실패한 사람들을 동정하고 있었다.

피셔 부인은 노련하여서 그 첫 번째 저녁에 로즈데일의 완화되지 않은 개성이 릴리에게 그대로 드러나게 하는 잘못은 범하지 않았다. 케이트 코비와 두세 명의 남자가 저녁 식사를 하러 방문한 것을 포함해서 릴리는 피셔 부인의 방식을 모두 상세히 눈치 챌 수 있었다.

그리고 효과적으로 자신을 위해 고안된 것 같은 그런 기회들을, 말하자면 릴리가 용기를 내어 효과적으로 이용하게 되는 상태가 될 때까지 그런 기회들은 연기될 것이라는 사실도 알았다. 릴리는 체념하고 외과의사의 촉진에 몸을 맡긴 환자처럼 자신이 수동적으로 그 계획에 묵묵히 따르고 있다는 느낌이 들었다. 어쩌지 못하는 이런 무기력한 느낌은 그 손님들이 떠난 후, 피셔 부인이 릴리를 따라 위층으로 올 때까지도 계속 남아 있었다.

"나 들어가서 불 쬐며 담배 한대 피워도 될까? 내 방에서 얘기하면 애한테 방해가 될 테니 말이야."

피셔 부인은 정성스러운 집주인의 눈으로 릴리의 눈치를 이리저리 살펴보았다.

"당신이 어떡하든 편안하게 지냈으면 좋겠는데, 어때요? 아담하지만 괜찮은 집 아녜요? 아이하고 2~3주 조용히 보내는 건, 정말 은총이지 뭐예요."

어쩌다 찾아온 성공의 순간에 피셔 부인이 그렇게 어머니다운 면모를 보이는 것을 보며, 릴리에게는 만약 피셔 부인이 언젠가 시간과 돈이 충분히 생긴다면 자신의 딸에게 그 시간과 돈을 모두 다 바치게 될지 어떨지 궁금증이 일었다.

"당연히 얻은 휴식이지요. 그야 나로서는 당연한 휴식이라 할 수 있지요."

피셔 부인은 만족감으로 한숨과 함께 난로 가까이에 있는 머리 받침대가 있는 안락의자에 푹 잠기며 말을 이었다.

"루이자 브라이는 아주 엄격한 공사감독이에요. 그 사이에도 고머 부부에게 되돌아가고 싶은 생각이 한두 번 든 것이 아니었다니까요. 사랑 때문에 사람은 질투도 나고 의심도 생긴다고 말하지만…… 그건 사교적 야망에 비하면 아무것도 아니에요!

루이자는 밤에 자지도 않고 누워서 우리를 방문한 여자들이 자기와 함께 있는 나를 방문한 것인가, 아니면 나와 함께 있는 자기를 방문한 것인가를 따져보곤 했으니 말이에요.

루이자는 내가 무엇을 생각하는지를 알아내기 위해 언제나 덫을 놓았어요. 물론 난 내 오랜 벗들을 모른 척했지요. 그러지 않으면 루이자가 단 한 사람이라도 아는 사람을 만들 수 있는 기회가 내 덕택이라고 생각할 테니까 말이에요.

그동안 내내…… 내가 그녀와 함께 있는 이유…… 그 시즌이 끝날 때 그녀가 수고의 대가로 내게 상당한 액수의 수표를 써주는 이유는 바로 그런 것 때문인데……!"

피셔 부인은 아무 이유 없이 자기 자신에 관하여 말하는 여자가 아니었다. 그렇게 직설적으로 말하는 그녀의 습관은—그렇다고 해서 이따금 에둘러 말하는 방법에 호소하지 않는 것은 아니지만—중요한 순간에는, 마술사가 자기 소매 속에 있는 물건들을 바꿔치기 하는 동안에 수다스럽게 지껄이는 목적처럼, 그게 오히려 도움이 되는 것이었다. 담배의 옅은 연기를 통해서 피셔 부인은 계속 생각에 잠겨 릴리에게서 눈을 떼지 않았다. 릴리는 하녀를 내보내고 화장대 앞에 앉아 머리칼을 풀고 흔들어 양 어깨 너머로 굽이치게 했다.

"당신의 머리칼은 정말 멋져요. 릴리 씨, 머리칼이 더 가늘어졌나요? 아주 우아하고 살아 있는데…… 그게 무슨 상관이겠어요? 너무 많은 여자들이 그 머리칼 때문에 괜한 걱정을 하는 것 같아요. 하지만 당신의 머리칼은 마치 그런 걱정과는 아무런 상관도 없다는 듯이 싱싱하잖아요. 난 오늘 저녁 당신의 모습보다 더 멋진 모습을 전에는 본 적이 없다니까요. 매티 고머는 내게 모페스가 당신을 그리기를 원했다고 말했는데…… 왜 모페스가 당신을 그리게 하지 않았어요?"

릴리는 바로 캐리 부인이 일컫는 거울 속의 자신의 모습을 비판적으로 흘낏 쳐다보았다. 그런 다음 약간 짜증이 난다는 투로 말했다.

"나는 폴 모페스의 초상화가 별로 마음에 내키지 않아요."

피셔 부인은 생각에 잠기며 말했다.

"그, 그래요? 지금 당장은 특히 그럴 거예요. 음, 당신이 결혼한 후에라면 모페스는 당신을 그릴 수 있겠죠."

피셔 부인은 잠시 말을 끊었다가 다시 이었다.

"그런데 전날에 매티가 왔었거든요. 매티는 지난 일요일에 여기 나타났는데…… 세상에…… 하고많은 사람 중에 버사 도싯과 말이에요!"

피셔 부인은 다시 말을 멈추며 자기의 말이 릴리에게 미치는 영향을 가늠해 보려 했지만, 릴리는 조금도 동요하지 않고 쳐든 손 안에 있는 브러시로 이마에서 목덜미까지 머리를 빗는 일을 멈추지 않았다.

"난 정말 그때처럼 그렇게 놀란 적은 없어요."

피셔 부인이 말을 이었다.

"그 두 여자는 정말 태생적으로 친해질 수 없을 것 같은데…… 버사의 관점에서 보면 그렇다는 거죠. 물론 가련하게도 매티는 자기가 선택된 것이 정말 자연스러운 일이라 생각하겠지만……. 분명 토끼란 놈은 언제나 자기가 아나콘다를 매혹시킨다고 생각하니까 말이에요. 음, 당신도 알다시피 내가 늘 당신에게 말했잖아요. 매티는 남몰래 진짜 상류층 사람들과 함께 하고 싶어 했다고. 그리고 그런 기회를 잡은 지금의 매티는 그것을 위해서라면 얼마든지 자신의 오랜 벗들을 모두 희생시킬 수 있을 거라고요."

릴리는 브러시를 한쪽으로 내려놓고 몸을 돌려 통찰력 있는 눈으로 피셔 부인을 바라보며 말했다.

"날 포함해서 그렇다는 거죠?"

"아, 당신……."

피셔 부인은 낮게 그렇게 말하고는 일어나서 난롯가에 있던 통나무 하나를 집어 난로에 밀어 넣었다.

"그게 바로 버사가 노리는 거죠! 안 그래요?"

릴리는 하던 말을 그치지 않고 계속 이어갔다.

"버사는 물론 언제나 뭔가를 노리니까 말이에요. 나도 롱아일랜드를 떠나기 전에 그녀가 매티에게 올가미를 내려놓기 시작하는 것을 보았어요."

피셔 부인은 한숨으로 얼버무리며 말했다.

"여하간…… 버사는 지금 손아귀에 올가미를 움켜쥐고 있어요. 매티의 그 요란스러운 자립은 더욱 미묘한 형태의 속물근성을 낳는다는 점을 생각해 봐요! 버사는 벌써 자기가 원하는 것은 무엇이든 매티가 믿게 할 수 있도록…… 이미 시작한 것 같아요. 이 나의 딱한 친구, 당신에 관한 끔찍한 얘기들을 넌지시 말해 가지고서 말이야……."

릴리의 얼굴은 늘어진 머리칼의 그늘 아래에서 붉어졌다.

“세상은 너무 비열해!”

릴리는 낮은 소리로 중얼거리면서 피셔 부인이 근심스럽게 살피는 시선을 몸을 돌려 피했다.

“아름다운 곳은 아니지요. 그러니 그 안에 발을 계속 붙여놓기 위해서는…… 그 세상이 바라는 조건으로 그 세상과 맞서 싸우는 수밖에 없잖아요? 그리고 이봐요…… 무엇보다…… 당신 혼자서는 안 된단 말이에요!”

피셔 부인은 단단히 결심한 듯 뭔가 딱 꼬집어 말하지 않은 함축된 의미를 요약해 말했다.

“당신이 내게 말해준 것이 별로 없기 때문에 나는 무슨 일이 있었는가를 추측할 수 있을 뿐이지만…… 우리 모두가 살아가기 바쁜 세상에서…… 아무 이유도 없이 누군가를 계속 미워할 시간이 없는데…… 만약 버사가 다른 사람과 함께 당신을 해치고 싶을 만큼 아주 못되게 군다면…… 그건 틀림없이 버사가 아직도 당신을 두려워한다는 거예요. 그녀의 견지에서는 당신을 두려워하는 단 하나의 이유가 있지요. 만일 당신이 그녀를 혼내주고 싶다면, 당신은 당신의 손안에 그렇게 할 수단이 있다고 난 생각해요. 난…… 당신이 내일이라도 조지 도싯과 결혼할 수 있다고 생각하지만…… 만약 당신이 그런 특별한 형태의 보복을 좋아하지 않는다면, 당신이 버사의 손아귀에서 빠져나오는 유일한 길은 다른 누군가와 결혼하는 거예요.”

7

피셔 부인이 그런 상황에 투사한 빛은 어느 겨울날의 우울한 여명과도 같이 독특하였다. 그것은 그림자나 색깔로 수정되지 않는 차가운 색깔로 정밀하게 사물의 윤곽들을 그려내었으며, 말하자면 둘러싸서 더 이상 나갈 수 없는 옹벽으로부터 그것들을 굴절시켰다. 그러나 피셔 부인이 그렇게 창문을 열어젖혔어도 그 창문을 통해서는 어떤 하늘도 보이지 않았다.

단지 세속적인 욕구에 굴복한 이상주의자라면 틀림없이 저속한 정신으로 그가 몸을 굽히고 감히 할 수 없는 추론들을 이끌어낼 것이니, 릴리가 스스로 자신의 처지를 명확히 하기보다는 피셔 부인이 그렇게 하도록 하는 것이 더욱 쉬웠다. 그러나 일단 그런 일에 직면하게 되자 릴리는 그 결과들을 충분히 생각해 보지 않을 수 없었다. 그 결과들은 그 다음 날 아침에 로즈데일과 산책하러 나갔을 때, 릴리에게 가장 명확하게 다가왔다.

그때는 아직 대기에 여름의 빛이 자주 나타났던 11월 중의 어느 날이었다. 풍경의 윤곽이나 그들을 에워싼 황금색 아지랑이에 서린 무언가로 인해서 릴리는 셀든과 벨로몬트의 언덕을 올라갔던 9월의 오후가 생각났다.

그 끈질긴 추억은 릴리 앞에서 사라지지 않고 릴리의 현 상태를 비교하도록 했다. 그런데 그것이 아이러니컬한 것은 현재의 산책이 정상에 올라가기 위해 계획된 것인 데 비해, 셀든과의 산책은 그러한 정상에서 탈출하지 못해 안달하는 것이었기 때문이었다.

그러나 릴리를 붙잡고 늘어진 것은 그 추억만이 아니었다. 유사한 여러 상황이 떠오르며 그런 상황에서 어떤 악의적인 운명 탓인지 아니면 릴리 자신의 굳건치 못한 목적 탓인지, 교묘하게 이끌리듯 릴리는 언제나 계획했던 목적에서 실패했던 것이다.

아무튼 릴리의 목적은 이제 충분히 굳건하였다. 릴리는 명예 회복의 지긋지긋한 작업을 전부 다시 시작해야 하며, 만약 버사가 고머 부부와 릴리의 우정을 깨는 데 성공한다면 분명 훨씬 더 큰 불리한 현실에 맞서야 하리란 것도 알았다. 그리고 피난처와 안전에 대한 릴리의 바람은 버사를 눌러 이기고 싶은 열망이 타오르며 더욱 강해졌다. 그것은 부와 우위에 서는 것만이 그녀를 누르고 이길 수 있다는 확신이기도 했다.

로즈데일—릴리가 느꼈듯 그녀의 힘으로 만들어낼 로즈데일—의 아내로서 그녀는 적어도 그녀의 적이 허물 수 없는 전선을 펼칠 수 있을 것이다.

릴리는 로즈데일이 너무 노골적으로 향하고 있는 세계에서 자신의 역할을 계속하기 위하여 강력한 흥분제에 의존하듯 이러한 생각에 의존해야만 했다. 릴리는 로즈데일의 옆에서 걸으면서 자기를 대하는 그의 표정이나 태도의 격의 없는 방식에 온 신경이 움츠러들었지만, 그의 기분을 이렇게 일시적으로 참아내는 것은 그로부터 궁극적인 힘을 얻는 것에 대한 대가라고 생각했다.

릴리는 그러한 자신의 양보가 저항으로 변해야 하는 지점과, 그가 지불해야 하는 대가가 그에게도 똑같이 명확해지는 지점을 정확히 계산하려고 했다. 그러나 로즈데일의 활발한 자신감은 그런 암시가 통하지 않는 것 같았기 때문에 릴리는 그의 태도의 피상적인 따스함 이면에는 딱딱한, 자기 충족적인 무언가가 있다는 생각이 들었다.

그들은 호수 위의 바위가 많은 골짜기에서 호젓하게 얼마 동안 앉아 있었는데, 그때 릴리는 로즈데일에게 진지한 사랑의 눈길을 돌려서 열정에 사로잡히는 최고의 순간을 순식간에 완결하였다.

"나는 당신이 말씀하신 걸 정말로 믿고 있어요, 로즈데일 씨."

릴리는 조용히 말했다.

"그래서 당신이 원한다면 언제라도 당신과 결혼할 마음이 있어요."

로즈데일은 릴리의 그 말을 듣고 움찔하여 윤이 나는 머리털의 뿌리까지 붉어지는 듯 얼굴이 상기되더니 벌떡 일어났다. 그는 거의 희극에서나 나올 법한 쩔쩔매는 태도를 하고 릴리 앞에서 머뭇거렸다.

"그게 당신이 바라는 것이란 생각이 들었으니까요."

릴리는 똑같은 어조로 말을 이었다.

"그리고 전에 이런 식으로 당신이 내게 말했을 때에는 내가 동의할 수 없었지만, 당신을 더 잘 알게 된 지금 나는 기꺼운 마음으로 나의 행복을 당신의 손에 맡기겠어요."

그것은 그 순간에 릴리가 구사할 수 있는 최대한의 기품을 풍기는 솔직한 말이었으며, 그런 상황의 구불구불한 어두움을 가로질러 비추며 한결같이 빛나는 커다란 등불 같았다. 그것이 지나치게 밝아서 도리어 부자유스러워진 로즈데일은 마치 탈출할 길이 모두 밝혀진 것을 의식한 듯 잠시 머뭇거리는 것 같았다.

그런 다음 로즈데일은 짧게 웃고는, 황금 담뱃갑을 꺼내서 보석으로 장식한 토실토실한 손가락으로 금빛 물부리가 달린 궐련을 더듬어 찾았다. 한 개비를 뽑아서 잠시 멈추고 그것을 응시하더니, 마침내 입을 열었다.

"이봐요, 릴리 양, 뭔가 우리 사이에 오해가 있었나 봅니다. 내가 구혼했을 때 당신은…… 나로서는 아주 가망 없는 일로 느끼게 만들어서…… 난 정말 그것을 다시 할 마음이 없어져 버렸소."

그런 상스러운 거절의 말을 듣고 릴리는 피가 역류하는 듯했지만, 벌떡 치솟는 화부터 누르면서 점잖고 위엄 있는 어조로 말했다.

"내가 당신에게 내 결정이 최종적이라는 인상을 주었다면…… 그건 순전히 내 잘못이에요."

릴리가 응수한 말은 언제나 로즈데일에게는 너무 신속한 것이었기 때문에 로즈데일은 그런 대답에 어찌 말할지 몰라 침묵하고 있었다. 릴리는 손을 내밀며 목소리에 약간 슬픈 기색을 담아 말했다.

"우리가 서로 이별의 인사를 나누기 전에, 당신이 과거에 그랬듯이 내 말을 한 번 생각해 준 것에 대해서는 고맙다는 말씀을 드려야겠군요."

릴리의 손이 닿고 마음을 흔드는 부드러운 릴리의 모습을 보자,

로즈데일의 가슴속 어딘가가 뜨거워졌다. 아주 아름다운 릴리의 초월성, 어떤 멸시의 기색도 드러내지 않고 릴리가 전할 수 있는 그 먼 느낌, 바로 그런 점 때문에 로즈데일은 릴리를 포기하기가 쉽지 않았다.

로즈데일은 그녀의 손을 놓지 않고 힘주어 말했다.

"왜 이별의 인사를 입에 올리는 거요? 우린 언제나 좋은 친구가 될 수 있지 않겠소?"

릴리는 조용히 손을 빼내며 말했다.

"좋은 친구가 된다는 게 무슨 의미죠?"

릴리는 살짝 미소를 지어 보이며 말을 이었다.

"내게 청혼을 하지 않으면서, 나와 사랑하자는 건가요?"

로즈데일은 다시 편안한 느낌이 들어 웃으며 말했다.

"에…… 대략 그게 그런 거라고 생각되네요. 난 당신을 사랑하지 않을 수 없으니까요. 도대체 어떤 남자가 당신을 사랑하지 않을 수 있을지 모르겠군요. 하지만 그래서 나와 결혼해 달라고 요청하는 말은 아니오. 내가 청혼하지 않고 견딜 수 있는 한은 말이오."

릴리는 미소를 거두지 않고 말했다.

"솔직해서 좋군요. 하지만 그런 조건으로는 우리의 우정이 계속될 수 없을 거라고 생각해요."

릴리는 마치 마지막 조건이 현실로 다가왔음을 표시하듯 몸을 돌려 멀어졌고, 로즈데일은 결국 승부의 주도권은 릴리가 계속 잡고 있다는 당혹스러움을 느끼며 두세 발짝 그녀의 뒤를 따라가며 충동적으로 입을 열었다.

"릴리 양……!"

그러나 릴리는 로즈데일의 말을 들은 체도 않고 계속 자기 갈 길을 갔다.

로즈데일은 두세 번 보폭이 큰 빠른 걸음으로 릴리를 따라잡으며, 그녀의 팔을 손으로 잡고 간청했다.

"릴리 양…… 그처럼 서둘러 떠나지 말아요. 당신은 한 남자한테 너무나 매몰차군요. 당신은 그토록 거리낌 없이 진실을 말하면서, 왜 내게는 똑같은 진실을 말할 기회를 주지 않는지 모르겠소."

릴리는 로즈데일이 잡은 손을 본능적으로 뿌리치며 이맛살을 찌푸린 채 잠시 멈춰 섰지만, 로즈데일이 하고자 하는 말을 애써 피하려 하지는 않았다.

"내가 받은 느낌은요……."

릴리가 말을 이었다.

"내 허락을 기다리지 않고 당신이 당신 마음대로 그렇게 결정해 버렸다는 거예요."

"음…… 그렇다면 내가 왜 그렇게 했는지 그 이유는 들어야 하지 않겠소? 우리는 둘 다 말이오…… 좀 솔직하게 말해서…… 쉽사리 마음이 상할 그런 신출내기들은 아니잖소. 나는 당신에게 완전히 빠졌소. 그건 변함이 없는 거요. 작년 이맘때보다 당신을 더욱 사랑하게 되었단 말이오. 하지만 상황이 변해 버린 사실을 보지 않을 수 없었소."

릴리는 똑같이 침착하게 비꼬듯 로즈데일의 말에 맞섰다.

"당신의 말은 과거에 날 생각할 때와는 달리 현재는 내가 바람직한 결혼 상대가 아니란 거예요?"

"네, 그것이 내가 하려던 말이오."

로즈데일은 거리낌 없이 대답했다.

"나는 무슨 일이 일어났는지 알아보지 않겠소. 난 당신에 관한 소문들을 믿지도 않소. 그런 말들을 믿고 싶지도 않소. 하지만 그런 말들은 있는 것이고…… 내가 그런 걸 믿지 않는다고 해서 상황이 바뀌지는 않을 것이오."

릴리는 관자놀이까지 빨개졌지만 극도의 필요성 때문에 그 말을 맞받아 응수하지 않고 계속 침착하게 로즈데일을 마주보며 말했다.

"만약 그런 소문이 사실이 아니더라도 상황이 변하지 않는다는 건가요?"

로즈데일은 그 말을 듣자 현황을 파악하려는 듯한 그의 작은 눈으로 계속 뚫어지게 릴리의 눈을 들여다보았다. 그에 따라 릴리는 자신이 단지 최고급의 어떤 인간 상품이라는 느낌이 들었다.

"소설 속에서는 그렇겠지만 현실 세계에서는 분명 그렇지 않소. 당신도 내가 아는 만큼 그런 걸 잘 알 거요. 말이 나온 김에 다 말합시다. 작년에 난 당신과 결혼하려고 몸이 달았었는데, 당신은 날 거들떠보지도 않으려 했소. 올해에는…… 음…… 당신은 나와 결혼할 뜻이 있는 것 같소. 자, 그 사이에 뭐가 달라진 거요? 당신의 상황…… 그게 다 아니오? 그런데 당신은 더 잘할 수 있을 것이라고 생각했소. 이제……."

릴리의 입에서 비꼬는 말이 터져 나왔다.

"당신도 할 수 있다고 생각하잖아요?"

"아, 네, 나도 그래요. 말하자면 어느 정도……."

로즈데일은 두 손을 주머니에 넣고 그의 눈부신 양복 조끼를 입은 가슴을 쭉 펴고 릴리의 앞에 섰다.

"당신도 알겠지만, 그건 이런 식이었소. 나는 지난 몇 년간 정말 뼈 빠지게 일해서 내 사회적 지위를 열심히 쌓아 올렸소. 내가 그렇게 말하니 우습다는 생각이 드나요? 왜 내가 상류 사교계에 들어가고 싶다고 말하길 꺼려해야 하나요? 어떤 남자도 경주마나 화랑을 갖고 싶다고 말하면서 부끄러워하지 않잖아요. 상류 사교계를 좋아하는 것은 단지 또 다른 종류의 취미란 거요.

아마도 나는 작년에 내게 쌀쌀맞게 대한 어떤 사람들에게 앙갚음을 하고 싶은지도 모르죠. 그 말이 더 좋게 들린다면, 그런 식으로 표현하잔 말이오. 여하간 나는 가장 좋은 집들에 자유로이 드나들고 싶은 거요. 그리고 난 또한 그렇게 하고 있소. 조금씩 조금씩 말이오. 하지만 난 알고 있소. 올바른 사람과의 관계를 망치는 가장 빠른 방법은 올바르지 못한 사람과 함께 어울리는 모습을 보여주는 것이란 걸 말이오. 그리고 그게 내가 잘못을 피하고 싶은 이유요."

릴리는 묵묵히 로즈데일 앞에 서 있었는데, 그것은 조롱일 수도 있었고 그의 솔직함에 대해 반쯤은 달갑지 않은 존경의 표시일 수도 있었다. 잠시 말을 멈추었던 로즈데일이 다시 말을 이었다.

"당신도 알겠지만 그게 그런 것이오. 나는 전보다 당신을 더 사랑하게 되었지만 만약 내가 지금 당신과 결혼하면 영원히 나 자신을 망치게 될 것이고, 이날까지 수년 동안 일궈왔던 모든 게 헛수고가 돼버릴 것이오."

릴리는 화가 모두 풀렸다는 표정으로 그 말을 받았다. 그녀가 그렇게 오랫동안 그 안에서 허우적거렸던 상류 사교계라는 허위의 조직을 지나 스스로 인정한 편의주의의 탁 트인 빛으로 들어선다는 것은 생각보다 가슴이 후련한 일이었다.
"당신을 이해합니다."

릴리가 말했다.

"일 년 전에 난 당신에게 쓸모가 있었는데, 지금의 난 방해물이 되는 거로군요. 정말 솔직하게 내게 얘기해 주셔서 좋아요."

릴리는 미소를 지으며 그녀의 손을 내밀었다.

또다시 그런 릴리의 모습에 로즈데일은 자신의 침착함이 흔들리는 것을 느끼며 소리쳤다.

"정말로 당신은 맺고 끊는 게 지독히도 분명한 사람이오. 당신...... 말이오!"

그리고 릴리가 다시 한 번 움직여 가기 시작하자, 로즈데일의 입에서 갑작스런 말이 튀어나왔다.

"릴리 양, 멈춰요! 당신도 아시다시피 난 그런 얘기들을 믿지 않소. 난 그런 얘기들은 모두 한 여자가 꾸며낸 것이라 믿소. 자신의 편의를 위해서 서슴없이 당신을 희생시키려는 여자가 말이오."

릴리의 마음은 순간 경멸감이 일며 걸음을 계속했다. 로즈데일의 동정보다는 무례를 참기가 더 쉬운 일이었다.

"당신은 매우 친절하시군요. 하지만 나는 우리가 그런 문제를 더 논의할 필요는 없다고 봐요."

그러나 암시에 둔감한 로즈데일의 천성으로 인해서 그가 그러한 저항을 흘려버리는 것은 쉬운 일이었다. 그는 자기주장을 계속했다.

"나는 지금 어떤 것을 논의하고 싶다는 게 아니오. 나는 그저 당신 앞에 있는 그대로를 터놓고 싶은 것뿐이오."

릴리는 자기도 모르게 멈춰 섰다. 그것은 로즈데일의 표정과 어조에서 새로운 의도가 얼핏 느껴졌기 때문이었다. 그는 자신의 눈을 릴리에게서 조금도 떼지 않고서 하던 말을 계속했다.

"내가 궁금한 건…… 그 여자에게 복수하기 위해서 당신은 너무나 오래 기다렸다는 것이오. 당신의 손안에 그만한 힘이 있었는데도 말이오."

릴리가 그의 말을 듣고 놀라움이 밀려와 계속 아무 말을 못 하자, 그는 한 발 더 다가서며 낮은 목소리로 솔직하게 물었다.

"왜 당신은 작년에 샀던 그 여자의 편지들을 사용하지 않는 거요?"

릴리는 그 물음에 충격을 받아 할 말을 잃고 서 있었다. 그 말이 나오기 전에는 그가 하는 말을 듣고 기껏해야 릴리에게 있다고 생각되는 조지 도싯에 대한 영향력을 그가 넌지시 말하는 것이라고 추측했었다. 그런 언급을 한다는 것은 정말 야비하다는 사실 때문에 그런 언급을 하지 않을 가능성을 감소시킬 로즈데일도 아니라고 생각했다. 그러나 이제 릴리는 자신이 얼마나 잘못 추측했는지를 알았다. 그리고 로즈데일이 그 편지의 비밀을 이미 알고 있었다는 것을 알고는 정말 놀라지 않을 수 없었다. 릴리는 한동안 그가 알고 있다는 말을 하면서 언급한 그 편지의 특별한 용도에 대해서는 아무것도 의식하지 못했다.

릴리가 일시적으로 냉정함을 잃는 것을 감지한 로즈데일은 자신이 할 말을 계속 밀어붙일 여유가 생겨서 마치 그 상황을 더욱 완전하고 안전하게 통제하려는 듯 재빨리 말을 이었다.

"당신도 알겠지만 난 당신의 위치를 알고 있어요. 그녀가 완전히 당신의 손아귀에 있다는 걸 알고 있단 말이오. 이런 말은 어쩐지

무대 대사같이 들리는군, 그렇지 않소? 하지만 그런 낡은 익살들 중 어떤 것에는 많은 진실이 있는 거요. 그리고 난 당신이 단지 자서(自書)들을 수집하고 있기 때문에 그 편지들을 샀다고는 생각지 않아요."

릴리는 더욱 곤혹스러워하며 그를 계속 쳐다보았다. 그녀의 마음속에 명확한 것이 있다면 단 하나, 자기는 그의 힘에 대해 겁에 질렸다는 느낌이었다.

"당신은 내가 그것들에 관해서 어떻게 알아냈는지 궁금하겠죠?"

로즈데일은 자부심을 의식하고 있는 투로 릴리의 표정에 대답하며 말을 이었다.

"아마도 당신은 내가 베네딕의 소유주라는 걸 잊었던가 보지요. 하지만 지금 그런 것에 신경 쓰지는 마시오. 여러 가지 일을 아는 건 사업에서 굉장히 유용한 토대가 되는데, 난 그저 그걸 나의 개인적인 일로 확장한 것뿐이오. 왜냐하면 당신도 알겠지만 이건 일부 내 개인적인 일이기도 하니까 말이오. 적어도 그걸 그렇게 만드는 건 당신에게 달려 있소.

그 상황을 직시해 봅시다. 도싯 부인은 우리가 따질 필요도 없는 여러 가지 이유로 지난봄에 당신에게 못된 짓을 했소. 도싯 부인이 어떤 사람이란 건 모두가 아는 사실이어서 그녀의 제일 친한 친구들도 직접적으로 자기들의 이해가 관계되면 그녀의 말을 절대 믿으려 하지 않소.

하지만 자기들과 직접적인 관계가 없는 일이라면 그들은 도싯 부인이 시도하는 것에 반대하기보다는 그녀가 이끌어가는 대로 따라

가는 게 훨씬 쉽고 편한 일이 되는 것이오. 당신은 단지 그들의 게으름과 이기심에 희생이 된 것이오. 그게 그 사건에 대한 매우 공정한 설명이 되지 않겠소?

음, 누군가 말하더군요, 당신의 손안에 가장 교묘한 해결책이 들어 있다고. 만약 당신이 알고 있는 걸 죄다 조지 도싯에게 말하여 그에게 그 여자를 내보낼 기회를 준다면, 도싯은 내일이라도 당신과 결혼할 거라고 말이오. 도싯은 아마 그렇게 하려 들겠지만, 당신은 그런 특별한 형태로 보복하는 게 마음에 들지 않는 것 같은데…….

그 문제를 순전히 사업상의 안목으로 본다면, 나는 당신이 옳다고 봐요. 그와 같은 거래에서는 털어서 먼지 안 나는 사람은 없는 법이니까 말이오. 당신이 새 출발하는 유일한 방법은 버사 도싯과 싸우려고 하는 대신에, 그녀로 하여금 당신을 후원하게 하는 것이라고 나는 생각하지요."

로즈데일은 숨을 가누기 위해 한참 말을 끊고 쉬었지만, 릴리가 정신을 차려 반박의 말을 할 시간은 주려고 하지 않았다. 자신의 논거에 대해 아무 의심도 가지지 않은 남자가 그렇듯 직설적으로 자신의 생각을 강요하고 상세히 설명하기도 하고 명료하게 밝힘에 따라, 릴리는 하려던 분노의 말이 점차 입에서 얼어붙은 듯 나오지 않았다. 그리고 그런 주장을 피력하는 로즈데일의 냉정한 힘에 의하여 그가 주장하는 대로 꼼짝없이 자신이 압도되고 있음을 알았다.

이제 어떻게 자신이 그 편지를 획득한 것에 대해 그가 알게 되었는지를 궁금해 할 시간이 없었다. 릴리의 세계는 어디를 보아도,

그 편지를 이용할 그의 기괴하게 번뜩이는 책략의 밖에서, 앞이 보이지 않았다.

그렇게 놀람의 첫 번째 순간이 지나자 그녀가 마법에 걸린 듯 그의 의지에 꼼짝 못 하게 된 것은, 그런 그의 생각이 주는 공포 때문이 아니라 오히려 그런 생각이 그녀의 열망과 미묘하게 닮아 있다는 것 때문이었다. 만약 릴리가 버사 도싯의 우정을 다시 얻을 수 있다면, 로즈데일은 내일이라도 자신과 결혼하려 할 것이다.

그리고 그런 우정을 공공연히 되찾고 그동안 그런 우정을 거두어들이게 한 모든 원인을 말없이 철회하게 하기 위해서, 릴리는 자신의 손에 기적적으로 들어온 그 꾸러미 속에 포함되어 있는 잠재적인 위협을 단지 버사에게 내놓기만 하면 되는 것이었다. 릴리는 이런 과정의 이점은 불쌍한 도싯이 그녀에게 그렇게나 바랐었던 것들을 능가한다는 생각이 언뜻 들었다. 다른 대안들은 그 계획의 성공을 위해서 누군가에게 공공연한 해를 끼치는 데 달려 있는 반면에, 이 방안은 그런 거래를 개인적으로만 알고 넘어가는 것으로 한정하여 제삼자는 아무도 그것에 대해 알 길이 없게 되는 것이었다.

로즈데일이 사업상의 주고받기(give-and-take)라는 용어로 표현하였을 때, 이러한 이해는 재산을 이전한다든지 경계선을 고쳐서 정한다든지 하는 것처럼 상호간의 조정을 통해 완성되는 것으로써 피차 아무런 해도 없는 모습을 띠고 있었다.

그것은 확실히 인생을 단순화시켜서 인생을 끊임없는 조정이나 정당 정치의 활동 같은 것으로 보게 했다. 거기에서의 양보란 것은 모두 그에 상응하는 등가물(等價物)을 가지게 되는 것이었다. 릴리의 지친 마음은 오락가락하는 윤리적 평가에서 실제적인 도량형의 영역으로 들어가는 이러한 탈출구에 끌리게 되었다.

로즈데일은 릴리가 듣고 있는 모습을 보며 그녀의 침묵 속에서 그녀가 점차 자신이 제시한 방안을 받아들일 뿐만 아니라, 그것이 주는 기회가 위험할 정도로 멀리 미친다는 것을 깨닫고 있음을 읽고 있는 것 같았다. 그것은 릴리가 아무 말 없이 그의 앞에 계속해서 서 있었을 때, 로즈데일이 재빠르게 자신의 주장으로 돌아가는 말을 다시 이었기 때문이었다.

"당신도 알겠지만 그건 아주 간단하오, 그렇지 않소? 음, 그게 너무 간단하다는 생각 때문에 흥분하지는 마시오. 그건 마치 당신이 아주 건강하다는 진단을 받고 시작하는 것과 정확히 똑같은 건 아니니까 말이오. 우린 사실을 사실 그대로 말하자는 것이고, 모든 사태를 명료하게 하자는 것이오. 당신도 아주 잘 알고 있겠지만, 버사는 당신을 건드릴 수 없었을 것이었는데, 만일 아무 꼬투리라도 잡힐 게 없었다면 말이오. 음…… 전에 문제가 되었던 그 의문들…… 뭐 별로 대단찮은 그 의문들 말이오. 그렇잖소? 친척들이 있기는 하지만 인색하고, 생긴 것은 예쁜 젊은 여자에게 일어나도록 돼 있는 일이라는 게 내 생각인데…….

여하간 그런 일이 일어났고, 그 여잔 자기의 기반을 거기서 찾은 거요. 당신은 내 말의 결론이 무엇인지 알겠소? 당신은 이런 귀찮은 문제가 또다시 튀어나오는 것을 원하지 않잖소? 버사 도싯이 협력적으로 나오게 하는 것도 하나의 일이겠지만, 당신에게 정녕 필요한 것은 계속 그녀를 당신에게 협력하게 만드는 것이란 말이오. 당신은 지금이라도 당장 버사를 놀라게 할 수 있지만, 어떻게 계속 그 상태를 유지할 것인지 생각해 봤소?

버사가 힘이 있는 만큼 당신도 힘이 있다는 것을 그 여자에게 보여주면 되는 것이오. 세상의 어떤 편지도 현재 당신이 처한 상황에서 당신을 위해서 그렇게 쓰이지는 못하겠지만, 당신이 누구인가의 막강한 후원을 받으면 당신은 계속 버사를 바로 당신이 원하는 사람이 되게 할 수 있을 것이오. 그런 일을 하는 게 내 몫인 게요. 내가 당신에게 줄 건 바로 그것이오. 당신은 내가 없으면 그 일을 해낼 수 없소.

어떤 다른 생각을 하며 달아나려 하지 마시오. 지금 상태로는 육 개월 안에 당신은 다시 오랜 근심에 빠지게 되거나 혹은 더 나쁜 상태에 빠질 것이오. 내가 여기에 있소. 당신이 그렇게 하겠다고 대답만 하면 당신을 들어 올려 그런 것에서 벗어나게 할 준비를 하고서 말이오. 그렇게 하겠다고 말해주겠소, 릴리?"

로즈데일은 갑자기 릴리에게 더욱 가까이 다가가며 그렇게 말을 덧붙였다.

그런 말들과 함께 로즈데일이 바짝 다가오자 릴리는 깜짝 놀라, 그의 말에 정신없이 빠져들었던 황홀경에서 헤어 나오게 되었다. 빛은 굴절하며 암중모색하는 의식에 도달하는 것이어서, 릴리에게는 이제 그 정나미가 떨어지는 견해를 통해서 자신과 장차 한패가 될 뻔했던 사람이—당연한 일이지만—릴리가 자기를 의심하고 어쩌면 자기를 속여 그 전리품 중 자기의 몫을 빼앗으려 할 수도 있게 될지 모른다고 생각했었다는 느낌이 들었다.

로즈데일의 마음속을 이렇게 흘낏 들여다보자 그 전체의 거래가 새로운 모습으로 다가왔다. 릴리는 그런 행위에 있는 본질적인 비열함은 그 행위에 위험성이 없어 보인다는 데에 있다는 것을 알았다.

릴리는 빠른 거절의 몸짓으로 뒤로 물러서며 자기 스스로의 귀에도 믿어지지 않는 목소리로 말했다.

"당신은 잘못 알고 있어요. 너무나 잘못 알고 있어요. 사실과 그 사실로부터 추론한 것도 모두 말이에요."

로즈데일은 자기가 이끄는 대로 따라오는 듯이 보였던 릴리가 그 길에서 벗어나 아주 다른 방향으로 갑자기 질주하자 의아해 하며 잠시 빤히 쳐다보다가 소리쳤다.

"지금 그 말은 도대체 무슨 말이오? 나는 우리가 서로를 이해했다고 생각했는데 말이오!"

"아, 우리는 이제 비로소 서로를 제대로 이해하게 된 거죠."

릴리가 낮게 그렇게 말하자, 로즈데일은 갑자기 격렬한 말로 그 말을 되받았다.

"그렇다면…… 그 편지 수신자가 그 남자이기 때문이겠죠? 음…… 그렇게 해서 당신이 그 남자로부터 어떤 형태로든지 감사하다는 말을 듣게 된다면, 내 손에 장을 지지겠소!"

8

가을이 기울며 겨울이 다가오고 있었다. 그에 따라 사교계 사람들의 여가 활동은 또 한 번 시골과 도시 사이에서 장소가 바뀌고 있었다.

5번가는 주말에는 여전히 사람들이 없었으나, 월요일부터 금요일까지는 집집마다의 정문들을 오락가락하는 마차들의 물결로 붐비며 점차 활기를 되찾고 있었다.

두 주 정도 전부터 말 품평회[20]는 얼추 본래의 생기를 되살려냈고, 극장과 레스토랑마다 들어찬 사람들은 마술쇼의 원형 경기장을 매일 돌고 있는 값비싸고 발을 높이 들고 나아가는 말 종자와 똑같은 티를 드러내고 있었다.

릴리가 속한 상류층 세계에서는 마술쇼와 그에 이끌린 대중들은 일단 특권 계급 사이에서 가치가 없는 것으로 분류되는데 이르렀지만, 봉건 군주가 그의 마을 중심부의 연극을 하기 위한 광장에서

20) 승마자들과 구경꾼들 모두에게 중요한 사교계의 연례행사.

벌어지는 댄스에 씩씩하게 나가 참가할 수 있었듯이 상류층들은 그렇게 비공식적으로 그리고 우연을 가장하여 여전히 자신을 낮추어 그런 곳을 방문하는 것이었다.

특히 고머 부인은 그녀 자신과 그녀의 말들을 보여줄 수 있는 그런 기회를 포착하지 않을 사람이 아니었다.

릴리는 그 마술쇼장이 제공하는 가장 눈에 띄는 특별석에서 고머 부인의 옆에 앉을 수 있는 기회를 한두 번 얻어냈다. 그러나 아직도 남아 있는 듯한 이런 겉보기만의 친밀함으로 인해서, 릴리는 고머 부인과 자신 사이의 어떤 변화, 즉 고머 부인의 인생에 대한 혼란스러운 견해로부터 생겨나서 점차 굳어지는 어떤 사교적 기준인 차별의 조짐을 더욱 의식하게 될 뿐이었다.

그러한 새로운 이상(理想)에 릴리 자신이 첫 번째로 희생이 된다는 것은 불가피한 일이었다. 일단 고머 부부가 시내에 머무르게 되면 상류 사교계 생활의 전반적인 흐름상 자연히 릴리를 멀리하기가 쉬운 일이었다.

간단히 말해서 릴리는 자기 자신을 없어서는 안 될 존재로 만드는데 실패한 것이었거나, 아니면 오히려 그렇게 되려는 릴리의 시도는 릴리가 쓸 수 있는 어떤 영향력보다 더욱 강한 어떤 영향력에 의해서 좌절되었던 것이다. 그러한 영향력은 결국 한 가지, 돈의 힘이라고 할 수 있었으며 버사 도싯이 누리는 사교계의 신용은 흔들리지 않는 은행잔고에 기인한 것이었다.

릴리는 로즈데일이 릴리 자신이 겪고 있는 처지의 어려움에 대해서도, 또 그가 제공하려는 옹호의 완전함에 대해서도 결코 과장하여 말했던 것이 아님을 알았다. 일단 릴리가 물질적 차원에서 버사와 호적수가 된다면 보다 뛰어난 재능으로써 자신의 적수를 지배하기는 쉬운 일일 것이다.

그러한 지배가 의미하는 바와 그것을 물리침으로써 안게 되는 불리함을 릴리는 이해하게 되었다. 아무튼 현실적으로 그런 현상은 그 겨울의 초기 몇 주간 동안 더욱 명확해지며 릴리에게 절실하게 인식되었다.

지금까지 릴리는 상류 사교계 흐름의 주류 밖에서 그와 비슷한 움직임을 유지하였었지만, 시내로 돌아와 여기저기 흩어진 활동들에 집중하려 하자 자연스럽게 릴리의 옛 생활습관대로 되돌아갈 수는 없다는 사실만으로 릴리는 명백히 그들로부터 제외된 존재로 분류되었다.

만약 누군가가 그 시즌의 판에 박힌 일상의 일부가 되지 못하면, 그 사람은 상류 사교계에서는 존재하지 않는 허공 속에 계속 제외된 채 남아 있게 되는 것이다.

릴리는 불만스러운 모든 그녀의 꿈에도 불구하고 다른 중심의 주위를 돌게 될 가능성에 대해서 현실적으로 생각한 적은 결코 없었다. 그런 세계를 무시하기는 아주 쉬웠지만, 그렇다고 당장 거주하기에 적당한 어떤 다른 지역을 찾는 것은 참으로 어려웠다.

릴리의 뒤틀린 의식은 완전히 그녀에게서 사라진 것이 아니었기에, 그녀는 아직도 스스로를 조롱하면서 자기의 예전 생활의 가장 지루하고 보잘 것 없는 것들에 갑자기 비정상적인 가치를 부여하며 주목하게 되는 것이었다.

바로 그 지루하고 따분한 일들이, 거기서 타의에 의해 배제되게 된 지금에는 어떤 매력으로까지 다가오는 것이었다. 명함 남겨두기[21], 짧은 편지 쓰기, 따분한 중장년층에게 억지로 하는 공손한 언행, 지루한 만찬을 미소로 인내하기 등 그러한 의무들이 그녀의 비어 있는 인생을 얼마나 즐겁게 채웠던가!

릴리는 정말로 많은 명함들을 뿌렸었다. 그녀가 속한 상류층의 눈으로 볼 때도 그녀는 미소를 지으며 훌륭하게 잘 처신했다. 상스럽게 퇴짜를 맞는 일은 한 번도 당하지 않았다. 그런 퇴짜는 때때로 자연히 그것을 맞은 사람들에게는 창피스럽다는 반응을 일으켰다.

상류층 사교계는 릴리에게서 등을 돌리지 않았고, 다른 데 정신이 팔려서 부주의한 채 단지 옆으로 흘러지나갔을 뿐이다. 릴리는 얼마 안 되는 자존심으로 실컷 자신이 그 사교계에 있어서의 총애의 산물임을 느꼈다.

릴리는 거의 자기 자신도 놀랄 정도로 곧바로 경멸하며 로즈데일의 제안을 거절했었다. 그녀는 고귀한 분노의 빛을 발할 능력을 잃지 않았었다. 그러나 그녀는 높은 곳에서는 오래 숨을 쉴 수가 없었다. 그녀는 지속적으로 도덕적인 힘을 계발할 수 있도록 훈련받은 적이 한 번도 없었다.

그녀가 열망하는 것, 그리고 진정 자신이 그럴 만한 자격이 있다고 느꼈던 것은 가장 고귀한 태도를 취할 때 가장 마음이 편안해지는 그런 상황이었다. 지금까지의 간헐적인 저항의 충동은 그녀 자신의 자존심을 유지하기에 충분했다. 만일 미끄러지면 릴리는 발판을 다시 찾았다. 그러나 그녀가 좀 더 나중에 안 일이었지만, 그

---

21) 상류층의 교제 풍습 중 중요한 부분으로써, 상류 사교계 여자들은 자기들의 방문이 보답받을 것을 기대하여, 그들이 시내에 있다는 데 주의를 환기시키기 위하여 방문지에 명함들을 남겨두고 갔다.

녀가 매번 찾았던 발판은 종전보다 약간 더 낮은 수준에 있는 발판이었다.

릴리는 로즈데일의 제안을 의식적으로 애쓰지 않고도 거절할 수 있었다. 그녀의 전 존재가 그 제안에 저항하여 일어났었던 것이다. 그러나 릴리가 아직 깨닫지 못한 것은, 로즈데일의 말을 그저 들었다는 사실로 인해서 예전에는 참을 수 없었을 생각들을 스스로 떠올리며 살게 되었다는 것이었다.

피셔 부인보다는 통찰력이 부족하였지만, 피셔 부인과 함께 릴리를 돌보아주는 거티 패리쉬가 보기에도 그 싸움의 결과는 벌써 명확히 눈에 보이는 것이었다. 거티는 사실 릴리가 어떤 것의 운명을 이미 편의주의에 맡겨버렸는지는 알 수 없었지만, 릴리가 예전처럼 '유지한다'는 그 파멸을 초래하는 방침에 열렬하면서도 돌이킬 수 없이 말려들어 있음을 알았다.

거티는 이제 역경을 통해 릴리가 새로워질 것이라는 거티 자신의 예전의 꿈에 냉소를 보낼 수 있었다. 거티는 릴리가 뭔가를 잃어버렸을 때, 그 잃어버린 것이 중요한 것이 아니라는 사실을 배우는 그런 종류의 사람이 아니란 것을 아주 분명히 이해했다. 그러나 바로 그러한 사실로 인해서 거티는 릴리가 더욱 동정적인 도움이 필요하며, 부드럽게 감싸줄 필요가 있다고 느꼈다. 그러나 릴리는 그러한 필요에 대하여 거의 의식하지 못하는 것이었다.

릴리는 시내로 돌아온 이후, 거티의 집으로 향하는 계단을 자주 오르지 않았었다. 거티가 말없이 동정적으로 궁금해하는 눈빛을 하는 것에는 왠지 짜증부터 났다. 릴리는 가치관이 너무나 다른 어떤 사람에게 말로 표현할 수 없다는 것이 자신의 상황에서는 진짜 어려운 점이라고 느꼈다. 거티의 생활이 안고 있는 여러 제한은 예전에는 비교할 매력이라도 있었었는데, 이제는 너무나 고통스럽게도 릴리 자신의 생활이 그렇게 오그라들고 있다는 사실을 생각나게 할 뿐이었다.

어느 날 오후에 마침내 미루어오던 거티 집을 방문하고자 하는 결심을 실행에 옮겼을 때, 오그라든 기회라는 것이 주는 느낌이 이상하리만치 강렬하게 릴리를 사로잡았다. 눈앞에 펼쳐져 한겨울의 햇빛을 환하게 받고 있는 5번가를 걸어 올라가면서 릴리는 보았다. 세심하게 꾸며진 끝이 없는 마차의 행렬과 말 한 필이 끄는 사륜마차의 조그만 사각 창문을 통해서 방문객 목록에 열중하고 있는 낯익은 사람들의 옆모습과 짧은 편지들과 카드들을 시중드는 하인에게 나눠주기 바쁜 손들이 언뜻 눈에 들어왔다.

거대한 상류 사교계라는 기계의 그칠 줄 모르고 회전하는 모습을 이렇게 흘낏 본 직후였기에 릴리는 거티 집에 이르는 계단의 가파름과 비좁음, 그리고 그런 계단을 따라가면 이르게 되는 답답한 삶의 막다른 골목을 평상시보다 더욱 의식하게 되었다. 음울한 사람들이 오르도록 되어 있는 음울한 계단. 바로 그 순간에 전 세계에서 얼마나 많은 수천수만의 하잘 것 없는 사람들이 바로 이러한 계단을 오르내리고 있겠는가!

마침 릴리가 거티네 집의 층계참을 올라갈 때 그 층계참에서 흐늘흐늘한 검은 옷을 입고 내려오던 중년 여인의 모습처럼 헙수룩한 차림의 재미없는 모습의 사람들이 말이다!

릴리가 거티를 따라 거실로 들어서자 거티가 말했다.

"지금 내려간 그 여자는 불쌍한 제인 실버턴 양이었는데…… 나하고 뭔가 상담할 게 있어서 왔었어. 제인과 그 여동생은 자활하기 위해 뭔가 일을 하고 싶어 해."

"자활하기 위해서? 그들이 그렇게 쪼들리나?"

릴리는 약간 짜증나는 투로 물었다. 그녀는 다른 사람의 비애를 들으러 온 것이 아니었다.

"그들에게는 남아 있는 게 없는 것 같아. 네드의 빚 때문에 모든 게 사라졌어. 너도 알다시피 네드가 캐리 피셔에게서 떨어져 나왔을 때, 그들은 희망이 컸었잖아. 버사 도싯이 아주 잘 선도할 거라고 생각했었거든. 왜냐하면 버사는 카드를 좋아하지 않잖아. 그리고…… 음…… 버사는 제인에게 아주 듣기 좋은 말을 했다는 거야. 네드가 마치 자신의 남동생처럼 느껴진다면서……. 네드가 카드와 경마를 그만두고 문학 활동을 다시 할 수 있도록…… 네드를 요트에 태워 떠나가고 싶다는 말도 했다는구나."

거티는 한숨을 지으며 그 대목에서 잠시 말을 멈추었다. 그 한숨은 관심이 멀어지던 릴리의 당혹감을 그대로 나타낸 것이었다.

"하지만 그게 다가 아냐. 그건 정말 최악의 것이 아니라고. 네드는 도싯 부부와 싸운 것 같아. 아니면 적어도 버사는 네드가 자신을 찾아오지 못하게 한 거야. 그래서 네드는 그것에 관해 너무 마음 아파하며 다시 노름에 빠졌고…… 가지각색의 이상한 사람들과 어울려 돌아다니게 됐어.

그리고 사촌인 그레이스 반 오스버그는 네드가 버티에게 아주 나쁜 영향을 끼쳤다고 비난했는데…… 버티는 지난봄에 하버드 대학을 다니다 말고 그 이후 줄곧 네드와 함께 있었기 때문이지. 그레이스는 제인을 불러내서 소동깨나 벌였나 보더라. 거기에 함께 있었던 허버트 멜슨과 잭 스텝니가 제인에게…… 버티가 네드로부터 소개받은 어떤 끔찍한 여자와 결혼할 거라고 협박한다는 것과…… 버티가 이제 그 자신의 돈을 가질 나이가 돼서 그들은 버티를 어떻게 할 수도 없다는 얘기를 해줬대.

너는 불쌍한 제인의 마음이 어땠는지 알 수 있을 거야. 제인은 즉시 내게 와서…… 내가 자기에게 어떤 일자리를 얻어준다면 충분히 돈을 벌어서 네드의 빚을 갚고 그를 멀리 떼어버릴 수 있다고 생각하는 것 같았어. 브리지를 하며 네드가 보낸 저녁 중에서 하루 저녁의 빚을 갚으려면, 자기에게는 얼마나 오랜 시간이 걸릴지를 제인은 모르는 것 같아.

그리고 네드는 그 여행에서 끔찍한 빚더미를 안고 돌아왔대. 네드가 캐리의 영향력 하에 있을 때보다도 버사의 영향력 하에 있었을 때…… 왜 훨씬 더 많은 돈을 써야 했었는지 그 이유를 난 알 수가 없어. 넌 알 수 있니?"

릴리는 이런 물음에 참지 못하는 몸짓을 하며 말했다.

"얘, 거티야, 사람들이 어떻게 훨씬 많은 돈을 써버릴 수 있는지 난 이해가 가. 그러나 조금이라도 돈을 적게 쓰는 사람은 어떻게 해서 그럴 수 있는지 도무지 모르겠단 말이야!"

릴리는 자기의 모피 옷을 느슨하게 풀고 거티의 안락의자에 앉았고 거티는 찻잔을 준비하느라 바삐 움직였다.

"하지만 그들이 무엇을 할 수 있겠니? 실버턴 자매들 말이야. 어떻게 자활하려는 거야?"

릴리는 그렇게 물으면서도 짜증 섞인 어투가 자신의 목소리에 묻어 있음을 의식하였다. 그것은 정말 릴리가 말하고 싶지 않은 화제였다. 그것은 조금도 릴리의 관심을 끌지 못하는 것이었으니까. 그러나 그 청년 네드 실버턴의 감상적인 실험으로 희생된 그 핏기 없고 움츠러든 두 여자는 릴리 자신의 문간에 아주 가까이 숨어 있는 그 냉혹한 빈곤을 어떻게 대처해 나가려 하는지를 알고 싶은 호기심이 갑자기 몰려와 릴리를 사로잡았다.

"나도 잘 모르겠어. 그들을 위해 뭔가를 찾아보려고 해. 제인은 소리를 크게 내서 아주 멋지게 글을 읽잖아. 그렇지만 기꺼이 글을 읽어 달라고 할 사람을 찾기가 너무 어려워. 그리고 애니는 그림을 조금 그리는데……."

릴리는 놀라서, 거티의 연약한 차 탁자를 망가뜨릴 기세로 격렬하게 일어서며 큰 소리로 말했다.

"오, 나도 알아! 압지(押紙)에 그려진 사과꽃들 말이야……. 바로 그런 류의 것이 머지않아 내 자신이 하려고 하는 거야!"

릴리는 상체를 숙여 쓰러질 뻔했던 컵들을 안정시켜 놓은 다음에 다시 자리에 깊숙이 앉으며 말했다.

"이 방 안에는 급하게 몸을 설칠 여유가 없다는 걸 내가 깜빡 잊었네. 조그만 아파트에서는 정말로 우아하게 행동해야 하는구나! 오, 거티야, 나는 참하기는 틀렸나 봐."

거티는 걱정스러운 시선을 들어 릴리의 창백한 얼굴을 보았다. 최근 얼마 동안 잠을 못 이루어 독특한 광채를 띤 두 눈이 그 얼굴 안에서 빛나고 있었다.

"너 몹시 지쳐 보이는구나, 릴리. 차 좀 마셔, 이 쿠션에 몸을 기대고……."

릴리는 그 찻잔을 받으면서도 거티가 내미는 쿠션은 초조한 손짓으로 뒤로 밀쳐내며 말했다.

"나한테 그걸 주지 마! 난 뒤로 기대고 싶지 않아. 만약 그러면 난 바로 잠들어 버릴 거야."

거티가 애정 깊게 힘주어 말했다.

"아니, 왜 안 된다는 거야, 응? 나는 쥐 죽은 듯 조용히 있을게."

"아냐, 아냐! 조용히 있지 마! 내게 얘기해 줘. 내가 계속 잠들지 않게 말이야! 난 밤에 잠을 못 자. 그래서 오후만 되면 무섭도록 졸음이 날 덮쳐온다니까……."

"밤에 잠을 못 잔다고? 언제부터……?"

"나도 모르겠어. 기억도 나질 않아."

릴리는 일어나서 빈 잔을 차 쟁반에 올려놓으며 말했다.

"미안하지만 한 잔 더……. 더 진한 것으로……. 만약 지금 잠들어 버리면 오늘밤에 나는 악몽을 꾸게 될 거야. 끔찍한 악몽을……!"

"하지만 차를 너무 많이 마셔도 안 좋아. 더 나쁜 악몽에 시달리게 될 거야."

"아냐, 아냐……. 내게 차를 더 줘. 그리고 설교하지 마, 제발……."

릴리는 거만하게 말을 받았다. 릴리의 목소리에는 위험한 날이 서려 있었다. 거티는 릴리가 두 번째 잔을 받기 위해 손을 내밀었을 때, 그 손이 떨린다는 것을 알아챘다.

"하지만 너는 너무 피곤해 보여. 너는 지금 틀림없이 아픈 거야……."

릴리는 깜짝 놀라며 그녀의 잔을 내려놓았다.

"내가 아파 보인다고? 내 얼굴을 보면 그런 걸 알 수 있단 말이지?"

릴리는 일어서서 필기용 테이블 위에 있는 작은 거울을 향하여 빠르게 걸어갔다.

"정말로 형편없는 거울이네. 온통 얼룩이 지고 색이 더러워졌잖아. 누구라도 이 거울로 보면 끔찍하게 보이겠어!"

릴리는 몸을 다시 돌려 자신의 애처로운 눈을 거티에게 고정시키며 말했다.

"너는 정말 생각 없는 친구야. 왜 그런 끔찍한 말을 내게 하는 거야? 아파 보인다는 소리를 들으면 정말 아프게 될 거라고! 그리고 아파 보인다는 의미는 못생겨 보인다는 의미잖아."

릴리는 거티의 손목을 잡고 그녀를 창문 가까이로 이끌었다.

"아무튼…… 난 차라리 진실을 아는 게 좋겠어. 내 얼굴을 똑바로 쳐다봐. 거티야, 그리고 말해 봐. 내가 완전히 꼴사나워진 거니?"

"너는 지금 여전히 아름다워, 릴리야. 네 두 눈은 빛나고 있고, 네 두 뺨은 지금도 순식간에 멋진 분홍색으로 물들었고……."

"아, 그렇다면 그건…… 창백했었던 거야. 끔찍하게 창백했었던 거지. 내가 들어왔을 때 그랬니? 왜 내게 망가졌다고 솔직하게 말하지 않는 거야? 내 눈이 지금 빛나는 건 신경이 너무 예민해져서 그런 거야. 하지만 아침에는 그 눈이 납덩이처럼 보인단 말이야. 그리고 내 얼굴에 주름살이 생긴다는 걸 알 수 있어. 근심과 실망과 실패 때문에 생긴 주름살이야! 밤에 잠을 못 이룰 때마다 새로운 주름살이 남게 돼. 그리고 생각해야 할 무시무시한 것들이 있는데 어떻게 잠을 잘 수 있겠어?"

거티는 릴리의 열띤 손가락들로부터 손목을 살며시 떼어내며 물었다.

"무시무시한 것들이라니…… 대체 어떤 것들이야?"

"어떤 것들이냐고? 음, 빈곤이 그 하나야. 그보다 더 끔찍한 게 뭐가 있는지 난 모르겠어."

릴리는 몸을 돌려 갑자기 약해진 표정을 지으며 차 탁자 가까이에 있는 안락의자로 몸을 묻었다.

"넌 내게 방금 전에 물었잖아. 네드 실버턴이 그렇게 많은 돈을 쓴 이유를 이해할 수 있느냐고 말이야. 물론 나는 이해해. 네드는 부자들과 어울려서 사느라고 그 돈을 쓴 거야. 부자들과 어울려서라기보다는 부자들에 의지해서 산다고 너는 생각하겠지. 그리고 어떤 의미에서 우리는 그렇게 살아. 하지만 우린 그 대가를 지불해야만 하는 어떤 특권을 누린다고 하는 게 더 맞는 말일 거야! 우린 부자들의 만찬을 먹고, 그들의 포도주를 마시고, 그들의 담배를 피우고, 그들의 마차와 그들의 오페라 특별석과 그들의 자가용을 이용하니까…… 그게 맞는 말이야. 하지만 그러한 사치들 하나하나에는 내야 할 세금이란 게 있어.

남자들은 하인들에게 두둑한 팁을 주고, 자기 수입으로는 하지 못할 카드 노름을 하고, 꽃들과 선물들…… 그리고……그리고…… 돈이 드는 다른 많은 것들을 하면서 그 세금을 지불하는 거야.

여자들도 팁과 카드 노름으로 그 세금을 지불하지. 오, 맞아……

나는 또다시 브리지를 해야만 했지. 일류 양재사에게 가고, 모든 행사 때마다 그에 딱 맞는 옷을 입고, 언제나 자기 자신을 신선하고 아주 아름답고 상대하기 즐거운 사람으로 유지함으로써 그 세금을 내는 거야!"

릴리는 잠시 상체를 뒤로 기대며 두 눈을 감고 거기에 그대로 앉아 있었다. 릴리의 창백한 입술이 살짝 벌어지며 피곤할 때에도 빛을 내며 응시하는 릴리의 두 눈 위로 눈꺼풀이 내려 덮였다. 그때 거티는 릴리의 얼굴에서 일어나는 변화를 알아차리고 깜짝 놀랐다. 그것은 잿빛의 일광이 갑자기 인공적으로 내는 빛을 압도하는 것과 같은 식이었다. 그러나 릴리가 다시 눈을 뜨고 거티를 쳐다보자, 그 환영은 어디론가 사라졌다.

"그런 일은 그다지 즐거운 것 같지는 않아, 그렇지? 그런 일은 즐거운 게 아냐. 나는 이제 그런 일이 아주 지긋지긋해졌어! 하지만 그런 걸 모두 포기한다는 생각을 하면 정말 죽을 것 같아. 그런 것 때문에 나는 밤에 잠을 못 자고 네가 타주는 진한 차를 미치도록 찾게 되는 거야. 왜냐하면 너도 알다시피 이런 식으론 더 이상 오래 살아갈 수가 없으니까 말이야.

나는 거의 내 한계의 끝에 다다랐어. 그런데 내가 무엇을 할 수 있겠어? 도대체 내가 어떻게 해야 계속해서 살아갈 수 있느냔 말이야? 나는 내 자신이 저 불쌍한 실버턴의 누이와 같은 운명으로 몰락했다는 걸 알아. 이곳저곳의 직업소개소나 몰래몰래 찾아다니고 여성 거래소[22]에 가서 색칠한 압지철이나 팔아야 하는 신세가 되었잖아! 그리고 세상에는 이미 그런 일을 하려고 하는 여자들로

22) 미국 전역에 걸쳐 있는 일련의 시설로, 지체는 높으나 가난한 여성들이 익명으로 자존심을 유지하며 수공품을 가져와 팔 수 있는 곳임.

넘쳐나고 있어. 그 사람들 중에는 일 달러를 버는 방법을 알고 있다는 점에서 나보다 못한 여자는 한 사람도 없을 거란 말이야!"

릴리는 다시 일어나서 갑자기 급해진 듯이 괘종시계를 힐끗 들여다보고 말했다.

"늦었어. 이만 가봐야 해. 캐리 피셔와의 약속이 있거든. 그렇게 걱정스러운 눈빛을 하지 마, 이 친구야. 말 같지도 않은 내 말에 너무 신경 쓰지 마."

릴리는 다시 거울 앞에서 가벼운 손놀림으로 머리를 바로잡은 다음, 베일을 끌어내리고 모피 옷을 능숙하게 매만졌다.

"물론 너도 알다시피 나는 아직 직업소개소나 색칠한 압지철을 팔러 다니는 상황에 다다른 것은 아니지만 지금 당장에도 좀 쪼들리고 있어.

만약 내가 어떤 할 일을 찾을 수 있다면…… 짧은 편지를 쓴다든지 방문객 명단을 작성한다든지…… 뭐 그와 비슷한 것들 있잖아……. 그런 일을 할 수 있다면 우선은 유산을 받을 때까지 살아갈 수 있을 텐데 말이야. 그런데 캐리가 일종의 사교상의 비서를 구하는 사람을 찾아본다고 약속했거든. 너도 알다시피 캐리는 스스로는 자기 앞가림을 하지 못하는 부자들을 전문으로 상대하잖아."

릴리는 거티에게 자신의 근심을 전부 다 털어놓지는 않았다. 릴리는 사실 지금 당장 돈이 필요했다. 세상살이를 하면서 미룰 수도 피할 수도 없이 매주 날아오는 지불 청구에 응할 돈이 말이다. 자신의 아파트를 포기하고 구석진 하숙집이나 일시적으로 거티 패리쉬의 거실 침대를 무료로 제공받는다든지 하여 살림비용을 줄이는 것은 그녀에게 닥쳐오는 문제들을 단지 연기하는 편법에 불과한 일이었다.

현재 있는 곳에 그대로 머물러 있으면서 자신의 생활비를 벌 수 있는 어떤 방법을 찾는 것이 마음에도 들 뿐만 아니라 더 현명한 일인 것 같았다. 이런 일이 벌어지리라고는 전에는 진지하게 생각해 본 적도 없는 일이었다. 생활비를 버는 한 사람으로서 릴리는 자신이 그 불쌍한 실버턴 양만큼이나 무능하고 무력하다는 것이 증명될 것 같다는 사실을 깨닫고는 자존심에 심한 상처를 받았다.

릴리 자신은 늘 인기가 있다는 평가를 받는 데 익숙했고 활기와 기지가 있는 사람으로서 자연스럽게 자신이 포함된 상황을 모두 지배하는 데 적합하였기에, 그러한 재능이 사교계의 길잡이를 찾는 사람에게는 가치가 있을 것이라고 막연히 생각했었다.

그러나 불행히도 사교계란 시장에서 제대로 말하고 일하는 기교를 제공하겠다는 의식을 가진 어떤 특정한 지도자를 만나기가 쉽지 않았고, 융통성 많은 피셔 부인조차 매력은 있으나 보증하기는 어려운 릴리에게서 일자리에 도움이 되는 면을 발견하는 데는 어려움이 많아서 그녀를 필요로 하는 사람을 구하기가 쉽지 않은 것도 사실이었다.

피셔 부인은 자신의 친구들로 하여금 생활비를 벌 수 있도록 하는 간접적인 방편이 많은 사람이다. 어쩌면 그동안에도 릴리 앞에 그와 같은 기회를 여러 번에 걸쳐 주선해 주었다고 떳떳이 주장할 수도 있었다. 하지만 생활비를 버는 더욱 적합한 방법들은 도움을 청하며 피셔 부인을 방문했던 구직자들의 능력을 벗어난 것이 대부분인 것과 마찬가지로, 피셔 부인의 전문 분야에서 벗어난 일이었다.

게다가 이미 릴리에게 제공한 기회들로부터 릴리가 아무런 득을 보지 못했기 때문에 피셔 부인이 릴리를 위하여 더 이상의 노력을 하지 않는다 하더라도 어쩔 수 없는 일이었지만, 고운 마음씨를 가진 피셔 부인은 지칠 줄 모르고 릴리라는 현실적인 공급에 응하여 인위적인 수요처들을 만들어내는 데 능란한 수완을 발휘하게 되었다.

그런 목적을 추구하며 피셔 부인은 즉시 릴리 대신에 탐험의 항해를 시작했고, 그 탐험의 결과로서 자신이 '뭔가를 찾았다'며 릴리를 지금 부른 것이었다.

혼자 남겨진 거티는 자기 친구의 곤궁과 그것으로부터 그녀를 건져주지 못하는 자신의 무능에 마음 아파하며 생각에 잠겼다. 거티가 확실히 알 수 있는 것은, 현재로서는 자기가 줄 수 있는 도움은 릴리가 바라지 않는다는 것이었다.

릴리가 과거와 관련된 것들에서 떨어져 나와 완전히 새롭게 다시 시작하는 삶을 살아가지 않는 한 그녀에게 별 희망이 없다는 것을 거티는 잘 알고 있었다. 그와 달리 릴리의 모든 정력은 그러한 과거와 관련된 것들에 단단히 묶여져 있어서 그런 환상이 유지될 수 있는 한 과거와 관련된 것들과 그녀 자신을 눈에 띄게 동일시하는 결연한 노력에 집중되었다. 그러한 태도가 거티에게는 한심스러워 보였다. 그러나 거티는 셀든이 그랬던 것처럼 릴리의 그런 점에 대해 가혹한 판단을 내릴 수 없었다.

거티는 릴리에게 팔베개를 해주고 자기 심장의 피가 릴리에게로 흘러들어 가는 듯이 느꼈던 그날 밤의 감정을 잊지 못했다. 거티가 릴리를 위해 감수했던 그나마의 희생은 별 효과가 없는 것 같았다. 그 영향력은 그 사이의 시간 속에 묻혀 릴리에게는 조금도 남아 있지 않았으니까 말이다.

하지만 수년간 애매하고 모호한 고통과 접촉하며 훈련된 거티는 시간이 흐르든 말든 말없이 인내하며 릴리를 부드럽게 돌봐줄 수 있었다. 거티는 로렌스 셀든과 그 걱정을 상의하면 위안이 될 것이라는 사실을 알고 있었다. 그가 유럽으로부터 돌아온 이래로 거티는 셀든과 사촌으로서의 오랜 신뢰의 관계를 새롭게 다져가고 있었다.

셀든은 자신과 거티의 관계에 어떤 변화가 있음을 알아본 적이 한 번도 없었다. 셀든은 거티가 전처럼 단순하며 지나친 요구도 하지 않고 헌신적이라고만 알고 있을 뿐이었다. 그리고 셀든이 그 이유를 확실히 밝히려고 하지 않아도 저절로 알게 되는, 활기 띠고 총명한 마음도 더불어 그녀에게 생겼음을 보았다. 거티는 한때 릴리 바트에 대하여 예전처럼 셀든과 자유롭게 말한다는 것이 일단 불가능한 일로 보였지만 그녀의 가슴속에 비밀로 간직했던 것이 스스로 풀어져 갈등의 안개가 걷힘으로써 자아의 경계선을 허물어뜨렸고, 편향되고 헛된 개인적 감정은 인간에 대한 전반적인 이해로 바뀌게 되었다.

릴리가 다녀가고 대략 2주가 지났을 무렵 거티는 자신의 걱정거리를 셀든과 나눌 기회가 생겼다. 셀든은 일요일 오후에 거티를 방문했다. 그는 예전의 모습 그대로 허름함 속의 생기를 느끼게 하는 거티의 티타임을 한가로이 같이 보내면서, 이미 그녀의 눈과 목소리에 따로 긴히 할 어떤 말이 있음을 알아챌 수 있었다. 마지막 손님이 가버리자 거티는 바로 입을 열어 셀든이 릴리를 최근 언제 만났었는지를 묻는 것으로, 하고자 하는 말을 시작했다.

셀든이 바로 말을 하지 않고 상당한 뜸을 들이자 거티는 약간 놀라운 감정이 일었다.

"난 릴리를 본 적이 없었어. 릴리가 돌아온 이후 계속 만날 수가 없었어."

예상치 못한 셀든의 대답에 거티는 잠시 할 말을 잃었다. 그녀가 하려던 말을 꺼내지 않고 여전히 망설이고 있을 때 셀든이 먼저 입을 열었다.

"나는 릴리를 만나보고 싶었지만, 릴리는 유럽에서 돌아온 이후로 고머네 사람들에 매달려 있었던 것 같았어."

"그럴 만한 이유가 더욱 생긴 거죠. 릴리는 매우 불행해졌어요."

"고머 부부와 함께 있어서 불행해졌다는 거야?"

"오, 나는 고머 부부와 릴리가 친하게 지내는 것을 별로 달가워하지 않지만 그것마저도 이제는 끝났다고 생각해요. 오빠도 알다시피 릴리가 버사 도싯과 싸운 이후 사람들은 릴리에게 아주 불친절해졌어요.

"아……."

셀든은 소리치더니 갑자기 일어나 창문으로 걸어가서 어둑어둑해져 가는 거리에 시선을 두고 그대로 서 있었다. 거티는 계속해서 설명의 말을 덧붙였다.

"주디 트레너와 그녀의 가족 또한 릴리를 버렸어요. 모두가 버사 도싯이 그런 끔찍한 얘기를 했기 때문이죠. 그리고 릴리는 지금 매우 쪼들리고 있어요. 오빠도 알다시피 페니스턴 부인은 릴리가 모든 유산을 받게 될 것처럼 하더니 약간의 유산만 남기고 릴리를 떼어내 버렸어요."

"그래…… 그건 나도 알아."

셀든은 퉁명스럽게 동의하고 몸을 다시 방 쪽으로 돌렸지만 현관과 창문 사이의 제한된 공간을 그저 불안한 발걸음으로 이리저리 왔다 갔다 할 뿐이었다.

"그래, 맞아. 모두들 릴리를 혐오스럽게 생각하고 그렇게 대하고들 있어. 하지만 동정심을 표시하고 싶어 하는 한 남자는 불행히도 그녀에게 바로 그 말을 할 수 없다는 거야."

셀든의 말을 듣고 거티는 실망스러운 기분이 들어 약간 냉랭하게 제안의 말을 이었다.

"오빠의 동정심을 표시할 다른 방법이 있을 거예요."

셀든은 웃음을 살짝 터뜨리더니 난로 앞에 놓여 있는 작은 소파 위, 거티의 옆에 앉아서 물었다.

"이 구제불능의 선교사야, 넌 도대체 무슨 생각을 하고 있는 거야?"

거티의 얼굴이 빨개졌다. 잠시 동안 이어진 그 홍조가 그녀의 유일한 대답이었다. 그런 다음 거티는 더욱 솔직하게 말을 이었다.

"나는 오빠와 릴리가 훌륭한 친구였다는 사실을 생각하고 있어요. 오빠가 릴리를 어떻게 생각할지에 대해 릴리 자신은 말도 못하게 신경을 쓰곤 했는데……. 오빠가 지금 생각하고 있는 것에 대한 하나의 표시로써 릴리를 가까이 하지 않는다는 걸 릴리가 느낀다면 그녀의 불행은 엄청나게 더 커질 것이라고 생각해요."

"내 사랑하는 아가씨, 한층 더 많이 그걸 부풀리지 마세요. 적어도 그것에 대한 네 생각을 말이야…… 네 자신이 느끼기 쉬운 모든 종류의 감정을 릴리도 느낄 것이라고 생각하면서 말이지……."

셀든은 아무래도 자신의 목소리에 묻어 있는 냉담한 기미를 숨길 수는 없었다. 그래서 거티가 곤혹스러워하는 모습을 보듬으려고 더욱 부드럽게 말을 이었다.

"그러나 내가 뭔가 릴리를 위해 할 수 있는 걸…… 너는 터무니없이 과장하여 아주 중요하다고 말했지만…… 내가 무엇이든 즉시 릴리를 위해 할 수 있다는 것 자체를 과장하였다고는 할 수 없겠지. 만약 내가 그렇게 하기를 네가 원한다면 말이야."

셀든은 잠시 거티의 손에 자신의 손을 올려놓았다. 그들 사이에는 보기 드문 그 접촉으로 숨겨진 애정의 저수지가 채워지는 것 같은, 그런 의미를 주고받는 느낌이 흘러들었다. 거티는 셀든이 대답한 의미를 자신이 읽은 것과 마찬가지로, 셀든도 분명 거티의 요청에 대하여 그 자신이 져야 할 부담을 가늠해 보았다는 느낌이 들었다. 그 모든 것의 의미가 갑자기 그들 사이에서 확실해져서 거티는 다음 말을 하기가 더욱 쉬웠다.

"그렇다면 오빠에게 분명히 요청할게요. 내가 오빠에게 요청하는 건…… 릴리가 예전에 오빠가 자신에게 도움이 되었다고 내게 말한 적이 있기 때문이에요. 그리고 릴리는 전에는 결코 그렇게 도움이 필요한 적이 없었다고 할 만큼 지금 도움이 필요하거든요. 릴리가 편안하고 사치스러운 생활에서 잠시라도 빠져나올 수 없었다는 것은 오빠도 알잖아요. 그 애는 추레하고 못생기고 불편한 걸 얼마나 싫어했는지…….

그건 릴리로서는 어쩔 수 없는 일이에요. 릴리는 그런 생각들에 싸여 자라났고 그런 것들 이외에 자신이 갈 수 있는 다른 길은 결코 알 수 없었으니까요. 하지만 이제 릴리가 좋아하는 것들은 모두 릴리에게서 사라졌어요. 그런 것들을 좋아하라고 가르쳤던 사람들도 릴리를 버렸어요. 그러니 이런 생각이 드네요, 누군가가 손을 뻗쳐 릴리에게 인생의 다른 쪽을 보여줄 수만 있다면……. 릴리에게 자기 자신과 인생에 얼마나 많은 것이 남아 있는가를 보여줄 수만 있다면…….”

거티는 자기가 발하는 웅변적인 어조에 쑥스러움을 느끼는 한편 릴리의 새로운 삶에 대한 막연한 갈망을 정확히 표현해 내기가 어려워서 하던 말을 일단 멈추었다가 다시 말했다.

“그런데 나는 릴리를 도울 수가 없어요. 릴리는 내 손이 미칠 수 없는 곳으로 가버렸으니까요.”

거티는 말을 계속 이어갔다.

“릴리는 내게 짐이 되는 걸 두려워하는 것 같아요. 그 애가 지난번에 여기에 왔을 때 보니까…… 두 주 전인데…… 자신의 미래에 대해 엄청나게 걱정을 하고 있었어요. 캐리 피셔가 무엇인가 릴리가 할 일을 찾고 있다고 했었어요. 2~3일 후에 릴리가 내게 편지를 보냈는데 개인비서 자리를 얻었다며…… 모든 게 잘 됐으니 나보고 걱정하지 말라고 썼더라고요. 시간이 나면 내게 와서 그 일에 대해 얘기해 주겠다고 했는데, 아직까지 오지 않고 있어요.

릴리가 나를 원하지도 않는데 억지로 밀고 들어가는 것 같아서 내가 먼저 릴리에게 가고 싶진 않아요. 예전에 우리가 어렸을 때였어요. 오래 떨어져 있다가 만나게 되었을 때 마구 달려가 릴리를 팔로 얼싸안았는데, 릴리가 '제발, 거티야, 내가 해달라고 하지 않으면 내게 키스하지 말아줘.'라고 말하더군요. 그러고는 1분 후에 릴리가 키스를 해달라고 했어요. 그런 일이 있었던 후로 난 언제나 릴리가 뭔가를 해달라고 하기를 기다리게 되었어요."

셀든은 묵묵히 듣고만 있었는데, 그것은 자기도 모르게 나오는 얼굴 표정의 변화를 드러내고 싶지 않을 때 그의 검고 마른 얼굴에서 나타나는 뭔가에 골똘한 모습이었다. 거티가 말을 마치자 셀든은 살짝 미소를 지으며 말했다.

"기다림의 지혜를 배웠다는 네가 날더러는 뛰어들라고 말하는 이유를 모르겠는걸……."

그러나 거티의 두 눈에서 근심스럽게 간청하는 빛이 사라지지 않는 것을 보고 셀든은 일어나 작별의 인사를 하면서 말을 덧붙였다.

"그래도…… 네가 원하는 대로 해볼게. 내가 그렇게 하지 않은 책임이 네게 있다는 생각에서 네가 벗어나도록 말이야."

셀든이 릴리를 피한 것은 그가 거티로 하여금 생각하도록 한 것처럼 어쩌다가 그렇게 된 것은 아니었다. 사실 처음에는 몬테카를로에서 그들이 마지막으로 보냈던 시간에 대한 기억으로 해서 여전히 화가 나 있는 동안에도 셀든은 릴리가 돌아오기를 몹시도 바랐었다. 그러나 릴리가 영국에서 미적거리고 돌아오지 않았기 때문에 셀든은 실망을 하였다.

그녀가 마침내 돌아왔을 때 그는 마침 일이 생겨 서부로 가게 되었고, 거기에서 돌아와 보니 릴리는 고머 부부와 알래스카로 떠났다는 것을 알 수 있을 뿐이었다. 그렇게 갑자기 또 다른 사람과 친교를 맺은 것을 알고 나니 릴리를 만나고 싶은 욕구가 정말 차갑게 식어버렸다.

만약 릴리의 전 인생이 완전히 결딴날 것 같은 순간에 그녀가 즐겨 고머 부부에게 가서 그녀 인생의 복구를 꾀할 수만 있다면, 그 새로운 사귐이 있다고 해서 그녀를 회복불능으로 단정할 이유는 없는 것이었다. 사실상 그녀가 취하는 모든 걸음마다 릴리는 한두 번 그와 그녀가 밝은 계몽의 빛이 빛나는 동안 만났었던 그 지역으로부터 더 멀리 옮겨 가는 것 같았고, 그런 사실을 인식하면서, 그 최초의 고통이 극복되었을 때 셀든에게는 차라리 그녀와 거리를 두는 편이 괴로움이 덜할 것이라는 생각을 갖기 시작했다.

릴리를 그녀의 습관적인 행위에 의해 판단하는 것이 간혹 습관적인 행위에서 벗어나서 셀든이 가는 길에 뛰어들어 그를 어지럽게 하는 그녀의 일탈 행위에 의해 판단하는 것보다 셀든에게는 훨씬 더 쉬운 일이었다. 그녀가 그런 일탈 행위를 다시 할 가능성을 더욱 희박하게 하는 그런 모든 행위로 인하여 셀든에게는 괴로움이 덜해진다는 느낌이 더욱 커졌다. 그렇게 해서 릴리에 대한 예전의 견해로 되돌아갔던 것이다.

그러나 거티의 말을 듣는 것만으로도 셀든은 그러한 자신의 견해가 얼마나 보잘 것 없으며 릴리를 생각하며 자신이 조용히 살아간다는 것이 얼마나 불가능한 일인가를 알게 되었다.

릴리가 도움이—자신이 줄 수 있는 분명하게 떠오르지 않는 도움조차도—필요한 상태에 처해 있다는 말을 듣는 즉시 그런 생각이 다시 들었던 것이다.

셀든이 큰길로 들어섰을 때에는 거티의 간청을 뒤로 미룰 여유가 없다는 생각이 깊이 자리 잡게 되었다. 셀든은 곧바로 발걸음을 릴리의 호텔 쪽으로 돌렸다.

호텔에 도착해 보니 릴리는 뜻밖에 이미 이사를 하여 그곳에 없었다. 셀든은 다시 한 번 낙담이 되었으나, 그가 재우쳐 물으니 호텔 종업원은 릴리가 어떤 주소를 남겨놓았다는 것을 기억해 내고는 곧 자신의 책을 뒤져 그 주소를 찾기 시작했다.

릴리가 거티 패리쉬에게 자신의 결정을 알리지 않고 이런 조치를 취했다는 것은 확실히 이상한 일이었다. 셀든은 종업원이 릴리의 새로운 주소를 찾는 동안 기다리면서 기분이 그다지 편치 않았다. 그리고 그 주소를 쉽게 찾지 못하고 시간이 길어짐에 따라 편치 않은 기분은 걱정스러움으로 바뀌었다.

드디어 종이쪽지 하나가 그에게 건네졌고, 그것에서 '엠포리엄 호텔 노마 해치 부인 댁'이라 적혀 있는 것을 확인했을 때에는 걱정스러워하던 눈빛이 사라지며 믿을 수 없다는 듯 그 종이만을 뚫어지게 들여다보다가 역겹다는 몸짓으로 그 종이를 둘로 찢어버리고 몸을 돌려 빠른 걸음으로 자기 집 쪽으로 걸어가기 시작했다.

9

엠포리엄 호텔로 옮겨 온 다음 날 아침에 잠에서 깨어났을 때, 릴리의 첫 번째 느낌은 순전히 육체적인 만족감이었다. 다시 한 번 부드러운 베개가 있는 침대에 누워 햇볕이 넓은 방을 가로질러 들이비치는 가운데 난로 가까운 곳에 먹음직스럽게 차려진 아침 식사용 식탁을 바라보는 사치스러움은 이곳으로 오기 직전과 대비되면서 더욱 강렬한 느낌을 주는 것이었다.

그것에 대한 분석과 자기반성은 나중 일일 뿐이었다. 그 순간에 만큼은 가구를 아무렇게나 뒤섞어 놓았다든지 실내장식품이 너무 많다든지 하는 것조차 신경 쓰이지 않았다. 불편함이 뚫고 들어올 수 없는 아주 포근한 환경 안에서 한 번 더 안락함에 싸여 안겨졌다는 느낌으로 인해서 실제로 조금도 비평할 마음이 들지 않는 것이었다.

전날 오후에 캐리 피셔를 따라와서 노마 해치 부인에게 자신을 선보였을 때, 그녀는 새로운 세계로 들어간다는 생각을 하고 있었다.

노마 해치 부인에 대한 피셔 부인의 모호한 설명이 함축하고 있는 것은—노마 해치라는 기독교식 이름으로 되돌아간 것은 그녀가 이혼한 지 얼마 안 된다는 사실 때문이라고 설명했는데—해치 부인이 '서부로부터' 왔으며, 염두에 두어야 할 점은 상당히 많은 돈을 가지고 왔다는 것이었다. 간단히 말해서 해치 부인은 부자였고, 혼자서는 무엇을 못 하며 상류 사교계에 아직 자리를 못 잡았다는 것이다. 그 문제가 바로 릴리의 손에 달려 있는 것이었다. 피셔 부인은 릴리가 해야 할 일이 무엇인지 명확히 말해주지 않았다. 피셔 부인은 솔직히 자기 자신도 해치 부인과는 잘 아는 사이가 아니라며, 그녀가 '해치 부인을 알게 된 것'은 여가 활동 중에 만난 변호사 멜빌 스탠시와 폴스타프[23] 같은 어떤 즐거운 클럽 생활을 하는 사람들을 통해서라는 것이었다.

스탠시는 사교적으로 고머 부류들과 릴리가 지금 들어가려고 하는 더욱 알려지지 않은 사람들 사이를 연결하는 고리 역할을 하는 사람이라 할 수 있었다. 그러나 단지 비유적으로 말하면 해치 부인이 속한 세계의 조도(照度)는 어둑하다고 묘사할 수 있었다.

현실적으로 릴리는 다마스크 천과 금박의 광대한 요면(凹面) 위에 있는 다양한 장식적 돌출물에서 골고루 퍼져 나오는 강렬한 전기 불빛 속에 앉아 있게 된 셈이었고, 그곳에서 릴리는 자신의 껍데기를 벗고 나오는 비너스처럼[24] 일어날 것 같았다. 그런 비유가

23) 셰익스피어의 희극에 나오는 인물로, 보통은 자신의 이익을 위해 즐거운 파티를 계획하는 데 기업가적인 재간이 있는 것으로 유명하다.

24) 로마신화에 나오는 미(美)와 사랑의 여신으로, 바닷가의 가리비 껍데기 속에서 나오는 것으로 자주 표현된다. 보티첼리의 〈비너스의 탄생〉으로 가장 유명하게 묘사되어 있다.

맞는 것임을 입증이라도 하듯 그때 해치 부인이 나타났다. 커다란 눈을 한 예쁘장한 모습의 그녀는 유리 아래 고정되어 보이는 어떤 것과 같이 조금도 흔들림이 없었다. 그렇더라도 곧바로 알 수 있는 것은 해치 부인은 릴리보다 몇 살쯤 더 어리다는 것과 그녀가 지닌 화려함과 여유로움이었다. 그와 동시에 그녀의 옷과 목소리에 드러난 적극성을 보면 거기에 그 뿌리 깊은 천진난만함이 살아남아 있다는 것을 알 수 있었다. 다만 그녀와 같은 국적의 여자들에 있어서는 그 천진난만함이 놀라우리만치 극단적인 경험을 한 것과 함께 공존한다는 사실은 아주 흥미로울 것이었다.

릴리가 있게 된 그 환경은 그곳에 살고 있는 사람들만큼이나 릴리에게는 낯선 것이었다. 릴리는 뉴욕의 최신식 호텔 세계에 대해서는 잘 알지 못했다. 지나치게 과열되고 지나치게 많은 실내장식품을 갖추고 별난 요구를 만족시키기 위해 지나치게 많은 기계장치를 갖추었으면서도 문명생활의 안락함은 사막에서만큼이나 얻기 어려운 그런 세계 말이다.

그렇게 불타는 듯 화려한 분위기를 뚫고 가구들처럼 풍부하게 차려입은 파리한 사람들이 그 세계 속을 움직여 갔다. 그 사람들은 명확히 추구하는 것도 영원한 교제도 없이, 맥없이 호기심이라는 조류에 밀려 레스토랑에서 콘서트 홀로, 종려나무 정원에서 음악실로, '미술전시회'에서 양재사의 개점 행사로 흘러가는 것이었다. 발을 높이 들고 걷는 말들이나 공들여 준비한 자동차들이 기다렸다가 그와 같은 숙녀들을 태우고 모호한 대도시의 거리로 내달렸고, 그곳으로부터 돌아왔을 때의 그들은 무거운 검은담비 모피 옷 때문에 한층 더 파리해져서 다시 매일같이 반복되는 답답한 호텔의 관성으로 빨려 들어갔다.

그들 뒤의 어딘가에는, 그들 인생의 출신성분 속에는 의심할 것 없이 진짜 과거와 진짜 인간적인 활동이 있었다. 그들 자신은 아마도 강한 야망과 지칠 줄 모르는 에너지, 건강해 보이는 거친 인생과의 다각적인 접촉의 산물이었을 것이다. 그러나 그들은 고성소[25]에 있는 시인들의 그림자만큼이나 진정한 생활을 하지 못하는 것이었다.

릴리는 오래 지나지 않아 그 핏기 없는 세계에서는 해치 부인이 가장 중요한 인물이란 것을 알았다. 그 부인은 비록 그 무익한 허공에서 떠돌고 있음에도 불구하고 윤곽을 그려낼 징후가 희미하게나마 보였고, 그런 노력으로 그녀는 멜빌 스탠시에 의해 적극적인 후원을 받았던 것이다.

스탠시는 연회의 행사를 연상시키며 '최초의 밤'의 특등석[26]과 천 달러짜리 과자용기[27]에 나타나는 훌륭한 신사를 연상시키는, 눈에 띄는 풍모를 지닌 남자였다. 그는 해치 부인이 첫 번째로 진전을 보였을 때, 그녀를 뉴욕이란 대도시의 호텔 생활이란 더 높은 단계로 이주시킨 장본인이었다. 그 경주마 품평회에 그녀가 파란 리본을 매고 끌고 갔던 말들을 골랐던 사람도, 그녀를 사진사들에게 소개하여 그녀의 사진들이 '일요일 증보판'[28]에 되풀이하여 실

---

25) 단테의 신곡(神曲)에 묘사된, 천국과 지옥 사이에 있는 곳으로, 그곳에서 구원받지 못한 자의 영혼들이 맥없이 구원을 기다린다.

26) 오페라나 극장에서 개막식 밤에 사람들이 구하는, 값비싼 2층의 탐이 나는 특별석.

27) 불어로, 공들여 만든 값비싼 사탕과자를 담는 용기.

리게 한 사람도, 그녀의 사교계를 이루는 무리를 모은 사람도 바로 그 남자였다. 그것은 사람들이 없는 거대한 공간에 일시적으로 멈추고 있는, 잡다한 인물들로 구성된 아직 작은 무리였다. 그리고 그 무리에 대한 통제는 더 이상 스탠시의 손안에 있지 않다는 것을 릴리가 알게 되는 데는 시간이 그리 오래 걸리지 않았다.

흔히 그러하듯 해치 부인은 스탠시보다 뛰어났고, 해치 부인은 그녀의 사교계란 울타리를 뛰어넘는 깊은 사치와 높은 우아함을 벌써 알아차렸다. 그렇게 새로운 사실을 알게 된 해치 부인은 자기를 더욱 높은 곳으로 이끌어줄 안내자, 그녀의 편지를 올바로 관리해 주고 그녀의 모자를 멋져 보이게 매만져주고 그녀가 할 일들을 하나하나 바르게 챙겨주는 기민한 여성의 손길을 갈망하게 되었다. 간단히 말해서 싹트는 사교생활의 조정자로서의 릴리 바트의 인도가 필요했다는 것이다.

해치 부인이란 사람의 일상적 일 하나하나는 그녀의 행로만큼이나 릴리에게는 낯설었다. 해치 부인의 특징적인 습관은 동양적인 게으름과 난잡함이라고 할 수 있는데, 특히 그녀의 동료(릴리)에게 그렇게 하려 했다. 해치 부인과 그녀의 친구들은 시공(時空)에 아랑곳하지 않고 함께 떠다니는 것 같았다. 명확한 시간관념이 없었고 어떤 일정한 의무란 게 없었다. 정해진 일들도 뒤죽박죽이고 지체되어 흐리멍덩한 상태로 밤낮이 한데 엉겨 흘러갔다. 차 마실 시간에 점심을 먹는다는 인상을 주었으며, 저녁 만찬은 연극 관람 후 먹는 야식과 자주 합쳐졌다. 그리고 그 야식 때문에 해치 부인은 동이 틀 때까지 밤을 지새웠다.

---

28) 유명인사에 관심이 많은 대중들을 유인하기 위해 사교계의 최근 가십을 특집으로 꾸민 신문의 특별란.

그렇게 뒤범벅이 된 무익한 활동을 통해서 그녀에게 붙어먹는 이상한 무리들, 이를 테면 미조술사(美爪術師: 손톱 장식을 해주는 사람)들, 얼굴이나 머리 가꾸는 미용사들, 브리지와 프랑스어의 선생들과 '휘트니스' 선생들이 오갔다.

그들은 용모에 의해서나 혹은 그들과 해치 부인과의 관계에 의해서나 해치 부인에 의해 인정된 사교계를 구성하는 방문객들과 종종 구별할 수 없는 인물들이었다. 그러나 릴리에게 가장 이상한 것은 해치 부인에 의해 인정된 사교계를 구성하는 방문객들 중에는 릴리가 알고 있는 사람들도 포함되어 있다는 것이었다.

릴리는 마음 편안하게 자신이 거기에 있는 동안은 이전에 알고 지냈던 사교계 사람들에게서 완전히 벗어나서 지내게 될 것이라 생각했었다. 그러나 스탠시는 마당발과도 비슷한 자기 생활양식의 한 면이 피셔 부인이 관리하는 사람들의 한 끄트머리와 겹쳐져 있었기 때문에, 그 사교계의 무리 속으로 그중 가장 빛나는 장식품이 될 몇몇 사람을 끌어들여 놓았었다.

릴리가 첫 번째로 놀란 것 중의 하나가 해치 부인의 응접실을 습관적으로 자주 찾는 사람들 중에는 실버턴이 들어 있다는 사실이었다. 그런데 릴리는 곧 실버턴이 스탠시가 중요하게 생각하는 새로운 회원이 아니라는 사실을 알게 되었다. 해치 부인 무리의 관심이 집중된 인물은 반 오스버그의 수백만 달러 중 아주 약간을 상속받은 작은 프레디 반 오스버그였다.

프레디는 간신히 대학을 나와서 릴리가 실추된 이래로 지평선 위로 두둥실 떠오른 존재였는데, 해치 부인의 삶의 외면적인 희미한 빛 위에 프레디가 얼마나 빛나는 광채를 비추는가를 알고 릴리는 놀라지 않을 수 없었다. 그것은 젊은 남자들이 격식을 따지는 사회적 관례에서 해방되었을 때 '참가하는' 일들 가운데 하나였으며, '선약(先約)'과 같은 것이었다. 그 때문에 아주 빈번하게 그들은 걱정이 많은 안주인들의 희망을 헛되게 했다.

릴리는 사교계의 태피스트리의 뒤나 그 측면에는 깨끗하지 못한 실밥들이 엮여져 있거나 끄트머리가 풀린 올이 매달려 있는 이면(裏面)이란 것이 있구나 하는 이상야릇한 느낌이 들었다.

릴리는 아주 잠깐 그 쇼에서, 그리고 그곳에서 자신이 맡은 역할에서 어떤 즐거움을 얻었었다. 이율배반적인 관습을 겪은 후인지라 그 상황에는 편안함이 있는 것 같았고, 관습에 얽매이지 않는다는 것은 분명 참신하고 기분 좋은 것이었다.

그러나 그렇게 반짝 찾아든 즐거움은 릴리의 지난날들에 대한 오랜 역겨움에서 오는 짧은 반동에 불과했다. 해치 부인의 삶이 지닌 엄청난 겉치레의 공허함에 비하면 릴리의 예전 친구들이 영위하는 삶은 질서정연한 활동으로 가득 찬 것처럼 보였다. 릴리가 알고 지내는 사람들 중 예쁘기만 하고 머릿속이 비어 가장 무책임하다고 할 만한 여자조차도 자신이 선대로부터 물려받은 의무와 전통적인 박애를 지니고 있었고, 커다란 시(市)의 기관을 운영하는 일에 참가하는 등 모든 것이 함께 어우러져 전통적인 기능을 공고히 하는 데 한 역할을 하였다. 특정한 임무를 이행하는 것이라면 릴리의 책무는 단순하였을 것이었지만, 해치 부인을 애매모호하게 시중드는 일에서는 당황스러움을 느끼는 경우가 없지 않았다.

그런 당황스러운 일이 벌어지게 한 사람은 릴리를 고용한 해치 부인이 아니었다. 해치 부인은 처음부터 릴리의 동의와 조력을 구하고 싶은 마음을 절실하게 내보였다. 돈이 엄청 많다고 해서 뽐내기는커녕 그녀의 아름다운 두 눈은 오히려 경험이 없으니 도와달라는 뜻을 간절히 내비치는 것 같았다.

해치 부인은 '품위 있게' 행동하고 '사랑스러운 여성'이 되는 법을 배우고 싶어 했다. 어려운 점은 릴리와 해치 부인이 꿈꾸는 이상적인 것의 접점을 어디에서 찾는가 하는 것이었다. 해치 부인은 막연한 열정과, 무대나 신문, 패션 잡지, 그리고 릴리가 한층 더 완전히 이해하지 못하는 화려한 스포츠의 세계로부터 추려낸 열망의 안개 속에서 표류하고 있었다.

이러한 혼란스러운 생각들로부터 해치 부인을 그녀의 길로 나아가게 할 생각들을 분리해 내는 것은 분명 릴리의 일이었지만, 릴리는 빠르게 생겨나는 의혹들로 해서 그렇게 이행하지 못하고 있었다.

릴리는 점점 더 자신의 책무가 무엇인지 분명하지 않다는 것을 깨닫고 있었다. 전통적인 의미로 볼 때 해치 부인이 흠잡을 데 없다는 점에 대해서 릴리는 조금도 의심하지 않았다. 해치 부인의 잘못의 근원은 언제나 행위에 있다기보다는 오히려 기호에 있었다. 그녀의 이혼 경력은 윤리적 조건보다는 지리적 조건에 기인한 것 같았으며, 그녀에게 가장 안 좋은 맺고 끊는 면이 없다는 점은 종잡을 수 없이 과도하게 나타나는 고운 마음씨 때문에 생긴 것 같았다.

해치 부인이 오찬 모임을 위해 그녀의 미조술사를 가지 못하게 붙들어두거나 프레디 반 오스버그의 오페라 극장 특별석 한 자리를 '미용사'에게 제공하는 것 따위는 그리 신경 쓰이지 않는다 하더라도, 관례에서 벗어나는 어떤 것은 겉으로는 눈에 덜 띄지만 그렇게 편한 마음으로 처리할 수 있는 일인 것만은 아니었다. 예를 들면 이런 것이 있다. 네드 실버턴과 스탠시에 대한 관계는 어떤 성미가 맞는 사람끼리 자연적으로 갖는 우호 관계보다 더 가까우면서도 불명확한 것 같았고, 그 두 사람은 협력하여 프레디 반 오스버그가 해치 부인을 점점 더 좋아하도록 만들려고 노력하는 것 같았다.

그 자체로써 프레디와 해치 부인을 어떤 웃음거리로 만들 수도 있다는 점과, 그런 상황을 분명하게 뭐라고 정의를 내릴 수 있기에는 시기상조였으나 실버턴과 스탠시의 실험 대상인 프레디와 해치 부인이 너무 젊고 너무 돈이 많고 너무 속기 쉽다는 생각이 릴리에게 어렴풋이 떠올라 꺼림칙했다.

프레디가 릴리를 그 자신과 협력하여 해치 부인을 사교적으로 발전시키는 일을 하는 사람이라고 보는 것 같아서 그 당혹스러움은 더욱 커졌다. 그의 그런 시각은 그로서는 그 부인의 미래에 대한 영원한 이해관계를 암시하는 견해였다. 그 두 사람의 경우를 그런 식으로 보며 역설적인 재미를 느꼈던 순간들도 릴리에게는 있었다. 신의 없는 사교계의 한복판에 해치 부인과 같은 미사일을 쏜다는 것을 생각하면 그것이 전혀 매력이 없는 일인 것만은 아니라는 생각이 들었기 때문이었다. 아름다운 노마 해치 부인이 처음으로 반 오스버그 가문의 연회에 소개되는 것을 마음속으로 그려보며 릴리는 한가한 시간을 즐기기까지 했다. 그러나 그러한 일을 처리하는데 개인적으로 연관되는 것은 별로 마음에 드는 것은 아니었으며, 그녀가 순간적으로 떠올렸던 즐거움들에 이어 의구심들만이 더욱 길게 찾아들었다.

그런 의구심들은 어느 날 오후 늦게 로렌스 셀든이 찾아옴에 따라 놀라움 속에서 극에 달했다. 셀든이 릴리를 발견했을 때, 그녀는 분홍색 다마스크 천이 어수선하게 펼쳐져 있는 곳에 혼자 있었다. 해치 부인의 세계에서는 티타임을 사교적인 의식대로 행하지 않았기 때문에, 해치 부인은 그때 자기의 필요에 따라 여자 마사지사의 손에 몸을 맡기고 있었다.

셀든이 들어오는 모습을 보고 마음속으로는 깜짝 놀라 당황하였지만, 부자연스럽게 감정을 억제하고 있는 셀든의 태도에 따라 냉정을 되찾은 릴리는 즉시 놀라움과 기쁨의 목소리를 내었다. 정말 믿기 어려운 그 장소로까지 셀든이 자기를 찾아온 이유에 대해 솔직히 궁금해하며, 무슨 바람이 불어 자신을 찾아왔는지 물어보았다.

셀든은 릴리의 말을 유달리 심각한 것으로 받아들였고, 릴리는 셀든이 주위 상황에 그렇게 소극적인 자세로, 그녀가 그의 길에 방해물을 갖다 놓았을 때 그처럼 순순히 그것에 따르는 경우를 일찍이 본 적이 없었다.

셀든이 말했다.

"당신을 만나고 싶었소."

그러자 릴리는 그 말 속에 그가 원하는 바를 그동안 놀랄 만하게 잘 억눌렀었다는 것을 쉽게 알아차렸다. 릴리에게는 셀든이 곁에 없다는 사실이 지난 몇 개월간 겪은 아주 쓰라린 고통 중의 하나라는 느낌이 들었다. 셀든이 나 몰라라 하는 것 때문에 그녀는 자존심 깊숙이 상처를 입었었다.

셀든은 그러한 힐난에 직설적으로 답했다.

“내가 당신에게 소용이 될 수 없다는 생각이 들었다면 뭣 하러 왔겠소? 내가 변명할 수 있는 건, 내가 당신에게 필요한 존재가 될 수 있는가 하는 것뿐이오.”

이 말은 릴리에게 엉성하게 얼버무리는 것으로 비쳐졌고, 그러한 생각이 들자 그녀의 응수에는 얼핏 가시가 돋쳤다.

“그렇다면 지금 당신이 온 건 당신이 내게 필요한 존재가 될 수 있다고 생각했기 때문인가요?”

셀든은 다시 머뭇거리다 말했다.

“그렇소. 문제를 함께 숙의할 수 있는, 적당한 사람의 자격으로 말이오.”

총명한 사람치고는 그 첫마디 말은 확실히 바보 같았고, 셀든의 어색함은 그의 방문을 릴리가 개인적인 의미로 받아들일 것을 두려워하는 데서 비롯되었다는 생각이 들었다. 셀든을 만났다는 릴리의 즐거움은 차갑게 식었다. 그러나 가장 적대적인 조건에서조차도 만남의 즐거움은 언제나 저절로 느껴지는 것이어서, 셀든이 밉다는 생각이 들 수도 있었지만 그렇다고 셀든이 그 방 밖으로 나갔으면 하는 생각은 릴리에게 조금도 들지 않았다.

릴리는 지금 셀든이 막 싫어지려 했지만, 그의 음성과 그의 가느다란 검은 머리칼에 떨어지는 빛의 모습, 그가 앉은 채로 움직이며 옷을 걸쳐 입는 모습 등 그런 하찮은 것들조차 그녀의 생의 밑바닥까지 짜 넣어져 있다는 것을 알고 있었다.

셀든을 마주하면서 그녀는 갑자기 평온해졌고, 혼란스러운 정신이 차분해졌다. 그러나 그렇게 은밀히 찾아드는 영향력에 릴리는 이제 충동적으로 반항하며 입을 열었다.

"그런 자격으로 몸소 이렇게 잘 와 주시기는 했지만, 어째서 내게 특별히 말할 것이 있다는 생각이 든 거죠?"

릴리가 한결같이 가벼운 대화의 목소리를 유지했음에도 불구하고 그런 질문을 받자 셀든은 자신의 호의를 제대로 생각해 주지 않는다는 느낌이 들어서 잠시 말을 이을 수 없었다. 그 두 사람 사이의 상황은 갑작스러운 감정의 폭발에 의해서만이 명확해질 수 있는 것이었는데, 그들의 심적 경향이나 완전한 훈련으로 해서 그런 폭발의 가능성은 막혀 있었다.

셀든의 침착함은 어느 쪽인가 하면 더욱 굳어져 저항으로 변했고, 릴리의 침착함은 외관상 번지르르한 빈정댐으로 변한 채 두 사람은 해치 부인의 거대한 소파들 중 하나의 양끝에서 서로를 마주보고 있었다. 문제의 그 소파와 기괴한 사람들로 붐비는 그 방의 풍경을 보고서 마침내 힘을 얻은 셀든이 입을 열어 한 대답에는 그에 따른 변화가 엿보였다.

"당신이 해치 부인의 비서로 일하고 있다고 거티가 말해주더군요. 거티는 당신이 어떻게 지내고 있는지 몹시 궁금해하더군요."

릴리는 이런 설명에 그다지 부드러운 기색을 내보이지 않고 물었다.

"그렇다면 왜 거티가 직접 날 보러 오지 않은 거죠?"

"왜냐하면 당신이 거티에게 주소를 보내지 않았기 때문에 거티는 자신이 공연히 찾아와 당신을 성가시게 할지도 모른다고 생각하기 때문이오."

셀든은 미소를 지으며 말을 이었다.

"나는 그런 것에 개의치 않는다는 걸 당신은 알겠지만, 내가 와서 당신이 불쾌하다면 그런 걸 무릅쓸 용기는 내게도 없소."
릴리는 그의 미소에 답했다.
"아직까지는 당신이 불쾌하지 않지만 금방 그렇게 될 것 같네요."
"그건…… 당신에게 달려 있는 거요, 그렇지 않소? 당신도 알고 있듯이 내가 뭔가를 주도할 수 있는 건 어디까지나 당신의 뜻에 달려 있으니까……."
릴리는 똑같이 가벼운 어투로 물었다.
"하지만 어떤 자격으로요? 당신과 내가 무슨 관계죠?"
셀든은 다시 해치 부인의 응접실을 힐끗 휘둘러보고는, 그렇게 최종적으로 살펴본 것을 근거로 결심을 굳힌 듯이 말했다.
"나는 당신이 여기 일을 당장 그만두고 이곳에서 나갔으면 좋겠소."
셀든의 갑작스럽고 공격적인 말에 릴리는 얼굴이 붉어졌지만, 그럼에도 몸을 뻣뻣이 하고 차갑게 말했다.
"그러면 내가 어디로 가야 한다고 생각하는지 물어봐도 될까요?"
"당신이 괜찮다면 우선 거티에게로 돌아가시오. 중요한 건…… 여기에서 빠져나가야 한다는 것이오."
전에 없이 엄한 그의 목소리로 미루어 볼 때 셀든이 그 말을 얼마나 힘들여 했는지 알 수 있었다. 그러나 릴리는 자기 자신의 격한 반감에 휘말려서 셀든의 감정을 살펴볼 상태에 있지 않았다. 자기가 가장 친구들을 필요로 했을 때에는 그녀를 등한시하고 어쩌면 그녀를 피하기조차 하더니, 이렇게 주제 넘는 묘한 권위를 가지고서 이제 갑자기 부당하게 자신의 인생에 뛰어들어 간섭하다니 싶은 생각에 그녀는 본능적으로 자존심과 자기방어의 감정이 일며 화가 치밀었다.

"정말 뭐라고 감사를 드려야 할지 모르겠네요."

릴리가 말을 이었다.

"내 일에 그렇게 흥미를 보여주시니 말이에요. 하지만 난 현재 내가 처한 상황에 아주 만족하고 있어서 떠날 생각이 없는데 어쩌지요?"

셀든은 그 말이 끝나기 전에 벌써 일어나서 앞으로는 어떻게 할지 모른다는 태도로 릴리의 앞에 서 있었다.

셀든이 외쳤다.

"그 말은 당신이 지금 어떤 상황에 처해 있는지 모른다는 걸 말해줄 뿐이오."

릴리도 벌컥 화를 내며 일어섰다.

"당신이 해치 부인에 관해서 불쾌한 소리를 하기 위해서 여기에 온 것이라면……."

"내가 관심 있는 건 해치 부인과 당신과의 관계일 뿐이오."

"해치 부인과 나의 관계는 내가 하등 부끄러워할 이유가 없는 관계예요. 내 친구들이 내가 굶어 죽든 말든 나 몰라라 했을 때, 해치 부인은 나를 도와 생활비를 벌게 해주었어요."

"말도 안 돼요. 굶어 죽느냐 아니냐가 유일한 선택 기준이 아니란 말이오. 당신이 다시 독립적으로 살아갈 때까지 당신은 언제라도 거티의 집에서 살 수 있다는 것을 알잖소."

"당신은 내 일을 속속들이 잘 안다는 듯 그러시는데…… 당신이 말하고자 하는 건 혹시 우리 고모의 유산을 내가 지급받을 때까지 그러란 말 아닌가요?"
"내 말이 바로 그 말이오. 거티가 내게 그걸 말해 줬소."
셀든은 당황하지 않고 그 말을 시인했다. 그는 이제 너무 진지한 상태라서 자신의 마음을 털어놓는 데 어떤 순간적인 제약도 느낄 수 없었다.
"하지만 거티도 알지 못하는 게 있어요."
릴리가 말을 이었다.
"내가 받을 유산에서 내게 남을 돈은 단 한 푼도 없다는 거예요. 모두 빚을 갚아야 하거든요."
"맙소사!"
셀든은 불쑥 뱉은 그 말에 침착함이 무너지며 놀라서 소리쳤다.
릴리가 말을 이었다.
"그 유산 중 단 한 푼까지도, 아니 그 이상이 있어도요. 이제 당신은 아마 알 거예요, 왜 내가 거티의 친절을 받아들이기보다는 차라리 해치 부인과 더불어 있는 걸 더 좋아하게 됐는지 말이에요. 나는 내 작은 수입을 빼면 남는 돈이 없어요. 그러니 먹고 살려면 돈을 더 벌지 않을 수 없게 됐어요."
셀든은 잠시 머뭇거리다 조금 더 부드러운 목소리로 말을 이었다.
"하지만 당신의 수입과 거티의 수입으로…… 당신이 그런 자세한 내용까지 내게 알려준 이상…… 당신과 거티가 함께하면 틀림없이 살아갈 수 있을 것이오, 그러면 당신은 혼자 벌어먹고 살아야만 할 필요도 없잖소. 나는 알고 있소. 거티는 열심히 그렇게 하려 할 것이고, 그렇게 하면서 아주 행복해 할 것이란 걸……."

"하지만 나는 그럴 수가 없어요."
셀든의 말을 릴리가 가로채며 말을 이어갔다.
"그건 거티에게도 좋지 않고, 나 자신에게도 현명하지 못한 일일 거라는 여러 가지 이유가 있어요."
릴리는 잠시 말을 멈추었는데, 셀든이 더 이상의 설명을 기다리는 것 같아서 자신의 머리를 번쩍 쳐들며 말을 계속했다.
"내가 굳이 그 이유를 대지 않아도 당신은 너그럽게 이해해 줄 수 있겠죠."
"내게 그런 이유를 대라고 요구할 권리는 없소."
셀든은 릴리의 말투를 무시하며 대답하고는 말을 이어갔다.
"내가 이미 한 말 말고는 어떤 코멘트나 제안을 할 권리가 없소. 그리고 만약 내게 그렇게 할 권리가 있다면 그건…… 단지 어떤 남자라도 가지는 권리로써…… 어떤 여자가 무의식중에 잘못된 길에 빠졌을 때 그녀에게 깨우침을 줄 그런 권리라는 말이오."
릴리가 미소를 지었다.
"내 생각엔 말이죠……."
릴리가 말을 이었다.
"잘못된 곳이란 소위 상류층의 사교계에서 벗어난 곳을 말하시나 보지만, 당신이 알아야 할 것은요…… 난 해치 부인을 만나기 오래전에 이미 그러한 신성한 구역에서 배제되었었다는 거예요. 내가 아는 한은…… 그 안쪽에 있건 바깥쪽에 있건 실제로는 별로 차이가 없다는 거예요. 그런데 지금 당신이 언젠가 내게 해준 말이 떠오르네요. 당신은 그 안쪽에 있는 사람만이 그 차이를 진정으로 느낄 거라고 했었죠."

릴리는 벨로몬트에서 그들이 나눈 추억의 대화를 이렇게 빗대서 하고자 하는 뜻이 없었던 것은 아니었기에 이상하게 떨리는 마음으로 그 말이 어떤 반응을 가지고 되돌아올지를 기다렸다. 하지만 그 실험의 결과는 실망스러운 것이었다. 셀든은 그렇게 빗대서 한 말 때문에 자신이 하고자 하는 말을 포기하지 않고 한층 더 힘을 주어 말했다.

"안쪽에 있느냐 바깥쪽에 있느냐의 문제는 당신이 말한 것처럼 하나의 작은 문제일 뿐이오. 해치 부인의 안쪽에 있고 싶어 하는 바람 때문에 내가 말하는 잘못된 곳에 당신이 빠지게 되는 일이 없다면야 그런 건 당신의 문제와는 아무런 관계가 없는 것이겠죠."

셀든의 말투가 온화해졌음에도 불구하고 그가 하는 말 한 마디 한 마디에 릴리의 반감이 짙어졌다. 그가 그러한 우려를 불러일으킴에 따라 릴리의 그를 못마땅해 하는 마음은 더욱 굳어졌다. 그것은 릴리가 개인적으로 어떤 동정 어린 분위기나 셀든에 대한 어떤 영향력이 남아 있는가 여부에 대해 신경이 곤두섰었는데, 어느 쪽으로도 기울지 않으려는 셀든의 냉정한 태도나 자기가 하는 말에 어떤 반응도 없는 것을 보면서 릴리는 자존심이 상했기 때문이었다.

그에 비해서 셀든의 참견 때문에 생기는 화는 별게 아닌 게 되어 버렸다. 셀든은 거티가 원했기 때문에 이곳에 온 것이며, 릴리가 어떤 곤경에 처했다 하더라도 그는 결코 자발적으로 그녀를 도우러 오지 않았을 거라는 확신이 들었다. 그녀는 그에게 자신의 속내를 더 이상 눈곱만큼도 털어놓지 않으리라는 결심을 굳혔다. 아무리 자신의 상황이 불안하게 느껴진다 하더라도 릴리는 셀든에게 불을 밝혀 달라고 하기보다는 차라리 어둠 속에서 끝내 남아 있으려 할 것이었다.

셀든이 말을 멈추었을 때, 릴리가 말했다.

"난 모르겠어요, 당신은 어째서 내가 당신이 말한 것과 같은 상태에 빠져 있다고 생각하는지 말이에요. 하지만 당신은 내게 늘 말했죠, 내가 받은 것과 같은 훈육의 유일한 목표는 여자아이에게 자신이 원하는 바를 얻으라고 가르치는 것이라고요. 왜 내가 지금 하고 있는 것이 정확히 그런 것이라고 생각하지 않는 거죠?"

릴리의 얼굴은 그 말이 내포하고 있는 의미 때문에 약간 붉어졌지만, 가볍게 웃으며 마음을 굳히고 말했다.

"아, 조금만 더 기다려주세요. 내게 약간의 시간을 준 다음에 결정하란 말이에요!"

그리고 셀든이 뚫리지 않는 전선(戰線)의 뚫을 틈을 여전히 엿보면서 그녀 앞에서 머뭇거리자, 릴리는 확신에 찬 말을 거듭 쏟아냈다.

"날 포기하지 말아요. 난 아직 내가 받은 훈련에 걸맞은 사람이 될 여지가 있으니까!"

10

"저 반짝이는 금박 재료들을 봐요, 바트 양. 저 사람들은 모두가 구부리고 바느질을 하고 있잖아요."

야위고 깎아지른 듯한 모습의 키가 큰 여자 감독이 철사와 그물로 된, 그 불량품 판정을 받은 구조물을 릴리의 옆에 있는 탁자 위에 떨어뜨리고는 그 라인에 있는 다른 사람에게 넘겨주었다.

그 작업장 안에는 그런 직공 20명이 있었다. 작업대 북쪽 위에서 무자비하게 내리쬐는 전등 아래에 몸을 구부리고 있는 그들의 옆얼굴 모습은 지쳐 있었으며, 머리칼은 지나치게 부풀어 있었다. 그것은 노동 이상의 어떤 것, 확실히 말하자면, 운이 좋은 여자들의 얼굴을 위해 자유자재로 변화하는 이러한 거미발을 창조하는 일이었다.

그들의 얼굴빛은 실제로 무언가가 부족한 징후라기보다는 건강에 좋지 않은 뜨거운 공기와 종일토록 앉아서 하는 고된 일로 누렇게 떠 있었다. 그들은 상류층 사교계의 여성용 모자를 만드는 공장에 고용되어 있는 사람들이었다. 옷도 그런대로 잘 입고 보수도 좋은 편이었지만, 그들 중 가장 나이 어린 소녀라 하더라도 그 모습에서는 활기도 핏기도 찾아볼 수 없었다. 작업장 전체에서 피가 아직까지 제대로 돌고 있는 것 같은 피부를 한 사람은 단 한 사람뿐이었는데, 여자 감독이 가혹하게 빈정거리는 말을 듣고 릴리가 그 모자 테두리에서 그 위에 겹쳐놓은 번쩍거리는 금박들을 떼어내기 시작하면서 그녀의 피부는 지금 분함으로 붉어졌다.

거티 패리쉬의 기대에 부푼 마음처럼 하나의 해결책이 솟아오른 것은 거티의 마음에 릴리가 얼마나 아름답게 모자들을 장식하는지가 떠올랐을 때였다. 상류층 사교계의 후원을 받아 개업하여 자기들의 '창조물'에 전문가라 하더라도 결코 가미할 수 없는 오묘한 분위기를 덧붙이는 여성용 모자 제조, 판매업자들의 사례를 보고서 거티는 릴리를 떠올렸던 것이다. 거티는 미래에 대한 그 꿈에 부풀어 노마 해치 부인에게서 릴리가 떨어져 나온다고 하더라도, 릴리의 옛 친구들에게 의존하게 되지는 않을 것이라고 릴리를 설득했었다.

그렇게 해서 릴리가 해치 부인과 떨어진 것은 셀든이 다녀가고 2~3주 후의 일이었다. 셀든의 사람을 비참하게 하는 충고에 대한 반감이 아니었더라면 그런 일은 더 빨리 일어났을 것이다. 릴리가 신경 쓰고 면밀하게 살펴보지 않았던 어떤 거래에 자신이 포함되었다는 느낌은 바로 후에 스탠시로부터 받은 어떤 암시에 비추어 그 자체가 명확해졌었는데, 그 암시란 만약 릴리가 '그 일들을 끝까지 군소리 없이 해낸다면' 후회할 이유가 없을 것이라는 것이었다. 그러한 충성에 따라 직접적으로 보상을 받을 것이라는 암시의 말을 듣고 릴리는 더 이상 있을 곳이 못 된다고 판단하여 그곳을 급히 빠져나왔다. 그러고는 창피해 하고 뉘우치는 마음으로 거티의 동정적인 넓은 가슴을 다시 파고든 것이었다. 그러나 릴리는 그곳에서 하는 일 없이 놀러 있으려 하지 않았고, 거티는 그 모자에 대한 영감이 떠오르며 이익이 되는 활동이 되리라는 자신의 꿈을 즉시 다시 생생하게 품게 되었다.

그 대목에서 마침내 매력적이지만 할 일 없어 놀고 있는 릴리의 두 손이 진정으로 할 수 있는 뭔가가 있게 된 것이다. 거티는 리본을 묶거나 화병에 꽃을 한결 돋보이게 꽂는 릴리의 두 손의 능력을 추호도 의심하지 않았다. 물론 릴리에게는 이렇게 끝마무리 하는 솜씨만이 기대되었다. 하급 직공들이 무디고 창백하며 바늘에 찔린 손가락으로 그 형태를 준비하고 안감을 꿰매어 꾸미는 동안, 릴리는 매력적으로 꾸민 작은 가게—온통 하얀색 패널에 거울들이 걸려 있고 황록색 발들이 쳐진 가게—의 진열장을 관장할 것이다. 거기에 릴리의 창조물들, 모자들, 화관들, 백로 깃털장식 등등이 막 비상을 위한 자세를 취하는 새들처럼 그 진열대 위에 자리 잡을 것이었다.

그러나 거티가 꾼 황록색과 백색으로 꾸며진 가게의 꿈은 시도도 해보기 전에 물거품이 되어버렸다. 유행을 창조하는 다른 젊은 여자들이 이미 그와 같은 가게들을 개업하여 단지 어떤 매력적인 유명인사의 이름과 나비매듭 리본을 솜씨 있게 매기로 소문난 평판을 이용하여 자기들의 모자를 팔고 있었는데, 그런 특권이 있는 사람들은 가게 임대료도 제때에 낼 수 있고 당장 들어가는 상당한 금액을 투자할 수 있다는 물질적 힘을 내세워 신용을 얻을 수 있었다.

릴리는 그러한 지원을 어디서 구할 수 있단 말인가? 그리고 그런 지원을 구할 수 있다 하더라도, 릴리가 그들의 인정 여하에 따라 자신의 운명이 걸려 있는 그 레이디들을 어떻게 설득해서 그들의 후원을 받을 수 있단 말인가?

거티는 릴리의 경우 웬만한 지원이라면 2~3개월간은 어렵지 않게 받을 수도 있었는데, 릴리가 해치 부인과 연관을 가짐으로 해서 그런 지원의 근거를 아주 잃지는 않았다 하더라도 이미 위태롭게 되어 있는 상태라는 것을 알고 있었다. 다시 한번 릴리는 자신의 자존심을 지키기 위해 때맞추어 어떤 모호한 상태에서 빠져나왔지만, 사람들에게 변명하기에는 너무 늦어 있었다.

프레디 반 오스버그는 해치 부인과 결혼할 수 없게 되었다. 프레디는 마지막 순간에 구출되어—어떤 사람은 거스 트레너와 로즈데일이 노력한 결과라고도 했다—늙은 네드 반 얼스타인과 함께 유럽으로 떠났기 때문이었다. 하지만 사람들에게는 프레디가 감행하려고 했던 모험은 릴리가 동조하고 묵인한 탓에 진행될 뻔했다고 여겨져서, 어쨌든 그것은 뭐라고 딱 꼬집어 말할 수는 없었지만 전반적으로 릴리를 불신하기 위한 확실한 증거 내지는 릴리라는 사람이 어떻다는 것을 한마디로 나타내는 사건으로서 작용하는 것이었다.

릴리를 가까이하지 않았었던 사람들은 그런 사실에 따라 안도하였으며, 자신들이 옳았었다는 점을 나타내기 위하여 해치 부인 사건에 릴리가 관련되어 있음을 슬쩍슬쩍 흘리고 싶어 했다.

여하튼 거티가 추구하려던 것은 저항이라는 견고한 벽을 마주하게 되었다. 캐리 피셔가 릴리를 해치 부인의 일에 연관되게 한 자신의 역할을 즉각 후회하고, 거티의 노력에 자신의 힘을 보탰음에도 그들이 하는 일에서는 별로 성공의 기미가 보이지 않았다. 거티는 캐리 피셔의 잘못을 두루뭉수리하게 덮고 넘어가려 하였지만, 캐리는 언제나 그렇듯이 솔직한 성품이어서 그 일을 직설적으로 릴리에게 말했다.

"난 주디 트레너에게 곧장 갔었어요. 주디가 다른 사람들보다 선입견이라는 게 별로 없고, 게다가 주디는 언제나 버사 도싯을 미워했으니까 말이에요. 하지만 릴리 씨, 당신은 주디에게 대체 어떻게 한 거예요? 당신을 후원해 주자는 바로 그 첫마디 말을 듣고는 당신이 거스에게서 받은 돈을 들먹이며 주디가 불같이 화를 내더라고요. 내가 알기로 주디가 일찍이 그렇게 화를 낸 적은 없었어요. 당신도 알다시피 주디는 거스가 무슨 짓을 하더라도 눈을 감아주겠지만, 그의 친구들에게 돈을 뿌리는 것만은 못 하게 할 거라고요. 주디가 지금 나를 그런대로 대하는 건 단 하나, 내가 돈에 쪼들리지 않는다는 걸 알고 있기 때문이거든요. 거스가 당신 대신에 투기 매매를 했나 보죠? 그래요? 음, 그러면 뭐가 손해라는 거지? 거스가 손해 볼 일이 없잖아요? 거스가 손해 본 것이 아니죠? 그렇다면 도대체……. 하지만 난 정말로 당신을 이해할 수가 없어요, 릴리 씨!"

결국 이것저것 따져보고 숙고한 끝에 피셔 부인과 거티는 이번에만은 묘하게 릴리를 도우려는 노력으로 힘을 합쳐서, 릴리를 리자이나 부인의 여성용 모자 회사에 취업시키기로 결정했다. 그런 수습 방안조차도 상당한 교섭을 거쳐 이루어진 것이었다. 왜냐하면

리자이나 부인은 숙련공이 아닌 사람이 일을 돕는 것에 대해서는 강한 거부감을 가지고 있었기 때문이었다.

그런 그녀가 브라이 부인과 고머 부인의 후원을 받은 것이 캐리 피셔의 영향력 덕분이라는 사실 한 가지로 해서 결국 자신의 의사를 굽혔던 것이다.

리자이나 부인은 처음부터 기꺼이 릴리를 전시실에서 일하게 하려 했다. 모자들을 전시하는 사람으로서, 고급스러운 아름다움을 지녔다는 것은 상당한 자산이 될 수 있기 때문이었다. 그러나 이러한 제안에 릴리 자신이 반대했고, 거티도 단호하게 릴리의 뜻에 동조하고 나섰다. 피셔 부인은 내심으로는 납득되지 않았지만 릴리가 또 한 번 비이성적으로 고집을 세우는 증거라고 생각하고 체념하여, 릴리가 수공 기술을 배우는 것이 결국에는 더 유용할 수도 있을지 모른다는 것에 동의를 했다. 릴리는 그렇게 그녀의 친구들 덕분에 리자이나의 작업장에 들어가게 되어 피셔 부인은 안도의 한숨을 쉬며 릴리를 떠났으며, 주의 깊은 거티는 계속해서 릴리를 먼발치에서 지켜보며 맴돌았다.

릴리는 그 일을 1월 초순에 시작했었다. 이제 그로부터 두 달이 지났는데도 릴리는 여전히 모자 테두리에 금박 재료를 제대로 꿰매 달지 못해서 꾸지람을 받고 있는 것이었다. 자기의 작업대로 돌아가는 그녀의 귀에 작업대 아래에서 킥킥거리며 웃는 소리가 들려왔다.

릴리는 자신이 다른 여직공들에게 혹평과 즐거움의 대상이 되고 있다는 사실을 알았다. 그들은 물론 릴리의 과거사를 알고 있었다. 그 작업장 안에 있는 여자들의 상황은 다른 여자들이 모두 정확히 알았고, 그런 것에 대해서는 서로 자유롭게 토론했기 때문이었다. 하지만 그런 사실을 알았다고 해서 그들에게 신분 차이에 따른 거북한 느낌 같은 것이 생겨난 것은 아니었다.

그것은 단지 릴리의 숙련되지 않은 손이 아직도 그 기초적인 수공 일에 실수를 연발하고 있는 이유를 설명해 줄 뿐이었다. 릴리도 그들이 자기에게서 어떤 신분적 차이를 알아봐 주기를 바라는 마음은 없었다. 다만 그들과 같은 동료로서 받아들여지고, 아마도 머지않아 특별히 재치 있는 손 감각에 의해서 그녀 자신이 그들보다 우수하다는 것을 보여주고 싶은 바람을 가지고 있었을 뿐이었다.

하지만 단조로운 고역(苦役)을 두 달 동안 했음에도 자신이 여전히 기초적인 훈련이 부족함을 드러낸다는 것은 굴욕적인 일이었다. 자신이 가지고 있다고 자부심을 느끼는 재능들을 발휘할 수 있는 날은 멀기만 했고, 숙련된 일꾼들만이 모자의 형태를 잡고 손질하는 고차원적인 일을 맡고 있었으며, 여자 감독은 릴리를 여전히 가차 없이 그 단조로운 준비 작업에만 붙박아 놓았다.

릴리는 해인즈 양의 민첩한 모습이 오고 감에 따라 일어났다 사라지는 웅성거리는 이야기를 멍하니 들으며, 모자 테두리에서 금박을 떼어내기 시작했다. 해인즈 양이 감기에 걸렸다는 이유로 정오의 휴식시간에조차도 창문 하나 열어놓는 것을 허용하지 않았기 때문에, 작업장 안의 공기는 평상시보다 훨씬 답답했다.

릴리는 밤잠도 제대로 못 잔 탓에 머리가 너무 무거웠고, 동료들이 재잘거리는 소리는 앞뒤가 맞지 않는 꿈속에서 들려오는 것 같았다.

“또다시 그가 그녀를 쳐다보는 일은 없을 것이라고 내가 그녀에게 말해 줬는데…… 그 남자는 정말로 쳐다보지 않았어. 나 역시 그렇게 하지 말았어야 했는데…… 그녀가 그에게 정말로 상스럽게 행동했던 것 같아. 그 남자…… 그녀를 어라이언 무도회로 데리고 갔고…… 그녀를 위해 오고 갈 때 돈을 내고 마차를 빌려 타고……. 그 여잔…… 술을 10병이나 들이켰는데, 머리 아픈 건 여전하지 않나 몰라.

하지만 그 여잔…… 첫 번째 병을 마셨을 때 아픈 것이 사라졌다는 글을 써 줘서 오 달러를 받고 신문에 사진도 실렸대……. 트레너 부인의 모자? 초록색 천국이 그려진 그 모자? 여기 있어요, 해인즈 양. 그 모자…… 금방 준비할 게요. ……저 사람은 조지 도싯 부인과 함께 어제 여기에 왔던 트레너 집안 여자들 중 한 사람이야. 내가 어떻게 아냐고? 글쎄…… 리자이나 부인이 사람을 시켜 날 불러서는 저 비롯 모자…… 푸른색의 얇은 명주그물 베일 말이야…… 그 안에 있는 꽃을 고쳐놓으라고 그러잖아. 그 여잔 키가 크고 호리호리한데, 머리칼은 곤두서가지고는 말이야…… 더 마른 것 말고는 매미 리치를 엄청 닮았어…….”

쉴 새 없이 그런 말, 아무 의미도 없는 소리의 흐름이 릴리의 의식 바깥쪽으로 흘러갔다. 그런데 거기에 너무나도 깜짝 놀라게 낯익은 이름들이 툭툭 불거져 그 표면으로 떠올랐다. 그 이름들을 듣거나 릴리가 살았었던 세계의 단편적이고 왜곡된 이미지가 여직공들의 마음이라는 거울에 반영되어 나온 모습을 보는 것은 릴리의 경험 중에서 정말로 가장 이상한 부분이라고 할 수 있었다. 릴리나 그녀와 같은 부류의 사람들이 자만하며 제멋대로 살고 있는 동안 그들의 삶과 그에 속한 행태들이 지하세계 안으로 스며들어 결코 지칠 줄 모르는 호기심과 경멸을 담아 자유로이 지껄이는 이 노동자들의 의 입방아에 오르내리리라고는 릴리로서는 전에는 전혀 생각지도 못한 일이었다.

리자이나 부인의 작업장 안에 있는 모든 여자애들은 자신의 양손 안에 있는 모자를 누가 쓰게 될지를 알았고, 미래에 그 모자를 쓸 사람에 대한 자신의 견해와 상류 사교계에서 그 사람이 차지하는 위치에 대한 명확한 지식을 가지고 있었다. 릴리가 그런 하늘에서 떨어진 별이라는 것은 처음 얼마 동안의 호기심이 가라앉은 이후에는 그다지 그들의 흥미를 끌지 못했다. 릴리는 떨어져서 '파멸'한 것이다. 그리고 그들은 자기들 부류의 관념에 맞게 성공에 의해서만, 물질적 성공이라는 거대하고 확실한 이미지에 의해서만, 압도당하는 것이었다.

릴리의 다른 점에 대해 그들이 더 알게 되어봤자 그것은 마치 의사소통을 하려면 애를 먹어야 하는 외국인인 것처럼 느끼게 돼 릴리를 더욱 멀리하는 효과만을 낼 뿐이었다.

"바트 양, 그 금박 재료들을 고르게 꿰매 달 수 없다면, 킬로리 양에게 그 모자를 넘기는 게 좋겠어요."

릴리는 자신의 수공품을 슬픔에 잠겨 내려다보았다. 그 여자 감독의 말이 맞았다. 그 번쩍이는 재료들을 꿰매 단 일의 결과는 변명의 여지없이 형편없었다. 무엇 때문에 릴리는 평상시보다도 더욱 엉성하게 그렇게 했던가? 자신의 일을 점점 싫어하게 되어서 그런가, 아니면 실제로 신체 기능적으로 무능해서인가? 릴리는 지쳤고 당황했다. 자신의 생각을 모으는 데도 애를 먹어야했다. 릴리는 일어나서 그 모자를 킬로리에게 넘겨주었고, 킬로리는 미소를 참으며 그것을 받았다.
릴리는 그 여자감독에게 말했다.
"미안해요. 내가 몸이 좋지 않은 것 같군요."
해인즈는 아무 말도 안 했다. 해인즈는 처음부터 리자이나 부인이 자신의 일꾼들 가운데 상류사회에서 놀던 초심자를 포함시키는데 동의한 것에 대해 징조가 좋지 않다고 여겼었다. 그 기술의 전당(殿堂)에 일머리를 생판 모르는 초심자가 당키나 한가 말이다. 해인즈가 자신의 육감이 들어맞는 것을 확인하고 어떤 즐거움을 느끼지 않았다면, 그녀는 아마 인간의 수준을 넘어섰다 할 것이다.
해인즈는 냉담하게 말했다.
"당신은 가장자리를 감치는 파트로 되돌아가는 게 좋겠어요."
릴리는 퇴근하는 여직공들 무리 가운데서 가장 늦게 빠져나왔다. 그녀는 시끄럽게 흩어지는 그들에 섞여 있고 싶지 않았다. 일단 큰길에 들어서면 릴리는 언제나 어쩔 수 없이 예전의 관점으로 되돌아갔고, 세련되지 않으며 난잡한 모든 것으로부터 본능적으로 움츠러들었다.
그 시절에—그 시절은 지금 얼마나 먼 과거의 일로 보이는가!—릴리가 거티 패리쉬와 여성 클럽을 방문했었을 때, 그녀는 무언가를 깨우치듯 노동계층에 대한 흥미가 일어나는 것을 느꼈었다. 그것은 릴리가 위에서, 자신의 은혜와 자선을 베푸는 행복한 높은 위치에서 내려다보았기 때문이었다. 릴리가 그들과 같은 선상에 있게 된 지금, 그러한 관점은 덜 흥미로운 것이었다.
릴리는 누군가가 자신의 팔을 건드리는 것을 느꼈고, 이어서 킬로리의 뉘우치는 눈빛과 마주했다.

"바트 씨, 나는 당신이 컨디션이 좋다면 그 금박 재료를 나만큼 잘 꿰맬 수 있다고 생각해요. 해인즈 씨는 당신에게 공정하게 대하지 않았어요."

예기치 않은 호의적인 말에 릴리는 얼굴이 빨개졌다. 릴리를 보는 그런 진실 어린 호의적인 눈빛은 거티의 눈빛 말고는 오랜만에 보는 것이었다.

"오, 고마워요. 이상하게 난 오늘 몸이 좋지 않네요. 하지만 해인즈 씨의 말이 맞았어요. 난 서툴렀으니까……."

"음, 누구든 바트 씨처럼 머리가 아팠다면 그랬을 거예요."

킬로리는 우물쭈물 말을 끊었다가 다시 이었다.

"집으로 바로 가서 누워 쉬도록 해요. 그리고 오렌지 음료 한번 마셔 봐요."

릴리가 자신의 손을 내밀며 말했다.

"고마워요. 당신은 정말 친절하군요. 아닌 게 아니라 나는 곧장 집으로 가려고 했어요."

릴리는 고마워하는 눈빛으로 킬로리를 보았지만, 두 사람 모두 더 이상 할 말을 잃었다. 릴리는 킬로리가 자기와 함께 집으로 가면 어떻겠느냐는 말을 꺼내려 한다는 것을 알았지만, 아무 말도 않고 있었다. 친절조차도, 킬로리가 줄 수 있는 그런 종류의 친절은 바로 그 시점의 릴리에게는 거슬리는 것이었을 것이다.

"고마워요."

릴리는 고맙다는 말을 되풀이하고, 몸을 돌려 걸어갔다. 음울한 3월의 땅거미를 뚫고 서쪽으로, 그녀의 하숙집이 있는 길로 향했다. 릴리는 자기 집에서 그냥 숙식을 해결하라는 거티의 제안을 한 사코 거절했었다.

릴리의 마음속에는 남의 눈에 띄는 것과 동정을 받는 것을 너무나도 싫어했던 자신의 어머니와도 같은 무언가가 움트기 시작했기에, 그 작은 거처와 친밀함이 뒤범벅이 된 상태는 전체적으로 다른 노동자들 사이에 끼어 주목받지 않고 오고갈 수 있는 어떤 집의 싸구려 문간방에서 홀로 지내는 것보다 더 참을 수 없을 것 같았다.

릴리는 이렇게 남에 눈에 띄지 않고 독립하고 싶은 욕구에 의해서 얼마 동안은 기운이 났었다. 그러나 언제부터인가 아마도 육체적 피로가 점점 누적되고 예사롭지 않게 몇 시간씩 틀어박혀서 작업을 하면서 느끼게 되는 권태로 인해서, 그녀는 추하고 불편한 자신의 환경을 예민하게 느끼기 시작하고 있었다.

릴리는 하루의 일과를 마치고, 벽은 얼룩지고 페인트는 더러워진 자신의 좁은 방으로 돌아가기가 끔찍해졌다. 상류사회의 패션 지역에서 일반 상업지역으로 내려가는 마지막 단계에 있는 뉴욕의 격하된 거리를 통과해서, 그 좁은 방으로 가는 걸음걸음이 너무나도 싫었다.

하지만 그 모든 것 중 가장 끔찍한 것은 6번가의 모퉁이에 자리잡고 있는 그 약국을 지나가야만 한다는 것이었다. 릴리는 다른 길로 가려고 마음먹었었다. 최근에 늘 그렇게 했었듯이 말이다. 하지만 오늘 릴리의 발걸음은 어쩔 수 없이 번쩍번쩍 빛나는 약국의 판유리 모퉁이를 향하여 이끌려지고 말았다. 그녀는 더 아래쪽의 사거리로 가려고 했지만, 짐마차가 몰려들면서 더 이상 나아가지 못하고 뒤로 돌아, 자기도 모르게 그 거리를 가로질러 바로 그 약국 문의 맞은편 보도에 이르렀다.

약국 카운터 너머로 전에 릴리를 맞이해서 약을 지어주었던 직원과 눈이 마주쳤다. 릴리는 슬쩍 처방전을 그의 손 안에 건네주었다. 그 처방전은 물어보나마나 해치 부인을 위한 처방전 중 하나의 사본으로, 그 부인의 약제사가 그것에 따라 약을 잘 지어주는 것이었다.

릴리는 그 직원이 주저 없이 그 처방전에 따라 약을 지어줄 것이라고 확신했지만, 거절한다든지 혹은 의심스러운 표정을 짓는다든지 할까 봐 신경이 쓰일 정도로 불안했기 때문에 앞에 있는 유리 진열장에 쌓인 향수병들을 살펴보는 척하고 있었다. 그때 그녀의 두 손은 안절부절못하고 있었다.

그 직원은 아무 말 없이 그 처방전을 읽어보았고 그 약병을 내어주려다가 잠시 멈추더니, 입을 열었다.

"아시겠지만, 그 복용량을 초과해서 드시면 안 됩니다."

릴리는 가슴이 철렁했다. 그녀를 그런 식으로 바라보다니, 그것은 무슨 의미란 말인가?

릴리는 손을 내밀며 낮은 목소리로 말했다.

"물론이죠."

"좋습니다. 이 약은 기이한 작용이 있는 약[29]이에요. 적정량보다 한 방울이나 두 방울만이라도 더 마시면, 큰일 납니다. 의사들도 그 이유를 몰라요."

그가 릴리에게 물어보거나 아니면 그 약병을 주지 않거나 할까 두려워, 릴리는 숨이 막혀 낮은 묵종(黙從)의 소리조차 목구멍 속에서 제대로 나오지를 않았다.

---

29) 알코올에 염소의 작용이 합쳐진 진정작용이 있는 용액인, 클로랄로, 보통 마취제나 수면제로 사용된다.

마침내 그 약국에서 무사히 빠져나왔을 때, 릴리는 안도의 흥분으로 거의 정신을 잃을 지경이었다. 그 약봉지를 그저 만져보기만 해도 한밤의 달콤한 잠을 약속받는 기쁨으로 릴리의 지친 신경은 흥분하였고, 그녀가 일시적으로 두려워했기에 나타난 반응으로 마치 졸음기의 첨병(尖兵)이 벌써 자신의 머리 위에서 슬며시 덮쳐오는 것 같았다.

혼란한 정신 속에서 릴리는 높이 있는 역(驛)의 마지막 계단을 급히 내려오고 있는 어떤 남자와 우연히 마주쳤다. 그 남자는 멈칫 뒤로 물러섰고, 그녀의 귀에는 놀라며 그녀의 이름을 부르는 소리가 들려왔다.

그 남자는 윤기가 반지르르해 부티 있어 보이는 모피 코트를 입은, 로즈데일이었다. 그런데 어째서 릴리에게는 마치 깨어져 흐려진 수정을 통해서 보는 것처럼, 로즈데일이 아주 멀리 떨어져 있는 듯이 여겨졌을까? 릴리가 그런 현상을 이해하기도 전에, 로즈데일이 반갑다며 자신의 손을 잡고 흔드는 것을 느꼈다. 릴리는 경멸했고 로즈데일은 화를 내면서 그 두 사람은 헤어졌었다. 그러나 그런 감정의 잔재는 그들이 손을 잡자마자 모두 사라지는 것 같았고, 릴리는 계속해서 로즈데일을 꽉 잡을 수만 있었으면 하는 알 수 없는 바람을 의식할 뿐이었다.

로즈데일이 큰 소리로 말했다.

"아니, 릴리 양, 어찌 된 일이오? 당신은 지금 몸이 안 좋잖소!"

릴리는 입술에 억지로 자신감 있는 미소를 지어 보였으나 생기는 없었다.

"제가 좀 피곤해서요. 아무렇지도 않아요. 미안하지만…… 잠시 내 곁에 있어주시겠어요?"

릴리가 멈칫했다. 로즈데일에게 이 같은 부탁의 말을 해야 하다니!

로즈데일은 두 사람이 서 있는 더럽고 불길한 모퉁이를 힐끗 쳐다보았다. '높은 곳'에서 나는 날카로운 소리와 전차와 짐마차들이 야단법석을 떠는 소리가 다투듯이 엄청나게 그들의 귓속을 파고들었다.

"우리 여기서 이러지 말고 어디에 들어가서 차나 한잔 합시다. 4~5km밖에 떨어져 있지 않은 롱워스에는 이 시간이면 아무도 없을 거요."

시끄럽고 추한 곳을 벗어난 어떤 곳에서 조용히 차를 한잔 마신다는 것은 그 순간 릴리가 기댈 수 있는 하나의 위안처럼 여겨졌다. 두세 발짝 옮겼나 싶었는데 로즈데일이 말했던 그 호텔의 여성 외투 보관소 문 앞에 다다랐고, 잠시 후 로즈데일이 릴리의 맞은편에 앉았다. 그 두 사람 사이에는 웨이터가 갖다놓은 차 쟁반이 놓여 있었다.

"먼저 브랜디나 위스키를 약간 마시는 게 어떻겠소? 당신은 완전히 녹초가 된 것 같아 보이오, 릴리 양. 음, 그렇다면…… 차를 진하게 타서 들어요. 그리고…… 웨이터, 이 여자 분 뒤에 쿠션을 좀 받쳐 드리시오."

릴리는 자신의 차를 진하게 타라는 말에 엷은 미소를 지었다. 그것은 언제나 그녀가 피하려고 애쓰는 유혹이었다. 매일 밤 강렬한 자극제를 좋아하는 기호와 잠을 자고 싶어 하는 또 다른 기호 사이에서 릴리는 언제까지나 갈등하고 있었는데, 그 한밤중의 갈망은 지금 그녀의 수중에 있는 작은 약병만이 달래줄 수 있는 것이었다. 아무튼 지금 마시는 차는 오늘 밤에 그다지 강한 영향력을 발휘할 수 없을 것이었다. 따스한 차를 한 모금 들이켜니 그녀의 혈관 속은 금세 따스하게 바뀌었다.

릴리는 로즈데일의 앞에서 상체를 뒤로 하며 기댔다. 완전히 나른해진 기분이 들면서 자신도 모르게 눈꺼풀이 내려갔다. 비록 따스한 차 한 모금밖에 마시지 않았지만, 그녀의 얼굴은 벌써 생기를 되찾고 있었다.

로즈데일은 그 자극적이고도 놀라운 아름다움에 새삼스레 사로잡혔다. 피로의 흔적으로 그녀의 두 눈 아래에 생긴 가느다란 검은 선과 병적으로 창백한 관자놀이의 푸른 혈맥으로 인해, 밝은 그녀의 머리칼과 입술이 더욱 돋보였다. 그것은 마치 그녀에게서 빠져나온 활력이 그곳에 집중되어 있는 것 같았다. 그 레스토랑의 밋밋한 초콜릿색과 대비되어 그녀의 깨끗한 머리가 돋보였는데, 그것은 불이 가장 밝게 켜진 무도회장 안에서도 결코 그렇게 멋있어 보인 적이 없었던 것 같았다.

로즈데일은 놀람과 불편함이 뒤섞인 감정으로 릴리를 바라보았다. 그것은 그녀의 아름다움이 마치 까맣게 잊어먹고 있었던 적(敵)이 매복하고 있다가 불시에 자신 앞에 툭 튀어나온 것과 같은 충격을 주었기 때문이었다.

분위기를 밝게 하기 위해 로즈데일은 릴리에게 될 수 있으면 편안한 어조로 말하려 했다.

"아니, 릴리 양, 정말 오랜만이오. 나는 당신이 어떻게 지내고 있는지 전혀 모르고 있소."

로즈데일은 말하다가 그 말이 어떤 곤란한 문제를 건드려 거북한 느낌을 줄지도 모른다는 생각이 들어 일단 말을 멈추었다. 사실 그는 릴리를 만나지 못하는 동안에도 그녀에 관한 이야기는 듣고 있었다. 해치 부인과 릴리의 관계와 그 때문에 생긴 말들에 관해서도 들어서 알고 있었다. 해치 부인의 영역은 로즈데일이 한때 열심히 드나들었던 곳인데, 지금은 그만큼 한사코 멀리하는 곳이었다.

맑은 정신을 되찾은 릴리는 로즈데일이 무슨 생각을 하고 있는지를 알고서 살짝 미소를 지으며 말했다.

"당신은 나에 관해서 알 수 없었을 것 같아요. 나는 노동계층으로 떨어지게 되었어요."

로즈데일은 진짜 놀라워하며 그녀를 빤히 쳐다보았다.

"당신…… 설마……? 아니, 도대체 뭘 하고 있다는 거요?"

"여성용 모자 제조업자가 되는 법을 배우고 있어요. 적어도 배우려고 노력하고 있죠."

릴리는 급히 그 말의 의미를 한정지었다.

로즈데일은 놀라워서 나오는 소리를 낮게 억누르고 말했다.

"그런 말…… 말아요. 당신이 방금 한 말은 사실이 아니죠, 그렇죠?"

"정말 사실이에요. 나는 생활비를 벌기 위해 일해야만 하거든요."

"하지만 내가 이해한 바로는…… 당신은 노마 해치와 함께 있었다고 알고 있었는데……."

"당신은 내가 비서로서 해치 부인에게 갔었다는 소식을 들었나요?"

"그 비슷한 얘기를 들었다고 생각되는군요."

로즈데일은 릴리의 잔을 다시 채워주기 위해 상체를 앞으로 숙였다.

릴리는 그런 화제가 로즈데일에게 거북할 수도 있다고 생각하고, 눈을 들어 그의 눈에 맞춘 상태에서 툭 말을 던졌다.

"나는 두 달 전에 해치 부인을 떠났어요."

로즈데일은 계속해서 거북하게 찻주전자를 만지작거리고 있어서, 릴리는 그가 자신에 관한 소식을 들었을 것이라는 느낌이 분명히 들었다. 그렇다면 그가 듣지 못한 것이 뭔가 또 있는 것인가?

로즈데일이 분위기를 가볍게 바꾸려 하며 물었다.

"그건 부드러운 자리가 아니잖았소?"

"너무 부드러웠어요. 아주 깊이 파묻힐 수도 있었을 걸요."

릴리는 탁자의 끝에 팔 하나를 얹어놓고 앉아서 로즈데일을 골똘히 바라보았다. 전에는 그를 그렇게 바라본 적이 없었다. 어쩔 수 없는 어떤 충동으로 릴리는 자신의 현재의 문제를, 그의 호기심에서 언제나 그녀가 아주 격렬하게 저항하며 벗어나려 했던 로즈데일에게 이야기하고 있는 것이었다.

"내 생각인데…… 당신은 해치 부인을 알고 있지요? 음, 아마도…… 한 예로…… 당신은 해치 부인이 일을 너무 안이하게 처리한다는 걸 이해할 수 있을 거예요."

로즈데일은 조금 어리둥절한 표정을 지었고, 릴리는 넌지시 빗대서 말하는 게 로즈데일에게는 효과가 없다는 것이 기억났다.

"여하간 그건 당신을 위한 자리가 아니었소."

로즈데일은 동의의 말을 하며, 릴리가 바라보는 강렬한 시선 속에 완전히 푹 빠져 희한하게 깊고 친밀한 관계로 이끌려 들어가는 것처럼 느껴졌다. 단지 릴리가 힐끗 보기만 해도 푹 주저앉아야만 했던 로즈데일이었기에, 자신을 어지간히 현혹시키는 생각에 잠기게 하는 강렬한 릴리의 두 눈이 자신에게서 꼼짝도 하지 않고 있다는 것을 알게 된 지금은 비행 중에 날개를 다쳐 신속히 덤불 아래로 피신하는 새의 모습을 하고 있었다.

"나는 떠났어요."

릴리가 말을 이었다.

"내가 해치 부인을 도와 프레디 반 오스버그와 결혼시키려 했다는 말을 듣지 않으려고요. 프레디가 해치 부인에 비해 낫다고는 결코 말할 수 없는데, 사람들은 여전히 그렇게 말하니…… 지금에 와서는 내가 있던 그 자리에 계속 남아 있는 것이 나을 뻔했다는 생각이 들어요."

"오, 프레디……."

로즈데일은 그것이 중요한 문제가 아니라는 투로 그 화제를 무시해 버렸다. 이미 그것에 대해 잘 알고 있다는 느낌을 풍겼다.

"프레디가 뭐 대단하겠소? 그러나 나는 당신이 그런 일에 끼지 않았다는 걸 알고 있었소. 당신은 그런 류의 사람이 되질 못하지……."

릴리는 약간 얼굴이 붉어졌다. 그 말을 듣고 기분이 좋아졌다는 사실을 그녀는 숨길 수 없었다. 릴리는 차를 더 마시고 로즈데일에게 자신에 관한 이야기를 계속하면서 거기에 앉아 있고 싶었을 것이었다. 하지만 관례를 지켜온 오랜 습관 탓에 대화를 끝내야 할 시간이라는 생각이 들어서 의자를 뒤로 미는 체했다.

로즈데일은 그러지 말라는 손짓을 하며 릴리를 제지했다.

"잠깐 기다려요. 아직 가지 말아요. 가만히 앉아서 조금 더 쉬어요. 당신은 정말 너무 지쳐 보여요. 그리고 당신은 아직 내게 말해주지도 않았잖소……."

로즈데일은 자신이 하려고 했던 말보다 더 나아갔다는 것을 의식하며 갑자기 말을 멈추었다. 릴리는 그런 그의 갈등을 알고 이해했다. 또한 그가 자신에게서 눈을 떼지 않은 채 또다시 입을 열었을 때, 그가 굴복한 마법의 성질도 이해했다.

"당신은 여성용 모자 제조업자가 되는 법을 배우고 있다고 했는데…… 도대체 그건 무슨 의미로 한 말이었소?"

"내가 말한 그대로예요. 나는 리자이나 회사의 수습사원이에요."

"맙소사……! 당신이……? 하지만 무엇 때문에 그리 된 거요? 당신의 고모가 당신을 내동댕이쳤다는 건 알고 있었소. 피셔 부인이 그럽디다. 하지만 고모에게서 어느 정도는 유산을 받은 것으로 알고 있는데……."

"내가 받는 유산은 만 달러예요. 하지만 그 유산은 내년 여름이나 돼야 지급이 된대요."

"음, 하지만 말이오, 당신이 원할 땐 그걸 담보로 언제든 돈을 빌릴 수 있소."

릴리는 차분하게 머리를 좌우로 흔들며 말했다.

"그럴 수 없어요. 나는 벌써 그 돈을 빚지고 있는 걸요."

"빚을 져요? 만 달러를…… 전부 말이오?"

"전부 다요."

릴리는 잠시 말을 멈춘 다음, 로즈데일의 얼굴에 시선을 둔 채 갑자기 다시 입을 열었다.

"거스 트레너 씨가 나를 위해 주식으로 돈을 벌어주었다고 언젠가 당신에게 이야기해 준 것으로 알고 있는데요……."

릴리는 기다렸고, 로즈데일은 약간 당황해 하며 그 비슷한 얘기가 기억난다고 중얼거렸다.

"거스 씨는 그때 약 구천 달러를 벌어주었어요."

릴리는 같은 어조로 열심히 수다스럽게 말을 계속 이어갔다.

"그때 나는 내 자신의 돈으로 거스 씨가 투자를 하고 있다고 생각했어요. 내가 너무나 어리석었던 것이지요. 나는 그런 일에 대해서는 아무것도 몰랐어요. 후에 나는 거스 씨가 내 돈을 사용하지 않았었다는 것을 알았죠. 그리고 나를 위해 벌었다고 말하면서 거스 씨는 실제로 자기의 돈을 내게 주었다는 것도요.

물론 친절한 뜻에서 그렇게 한 것이겠지만…… 계속 그런 은혜를 입고 있는 채 나 몰라라 할 수는 없는 거죠. 불행히도 나는 그 돈을 다 써버린 다음에야 내 잘못을 알게 되었어요. 그래서 내가 받는 유산은 그 돈을 갚는 데 써야 할 거예요. 그게 내가 장사를 배우려는 이유이기도 하고요."

릴리는 말하는 중간 중간에 쉬면서, 일부러 명확하게 말을 했다. 그것은 그 말을 듣는 로즈데일의 마음에 그 말을 깊이 새길 시간을 주기 위함이었다. 그녀는 누군가 그 거래에 관한 진실을 알아야 하며, 그 돈을 자신이 갚으려 한다는 소문이 주디 트레너의 귀에 들어가야 한다는 바람이 절실했었다. 그런데 트레너의 비밀을 이미 알아채고 있었던 로즈데일이야말로 그 사실에 관한 이야기를 듣고 전달할 적임자라는 생각이 갑자기 그녀의 마음에 떠올랐던 것이다.

릴리는 이렇게 혐오스러운 그녀의 비밀에서 자신이 벗어난다는 생각에 일시적으로 상쾌한 기분마저 들었다. 그러나 그런 감정은 그 말을 하는 도중에 점차 시들해졌고, 릴리가 말을 끝마칠 즈음에는 그녀의 창백한 얼굴이 불행의 느낌으로 인해 달아올라 있었다.

로즈데일은 어안이 벙벙한 듯 릴리를 계속 물끄러미 쳐다보았다. 그리고 그 놀람에 이어진 말은 릴리가 거의 생각지도 않은 것이었다.

"하지만 이봐요…… 만약 사실이 그렇다면, 당신은 완전히 빈털터리가 되는 거네요?"

로즈데일은 마치 릴리가 그녀의 행위의 결과를 이해하지 못하고 있다는 듯이 그렇게 말했다. 그것은 릴리가 세상사에 대한 고질적인 무지로 인해 새로운 어리석은 행위로 빠지게 되리라는 것을 일깨워주는 것 같은 말이었다.

릴리는 차분히 동의의 말을 했다.

"완전히…… 그래요."

로즈데일은 묵묵히 앉아서 그의 두툼한 두 손의 손가락을 깍지 낀 채 탁자 위에 올려놓았고, 곤혹스러워하는 그의 조그만 두 눈은 사람이 없는 레스토랑의 구석구석을 뒤지고 있었다.

로즈데일이 갑자기 큰 소리로 말했다.

"이봐요…… 그건 그대로 괜찮습니다."

릴리는 그만 됐다는 듯 웃음을 흘리며 자리에서 일어났다.

"오, 아니에요…… 그건 그저 지겨운 일일 뿐이에요."

릴리는 힘주어 그렇게 말하고는, 자신의 깃털 장식을 단 스카프의 양끝을 한데 모았다.

로즈데일은 여전히 앉은 채 자신의 생각에 너무 골똘하여 릴리가 움직이는 것을 눈치 채지 못했다.

앞뒤가 맞지 않는 말이 로즈데일의 입에서 튀어나왔다.

"릴리 양, 당신이 어떤 후원을 원한다면…… 내가 좋아하는 건 용기인데……."

"고마워요."

릴리는 자신의 손을 내밀며 말했다.

"당신이 사주신 차는 제게 커다란 후원이 되었어요. 전 이제 무슨 일이든 해낼 수 있을 것 같아요."

릴리의 몸짓은 명확히 헤어지자는 뜻을 나타내고 있었지만, 로즈데일은 웨이터에게 지폐 한 장을 던지고는 자신의 짧은 두 팔을 비싼 모피코트에 끼워 넣으며 말했다.

"잠깐 기다려요. 당신과 걸으면서 당신의 집까지 바래다주어야겠어요."

릴리는 어떠한 거절의 말도 하지 않았다. 그들이 호텔을 빠져나와 다시 6번가를 건너갈 때에, 로즈데일은 잠시 멈춰 그가 받은 잔돈을 확인하였다. 페인트칠이 되어 있지 않은 레일의 뒤틀어진 부분을 통과해서, 저녁 식사 하고 남은 조각[30]이 점점 잘 드러나는 지역의 긴 선로를 따라 릴리가 서쪽으로 향했을 때, 로즈데일은 그 주변을 경멸적인 시선으로 주의 깊게 살폈다. 그녀가 마침내 하숙

---

30) (라틴어) 저녁 식사를 하고 남은 음식을 비유적으로 일컫는 말로, 문자 그대로의 의미인 '뿔뿔이 흩어진 몸의 각 부분'에서 유래되었음.

집 문 앞에 멈추어 서자, 로즈데일은 믿지 못하겠다는 듯 역겨움을 드러내며 올려다보았다.

“여기는 당신의 거처가 아니잖소? 당신은 패리쉬 양과 살고 있다고 누군가에게서 들었는데…….”

“아니에요. 나는 여기에서 하숙하고 있어요. 그동안에는 너무 오래 친구들에 의지해서 살았잖아요.”

로즈데일은 기포 자국이 듬성듬성한 갈색 사암의 정면과 퇴색된 레이스가 쳐진 창문들, 그리고 칙칙한 현관의 폼페이식 장식[31]을 계속해서 유심히 쳐다본 다음에, 다시 릴리의 얼굴을 보고는 애쓰는 표정을 지으며 말했다.

“언제 내가 당신을 만나러 와도 될까요?”

릴리는 그 말을 듣고 가슴이 뭉클하다고 표현해도 좋을 만큼 그 영웅적 제안을 알아보고, 미소를 지었다.

“고마워요. 그래 주시면 기쁘겠어요.”

릴리는 진지한 말로 그렇게 대답했는데, 그녀가 로즈데일에게 그렇게 말한 것은 그것이 처음이었다.

릴리는 그날 저녁에 자신의 방에—냄새가 진동하는 지하실의 저녁 식탁에서 일찍 빠져나와—앉아서, 로즈데일에게 자신의 가슴속을 털어놓게 했던 그 충동에 대해서 곰곰이 생각해 봤다. 그러다가 점점 새삼스럽게 밀려오는 고독감을 느꼈다. 그것은 그녀가 다른 사람과 함께 어떤 다른 곳에서 있을 수 있는 때에, 고독한 그녀의

---

31) 베수비오 산이 서기 79년에 폭발하였을 때, 용암 아래에 파묻힌, 나폴리 가까이에 있는 고대 로마의 도시 폼페이에서 발견된 벽화를 딴, 칙칙한 붉은색의 벽 도안.

방으로 되돌아가는 두려움이었다.

최근에 여러 사정이 얽힌 릴리는 얼마 남지 않은 자신의 친구들로부터도 떨어져 나오게 되었다. 캐리 피셔 쪽에서 그렇게 떨어져 나간 것은 어쩌면 그렇게 마음 내켜하지 않는 것일 수도 있었다. 릴리를 위하여 자신의 마지막 노력을 다하여 릴리가 리자이나의 작업실에 안전하게 들어가게 한 후에, 피셔 부인은 자신의 노고에서 물러나 쉬고 싶어 하는 것 같았다.

릴리는 그 이유를 이해하였기에 피셔 부인을 비난할 수 없었다. 캐리 피셔는 사실상 위험하게도 하마터면 노마 해치 부인의 사건에 휘말릴 뻔했는데, 그런 위험에서 빠져나오기 위해서는 주변 사람들에게 뭔가 교묘한 말을 새로 꾸며 둘러대어야 했다.

피셔 부인은 해치 부인과 릴리를 맺어주었다는 것을 솔직히 인정했지만, 자신은 해치 부인을 몰랐기에 사전에 해치 부인에 대해 잘 모른다고 릴리에게 분명히 말했으며, 게다가 자신은 릴리의 보호자가 아니며 정말로 릴리는 자기 스스로를 돌볼 만큼 충분히 나이가 먹었다는 사실을 내세웠다.

캐리 피셔는 자기 자신이 개입된 사건에 대해 아주 잔인한 험담을 하지는 않았지만, 최근에 가슴을 터놓는 친구인 잭 스텝니 부인이 자신을 위해서 그렇게 말하는 것은 모르는 척하며 그냥 놔두었다.

스텝니 부인은 자신의 하나밖에 없는 남동생이 가까스로 화를 면한 것에 치를 떨었지만, 열심히 피셔 부인이 결백하다는 주장을 뒷받침하였다. 그녀는 피셔 부인의 집에 기대어 '즐거운 파티들'을 열 수 있었고, 그것은 결혼을 하여 반 오스버그 가문의 관점에서 해방

된 이래로 그녀에게는 필수적인 일이 되어 있었다.

릴리는 그런 상황들을 모두 이해했고, 그런 것을 용인할 수 있었다. 캐리 피셔는 그녀가 어려운 시절에 그녀에게 잘해 준 친구였었지만, 그렇게 점점 커지는 릴리 신상의 긴장을 버텨낼 수 있는 것은 아마도 거티가 지니고 있는 것 같은 우정만이 가능할 것이었다.

거티의 우정은 정말로 요지부동이었다. 하지만 릴리는 거티 또한 피하기 시작했다. 왜냐하면 릴리는 셀든을 만날 위험을 무릅쓰지 않고는 거티의 집에 갈 수 없었고, 셀든을 만난다는 것은 이제 정말 괴로운 일이 될 것이기 때문이었다. 그를 생각하는 것조차 정말로 괴로웠다. 릴리가 명료하게 깨어 있는 사고로 셀든을 생각하거나 아니면 고통스러운 밤의 몽롱한 상태에서 그가 나타나는 망상을 느끼거나 괴로운 것은 마찬가지였다. 그것이 릴리가 해치 부인의 처방전에 또다시 손을 댄 이유들 중의 하나였다. 릴리가 자연스럽게 꿈꾸는 중에 드문드문 불편한 장면에서, 셀든은 그 옛날의 우정과 부드러운 모습을 띠고 그녀에게 왔다. 그 달콤한 환상으로부터 깨어나면 우롱당한 기분이 들며, 그녀에게 남아 있던 용기마저 다 빠져나가는 것이었다. 하지만 그 약병에 의지해 잠들면 반쯤 깨어 있는 상태에서 맞이하게 되는 그러한 방문보다도 훨씬 깊이 잠에 빠져들었고, 꿈을 꾸지 않고 과거를 완전히 잊은 상태에서 아침에 깨어날 수 있었다.

점점 더 확실하게 그 옛 생각들이라는 스트레스가 다시 찾아들곤 했지만, 적어도 그것 때문에 릴리가 깨어 있는 시간까지 그 영향을 받는 것은 아니었다.

그 약은 릴리에게 완전히 새로워지는 일시적인 환상을 주었고,

그것으로부터 그녀는 자신의 일과를 헤쳐 나갈 힘을 이끌어냈다. 그녀는 미래의 어려운 문제가 증가함에 따라 그러한 힘이 더욱더 필요해졌다. 그녀가 알기로 거티와 피셔 부인은 릴리가 일시적인 시련을 겪고 있을 뿐이라고 생각하고 있는 것으로 보였다. 그것은 릴리가 페니스턴 부인의 유산을 받게 되면 리자이나의 작업장에서 사전 준비훈련을 받아 더욱 알차게 회득한 능력으로 푸르고 하얀 가게의 꿈을 실현시킬 수 있다고 그들이 믿고 있기 때문이었다.

하지만 릴리 자신은 그 유산을 그런 용도로 사용할 수 없다는 것을 알고 있기에, 그 사전 준비훈련은 헛된 노력으로 여겨졌다. 릴리는 설령 자기가 어릴 적부터 특수한 일을 위해 단련된 그들 동료들의 손들과 경쟁할 수 있다 하더라도, 쥐꼬리만한 급여로는 그러한 고역에 대한 보상이 될 만큼 충분한 수입이 될 것이 아님을 너무나도 분명히 알고 있었다.

그리고 그런 사실을 깨달으면서 릴리는 몇 번이고 그 유산을 자신의 사업체를 세우는데 사용하고픈 유혹과 마주해야 했다. 일단 사업체를 세워서 그녀 자신의 일을 하는 여직원들을 지휘하게 된다면, 자신은 사교계의 고객을 끌어올 수 있는 충분한 요령과 능력을 가지고 있다고 믿었다. 만약 그 사업이 성공한다면, 그녀는 차츰 돈을 저축하여 트레너에게 진 빚을 모두 갚을 수 있을 것이었다.

그러나 릴리가 최대한 계속 허리띠를 졸라매며 절약을 한다 하더라도 그 일을 달성하는 데는 수년이 걸릴 수도 있는 일이었으니, 그러는 동안 릴리의 자존심은 하루라도 빨리 갚아버리고 싶은 채무의 무게에 짓눌려 부서질 것이었다.

이러한 것들은 릴리가 그냥 혼자서 해보는 생각이었지만, 그런 생각 속에는 그 채무가 언제까지 계속해서 참을 수 없는 것만은 아닐 수 있다는 자기만의 불안이 숨어 있었던 것이었다. 그녀는 자신의 결심이 끝까지 흔들리지 않을 것이라는 것을 자신할 수 없었으며, 진정 그녀가 두려운 것은 사브리나에 탔을 때 자신에게 주어진 역할에 순응했었던 것처럼, 그리고 해치 부인의 향상을 위한 스탠시의 계획에 묵묵히 따르게 될 뻔했던 것처럼, 무한정으로 트레너의 빚을 갚지 않은 상태로 머물러 있는 데에 자신이 점점 순응할 수도 있다는 생각이었다.

릴리의 위험은 그녀가 아는 것처럼, 그녀에게 오래전에 고질적으로 자리 잡은 불안과 가난을 두려워하는 마음에 있었다. 그것은 그녀의 어머니가 그녀에게 그렇게나 열심히 조심하라고 일렀던 그 산더미같이 밀려오는 추레한 조류를 두려워하는 마음이었다. 그런데 지금 새로이 나타난 위험스러운 전망이 릴리 앞에 펼쳐져 있는 것이었다.

릴리는 로즈데일이 기꺼이 돈을 빌려줄 것이라는 것을 알고 있었으며, 어느새 로즈데일의 제안을 이용하고 싶은 마음이 시시때때로 생기는 것이었다.

물론 로즈데일이 빌려주는 돈을 받는다는 것은 있을 수 없는 일이었지만, 그 돈을 받을 수도 있다는 유혹이 그녀 앞에서 넘실거렸다. 릴리는 분명 로즈데일이 다시 와서 그녀를 만나리라는 것을 확신하였고, 만약 그가 와서 자신을 만난다면 릴리가 예전에 거절했던 조건으로 로즈데일이 그녀와 청혼하고 싶어 하게끔 할 수도 있다는 확신이 드는 것도 거의 마찬가지였다.

만약 그가 그런 조건을 제안한다면 그녀는 아직도 그것을 거절할 것인가? 더욱 더 온갖 새로운 불행이 그녀에게 일어나면서, 그렇게 따라붙는 원귀(寃鬼)는 버사 도싯의 형태로 나타나는 것 같았다. 그렇게 따라붙는 것에 종지부를 찍을 수단은 바로 가까이에, 자신의 서류들 사이에서 자물쇠가 채워진 채 안전하게 보관되어 있었다.

예전에는 로즈데일을 경멸하며 그 유혹을 거부할 수 있었지만, 그 유혹은 이제 끈질기게 그녀에게 되돌아왔는데, 그것을 거부할 힘이 그녀에게 얼마나 남아 있게 되었는가?

아무리 적게 남아 있더라도 있는 것은 여하간 최대한 아껴 써야만 한다. 그녀는 또다시 잠 못 이루는 위험에 처할 수는 없는 노릇이니 말이다.

기나긴 정적의 시간 내내 피로와 고독이 쌓여 그녀의 가슴은 음울했고, 그녀에게 남은 육체의 힘은 너무나도 소진되고 미약해져서 아침이 되면 릴리는 의식이 몽롱하였다. 새로워지는 단 하나의 희망은 그녀의 침대 곁에 놓여 있는 그 작은 병 속에 있었고, 얼마나 더 오래 그 희망이 계속될지에 관해 그녀는 감히 추측해 보려고 할 수도 없었다.

11

릴리는 잠시 모퉁이에서 서성이며, 5번가의 오후 경치를 내다보았다.

4월 중순을 이미 넘어선 어느 날, 봄의 달콤함이 대기에 서려 있었다. 그것은 사람으로 붐비는 긴 도로의 추함을 덜어주었고, 음산한 지붕 윤곽을 흐리게 했고, 옆 골목들의 맥 빠지게 하는 전망 위에 연한 자줏빛의 장막을 던졌으며, 그 공원 입구에 서려 있는 초록빛이 감도는 아지랑이에 시적인 운치를 더해 주고 있었다.

릴리가 그곳에 서 있었을 때, 그녀는 지나가는 마차들 안에 있는 네댓 명의 낯익은 얼굴들을 알아볼 수 있었다. 그 시즌이 끝남에 따라 시즌의 주요한 무리들은 해산하고 있었지만, 몇 안 되는 사람들은 아직도 꾸물거리며 유럽으로 떠나는 것을 미루거나 남부에서 돌아오며 시내를 통과해 지나가고 있었다.

그들 가운데에는 반 오스버그 부인이 자신의 우아한 사륜마차 안에서 위엄 있게 흔들거리고 있었고, 그녀의 옆에는 퍼시 그라이스

부인이 있었으며, 그들 앞에는 수백만 달러 재산의 새로운 상속자가 될 그라이스의 아들이 유모의 양 무릎에 떠받쳐져 있었다. 그들 뒤로 해치 부인의 전기장치를 갖춘 2인승 사륜마차가 지나갔는데, 그 안에서 해치 부인은 함께 타는 친구용으로 설치한 것이 분명한 용수철이 달린 화장용구가 외로이 뿜어내는 화려함 속에서 몸을 뒤로 기대고 있었다.

잠시 후에 레이디 스키도와 함께 주디 트레너가 왔는데, 주디는 그녀의 연례행사대로 타폰(북미 대서양 연안의 큰 고기로 청어의 일종) 낚시를 하러 왔다가 잠시 '큰길'에 들렀다 가는 것이었다.

이렇게 주마등처럼 스치듯 자신의 과거가 얼핏 생각나자, 자신이 지금 뭘 하고 있나 하는 느낌이 몰려왔다.

릴리는 마침내 집 쪽으로 발걸음을 돌렸다. 릴리는 그날의 남은 시간 동안, 아니 앞으로 다가올 날들에 할 일이 없었다. 그것은 사교계에서와 마찬가지로 여성용 모자업계에서도 시즌이 끝나서, 일주일 전에 리자이나 부인으로부터 이미 자신이 근무할 필요가 더 이상 없음을 통보받았기 때문이었다.

리자이나 부인은 언제나 5월의 첫날에 직원을 줄였는데, 최근에 릴리의 출근이 너무 불규칙한 것으로 봐서는—릴리는 툭하면 몸이 좋지 않았고, 그녀가 출근했을 때도 하는 일이 거의 없었기에—릴리에 대한 해고가 이때까지 미루어졌던 것은 그저 하나의 은혜를 베푼 결과였다.

릴리는 그런 결정의 정당성에 의문을 품지 않았다. 그녀는 자신이 잘 잊어먹고, 서투르며, 배우는 것이 느리다는 것을 잘 알고 있었다. 자기 스스로 자신이 열등하다는 것을 인정한다는 것은 가슴

쓰라린 일이었지만, 생활비를 버는 사람으로서 자신이 전문적인 능력 면에서 결코 경쟁력이 없다는 사실을 그녀는 절실히 느꼈다. 일종의 장식용으로 키워진 자신이기에, 자기가 어떤 특정한 용도에 쓸모가 없다는 사실에 대해 스스로를 탓할 수도 없었다. 하지만 그런 사실을 깨닫게 됨으로써, 자신이 두루두루 능력이 있다며 스스로를 위로하던 의식은 더 이상 지닐 수가 없었다.

집으로 돌아오면서 릴리는 내일 아침에는 일어나봐야 할 일이 없다는 사실에 벌써부터 주눅이 들었다. 침대에서 늦게까지 누워 있는 호사는 안락한 생활에 속하는 즐거움이었으며, 실용을 위주로 하는 하숙생활 방식에서는 가당치 않은 일이었다. 그녀는 될 수 있는 한 자신의 방에서 일찍 나가서 늦게 귀가하고 싶었다. 너무도 싫은 그 집의 문 앞에 닿는 발걸음을 늦추기 위해 지금도 천천히 걷고 있는 중이었다.

그러나 그 문 앞 가까이에 다가가면서 릴리는 그 문 앞을 단번에 알아볼 수 있는 로즈데일의 모습이 점유하고 있다는—실로 문 앞을 가득 채우고 있다는—사실에 갑자기 호기심이 솟아났다. 주변의 빈약함 때문에 거기에 있는 로즈데일은 더욱 몸이 불어난 듯한 모습으로 보이는 것 같았다. 그러한 광경을 보고 릴리는 어쩔 수 없이 솟아 올라오는 승리감에 빠져들었다. 로즈데일은 릴리를 우연히 만난 지 하루 이틀 후에 릴리가 안 좋은 몸 상태에서 회복이 되었는지를 물어보기 위해 찾아오긴 했었지만, 그 이후로는 로즈데일을 만난 일도 없었고 그로부터 어떤 소식이 오지도 않았었다. 그 사실은 그의 인생에서 한 번 더 릴리를 잊거나 그녀를 멀리하기 위해 벌이는 투쟁을 보여주는 것 같았다.

만약 그게 사실이라면, 로즈데일이 그녀를 다시 찾아온 것은 그 투쟁이 성공하지 못했다는 것을 보여주는 것이다. 그것은 로즈데일이란 사람은 쓸데없이 감상적인 희롱에 빠져 자신의 시간을 낭비할 사람이 아니라는 것을 릴리는 잘 알고 있었기 때문이었다. 그는 항상 바빴고, 언제나 지나칠 정도로 실용적이며, 특히 지독히도 자신의 출세에 집착하여서 어떤 이익이 남지 않는 장사에는 발을 들여놓지 않는 사람이었다.

말라빠진 팜파스 풀 다발들과 강철판에 감상적인 삽화를 새겨 넣은 퇴색된 부조(浮彫)가 청록색 벽지를 바른 응접실의 천박한 품격을 여실히 드러내고 있었다.

로즈데일은 역겨움을 숨기지 않은 채 주위를 둘러보며, 로저스의 작은 조각상[32]이 장식되어 있는 먼지 낀 콘솔 위에 신경 쓰이는 태도로 자신의 모자를 올려놓았다.

릴리는 플러시와 자단(紫檀)으로 만든 소파들 중 하나에 앉았고, 로즈데일은 풀을 먹인 덮개가 씌워진 흔들의자에 앉았다. 의자 덮개 자락이 로즈데일의 셔츠 칼라 위로 드러낸 주름진 분홍색 피부에 기분 나쁘게 닿아 있었다.

로즈데일이 소리쳤다.

"맙소사…… 당신은 여기서 계속 살아갈 수 없소!"

릴리는 그의 단호한 어조에 미소를 지으며 말했다.

"나도 그럴 수 있다고 확신하진 못하지만, 아주 세심하게 주의하면서 돈을 쓰고 있기 때문에 그럭저럭 살아갈 수는 있을 것 같

---

32) John Rogers가 디자인하여, 대량생산된 작은 입상(立像)으로, 주로 현지의 풍경이나 애국적 사건들을 묘사하고 있는 것이 많다. 20세기 초쯤에는 상류사회의 감상적이고도 시대에 뒤떨어진 취미를 암시하고 있다.

아요.”
“그럭저럭 살아갈 수 있다고요? 내 말은 그런 의미가 아니오. 여기는 당신이 살 집이 아니란 말이오!”
“내 말은 말한 그대로예요. 더구나 나는 실직해서…… 지난주부터 일을 못 했으니까요.”
“실직이라니…… 실직이라니……! 어떻게 그런 식으로 말을 하는 거요! 당신이 일을 해야만 한다는 생각…… 그건 터무니없는 거요.”
로즈데일은 순식간에 격분하여 그런 말들을 터뜨렸다. 마치 깊은 땅속에 자리 잡은 분노가 분화구를 통해 뿜어져 나오는 것 같았다.
“그건 어릿광대짓이오. 미치광이 같은 어릿광대짓이란 말이오.”
로즈데일은 두 눈의 시선을 창문 사이의 얼룩진 거울에 비쳐진 그 방의 좁고 기다란 광경에 고정한 채, 그렇게 같은 말을 되풀이했다.
릴리는 계속해서 로즈데일의 충고에 미소로 답하며, 입을 열었다.
“나는 나 자신을 다른 사람과 특별히 다르다고 봐야 하는 이유를 모르겠어요.”
“왜냐하면 당신은 특별한 사람이니까……. 그게 이유요. 그러니 당신이 이와 같은 집에 있는 건 정말 미치도록 화가 나는 일이오. 나는 그런 이야기를 조용히 말할 수가 없소.”
릴리는 사실상 로즈데일이 그처럼 냉정을 잃어서 평소의 그 좋은 입담을 구사하지 못하는 모습을 일찍이 본 적이 없었다. 그가 자기 감정을 제대로 표현하지 못하고 애쓰는 것을 보고 릴리의 가슴에는 거의 가슴 뭉클한 무언가가 올라왔다.
로즈데일은 벌떡 일어서서 릴리의 앞에 정면으로 섰다. 그 바람에 흔들의자가 요동을 치며 거의 뒤집어질 뻔했다.
"이봐요, 릴리 양, 난 내주에 유럽으로 갈 거요. 두서너 달 파리와 런던에 건너가 있을 건데…… 나는 이 집에 당신을 남겨둘 수가 없소. 난 그렇게 할 수가 없소. 그것이 내 일이 아니란 건 알고 있소. 그동안 당신이 내게 여러 번에 걸쳐서 그렇게 이해시켰으니까. 하지만 지금 당신의 형편은 전보다 더욱 나빠졌으니, 당신은 누군가에게서 도움을 받아야만 한다는 걸 알아야 해요. 당신은 요전에 내게 트레너에게 진 빚에 관해 얘기했소. 나는 당신이 말한 의미를 알고 있소. 그리고 그 빚에 관해서 당신이 대처하는 그 자세를 보고 당신을 존경하고 있소."
릴리는 놀라워 창백했던 얼굴이 붉어졌다. 로즈데일은 그녀가 자기의 말을 막을 짬도 주지 않고 하던 말을 열심히 이어갔다.
"음, 트레너에게 갚을 돈을 내가 빌려주겠소. 그리고 난 그런 식으로 안 할 것이오. 나는 말이오…… 이보시오…… 내 말이 끝날 때까지는 내가 하는 말을 막지 마시오. 내 말은 무슨 말이냐면…… 그건…… 남자 사이에서 이루어지는 것과 같이, 순전한 거래상의 합의가 될 거요. 자, 그걸 반대할 이유가 뭐가 있소?"
릴리는 감사함과 굴욕감을 동시에 느끼며 얼굴이 더욱 붉게 타올랐다. 하지만 그런 감정에 싸인 그녀의 입에서 흘러나온 대답은 뜻밖에 부드러웠다.
"내가 할 말은 이것밖에 없어요. 그 말씀이 바로 거스 트레너 씨가 제안했던 것이며, 나는 또다시 가장 단순한 거래상의 합의도 이해할 자신이 없다는 거예요."
그런 다음에 자기의 대답이 무언가 부당한 것으로 오해될 소지가 있음을 깨닫고, 한층 더 상냥하게 다음 말을 이어갔다.

"내가 당신의 친절을 인정하지 않는다는 게 아니에요. 그 점에 대해서는 감사해 하고 있어요. 하지만 우리 사이에 거래상의 합의는 어떤 형태로든 불가능할 거예요. 왜냐하면 거스 트레너 씨에게 진 빚을 다 갚고 나면 당신에게 드릴 담보가 내게는 없을 것이니까요."

로즈데일은 그 말을 묵묵히 들었다. 그는 릴리의 목소리에 최종적인 결정이 담겨 있다는 것으로 이해했지만, 그렇다고 두 사람 사이에 그 문제가 아주 끝난 것으로는 받아들일 수 없는 것처럼 보였다.

이렇게 두 사람이 말이 없는 가운데, 릴리는 로즈데일의 마음속을 스치고 있는 것이 무엇인지를 분명히 느낄 수 있었다. 릴리가 그녀의 방침을 굽히지 않아 아무리 로즈데일이 곤혹스럽다 하더라도—그녀의 그런 진의를 아무리 잘 알 수 없다 하더라도—그런 것에 의해 자신은 로즈데일을 더욱 단단히 잡는 데 분명한 도움을 받게 되리라는 것을 알고 있었다. 그것은 마치 뭐라고 설명할 수 없는 가운데, 릴리의 망설임과 저항은 외면적인 희소성과 필적하기가 불가능한 태도를 띠는 그녀의 까다로운 매너나 아름다운 용모만큼이나 똑같이 사람의 마음을 끌어당기는 힘이 있음을 의미하는 것 같았다.

로즈데일의 풍부한 사회적 경험을 초월하여 릴리가 지닌 독특한 점은 마치 로즈데일이 오랫동안 몹시 탐을 낸 물건 안에서 분별해 내게 된 디자인과 품질의 미세한 차이와 같았다. 일종의 수집가가 갖는 느낌처럼 그 점이 그에게는 상당한 가치를 지니고 있는 것이었다.

릴리는 그 모든 것을 알아채고, 단지 자기가 도싯 부인과 화해하기만 한다면 로즈데일은 당장이라도 그녀와 결혼하려 할 것이라는 것을 이해했다. 그리고 그렇게 하려는 유혹을 눌러버리기가 더욱 어려워진 까닭은 점차적으로 전개된 상황에 따라 로즈데일을 싫어하는 그녀의 마음이 부서져 내렸기 때문이었다.

실제로 그를 싫어하는 마음은 여전히 남아 있었지만, 그에게서 그의 특질이 완화되는 모습을 보면서 그런 혐오감도 희석되는 점이 여러 군데에서 생겨났다. 로즈데일은 자신의 물질적 야심이라는 굳은 표면을 뚫으려고 애쓰고 있었으며, 어쩔 수 없이 감정에 충실한 것으로 비쳐 보이는 어떤 친절한 행위로써 릴리가 느끼는 혐오감을 허물어왔던 것이다.

릴리의 눈빛에서 자기를 그만 가게 하려는 기색을 눈치 챈 그는 자신의 손을 내밀며 뭔가 분명치 않은 갈등을 내보이는 몸짓을 했다.

로즈데일은 힘을 주어 분명히 말했다.

"만약 당신이 내게 허락하기만 한다면, 나는 그 모든 사람들 위에 당신을 앉힐 것이오. 나는 그자들 위에 당신의 발을 문질러 씻을 수 있는 위치에 당신을 앉힐 것이란 말이오!"

그 말을 들은 릴리는 왠지 이상하게도 로즈데일의 새로운 열정 때문에 그가 오래도록 지녀온 가치기준이 바뀐 것은 아니라는 생각이 들었다.

릴리는 그날 밤에 수면제를 먹지 않았다. 그녀는 눈을 뜨고 누워서 로즈데일의 방문에 따라 새로이 갖게 된 시각으로 자신의 상황을 바라보고 있었다. 분명히 노골적으로 기꺼이 다시 시작하겠다는 로즈데일의 제안을 물리치면서, 혹시 그녀는 전통적으로 도덕적인 생활의 존중이라고 부를 수도 있는 명예라는 추상적인 관념들 중의 하나에 희생된 것은 아니었던가?

도대체 재판도 없이 릴리에게 유죄 판결을 내리고 추방했던 사회질서에 그녀는 어떤 빚을 졌단 말인가? 자신을 방어하기 위한 릴리의 말을 사람들은 전혀 들으려 하지 않았었다. 릴리는 자신의 잘못이라고 알려졌던 혐의에 아무런 잘못도 없었다. 그 유죄 판결의 불법성은 자기의 잃어버린 권리를 다시 찾는 데에 있어서도 마찬가지로 불법적인 수단들의 사용을 정당화시켜 줄 것 같았다.

버사 도싯은 그녀 자신을 구하기 위해 일말의 양심의 가책도 없이 거짓말을 퍼뜨려 릴리를 파멸시켰다. 왜 릴리는 우연히 자기 손에 굴러들어온 사실들을 개인적으로 이용하는 것을 주저해야 한단 말인가? 결국 그런 행위들이 명예스럽지 못한 것으로 받아들여지는 것은 그것에 붙여진 이름에 절반이 달려 있게 되는 것이다. 그것을 공갈이라 부른다면, 그것은 생각할 가치도 없는 일이 된다. 그러나 그것이 어느 누구도 해치지 않으며 그것에 의해 다시 얻게 되는 권리는 부당하게 박탈당한 것이었다고 설명한다면, 어떤 형식주의자라도 그 항변을 한낱 변명에 불과하다고 할 수 없을 것이다.

릴리에게 그것을 실행하라고 간청하는 주장들은 자신의 개인적인 상황에 대해 오랫동안 반박할 수 없었던 것들에 관한 것이었다. 그것은 명예훼손이라는 생각과 실패라는 생각, 이기적인 사교계의 폭거에 대항하는 정당한 기회에 대한 열정적인 갈망이었다. 릴리는 새로운 길—노동자들 중의 한 사람이 되어 사치와 쾌락의 세계를 망각하고자 하는—로 자신의 인생을 다시 열어가기 위한 도덕적인 일관성이나 재능이 자기에게는 없다는 것을 경험으로 이미 알고 있었다. 릴리는 그런 무능함을 끝내 자기 탓으로 돌릴 수 없었다.

어쩌면 자신이 생각하는 것만큼 그녀의 책임은 없는 것일지도 모른다. 타고난 경향이 어릴 적부터의 훈련과 결합되어 릴리는 고도로 전문화된 상품, 다시 말해서 바위에서 뜯겨져 나온 말미잘처럼 자기의 좁은 영역 밖에서는 아무것도 할 수 없는 유기체로 만들어졌던 것이다.

릴리는 장식물로써 타인에게 기쁨을 주는 존재로 빚어진 것이다. 어떤 다른 용도를 위해 자연(神)이 장미꽃의 잎을 둥글게 하고, 벌새의 가슴을 채색하던가? 그리고 순전히 장식을 하는 그 사명이 자연계에서보다 사교계에서는 용이하고 조화롭게 성취되기가 어렵다는 것이 릴리의 잘못이었던가? 그 장식적 사명이 물질적인 곤경 때문에 제한되고, 도덕적인 거리낌에 의해서 악화된 것이 릴리의 잘못이었던가?

물질적 곤경과 도덕적 거리낌은 잠 못 드는 긴 밤 동안 릴리의 가슴 안에서 서로 싸운 두 개의 상반된 힘이었다. 다음 날 아침에 일어났을 때, 그녀는 어느 쪽이 이겼는지 거의 알 수가 없었다. 그녀는 밤새 잠을 못 잔 탓에 극도로 지쳐 있었다. 몇 날 며칠 밤 억지로라도 휴식을 취하지 않으면 안 될 것 같았다. 피로로 뒤틀린 빛 속에서 그녀 앞에 펼쳐진 미래는 회색으로 지루하게 계속될 음울한 것이었다.

릴리는 침대에 늦게까지 누운 채로 상냥한 아일랜드인 하녀가 방 안으로 디밀어 넣은 커피와 달걀 프라이도 먹지 않고, 그 집에서 나는 가정적인 소음이나 바깥 거리로부터의 외침과 불평의 소리에 기분이 상해 있었다.

그녀가 하는 일 없이 빈둥거리며 보내는 주(週)에는 이렇게 잔신경이 쓰이는 하숙집 세계에 실제 이상으로 지나치게 과민반응이 일어나며, 그것과 다른 사치스러운 세계를 더욱 동경하게 되었다. 그 사치의 세계가 돌아가는 방식은 너무나 세심하게 감추어져서 하나의 장면은 알지도 못하는 사이에 다른 장면으로 흘러들어 가는 것이었다.

마침내 릴리는 침대에서 일어나 옷을 입었다. 리자이나 작업실을 그만둔 이래로 그녀는 주로 거리에서 날을 보냈었다. 그것은 마음에 들지 않는 하숙집의 추레함에서 벗어나기 위한 측면도 있었고, 육체적으로 피로하면 잠이 드는 데 도움이 될 것이라는 희망도 한몫을 했다. 그러나 일단 집 밖으로 나서면 어디로 가야 할지 막막했다. 왜냐하면 그 여성용 모자 공장에서 해고된 이후로 릴리는 거티를 피했었는데, 그 외의 다른 곳에서 자신을 따뜻이 맞이해 줄 곳이 어디인지 확실히 알 수가 없었기 때문이었다.

그날 아침은 전날에 비해 너무나도 대조적이었다. 차가운 회색빛 하늘은 금방이라도 비를 뿌릴 것 같았고, 거센 바람은 거리의 아래 위에서 거칠게 회오리 먼지를 일으켰다. 릴리는 자신이 쉬어도 좋을 만한 아늑한 곳이 있었으면 하는 마음으로, 센트럴파크 몰을 향하여 5번가를 걸어 올라갔다. 하지만 싸늘한 바람을 맞으며 아래위로 흔들리는 나뭇가지 아래에서 한 시간을 헤맨 끝에 점점 몰려오는 피로에 못 이겨, 59번가에 있는 한 작은 레스토랑에 들어가게 되었다.

그녀는 시장기가 없었기 때문에 레스토랑을 그냥 지나치려고 마음먹었다가, 너무나 지쳐서 집에까지 걸을 수 없을 것 같았고 길게 줄지어 선 하얀 식탁이 창문을 통하여 유혹적으로 그 모습을 드러내고 있는 바람에 이끌리듯 그곳에 들어간 것이다.

실내는 부인들과 젊은 여자들로 만원이었다. 모두가 급하게 차를 마시고 파이를 먹는 데 지나치게 정신이 팔려 릴리가 들어가는 것을 주목하는 사람도 없었다. 왁자지껄하게 새된 목소리들이 낮은 천장에 부딪쳐 식당 안에 흘렀지만, 릴리는 조그맣고 둥근 침묵의 자리에서 혼자만이 덩그러니 외부와 단절되어 있었다.

릴리는 갑자기 깊은 고독감을 고통스럽게 느꼈다. 그녀는 시간에 대한 관념이 없어져서 자신이 수일 동안 어느 누구와도 얘기한 적이 없는 것과 같은 느낌이 들었다. 릴리는 자신의 괴로움을 직감적으로 알아채는 어떤 표시로써 민감해진 시선을 갈망하며, 자신의 주위에 있는 얼굴들을 살펴보았다. 그러나 자신들의 가방과 공책과 음악 소리에 팔린 핏기 없는 여자들은 자기 일에 열중하느라 정신이 없었고, 혼자 앉아 있는 여자들조차도 교정지를 훑어보거나 잡지를 읽느라 바쁜 모습으로 제 앞에 놓여 있는 차를 급히 마셔 넘기고 있었다.

릴리만이 아무도 없는 거대한 황야에 좌초되어 있었다. 약한 불로 익힌 굴과 함께 나온 차를 몇 잔이나 마시자 머리가 좀 맑아지고 생기가 되살아나서, 릴리는 다시 한 번 거리로 나섰다. 그녀는 레스토랑에 앉아 있으면서 자기도 모르는 사이에 최종적으로 결심했던 사실이 무엇인지 그제야 의식되었다. 그 생각이 새삼 떠오르자 그녀는 곧바로 자신이 민활해지는 것 같은 착각에 사로잡혔다.

그녀에게 집으로 급히 가야 할 이유가 생겼다는 것은 생각만 해도 기운이 나는 일이었다. 가능한 한 그런 느낌을 오래 즐기기 위해 릴리는 걸어가기로 작정했다. 그러나 그 거리가 너무 멀어서, 걸어가는 중에 자기도 모르게 여러 번 거리의 시계를 초조한 마음으로 쳐다보았다. 그녀가 한가한 상태에서 발견한 놀라운 사실들 중 한 가지는, 시간이란 것은 어떤 특정한 요구가 그 시간에 근거해서 만들어지지 않으면 그 움직이는 속도를 인식하기 어렵다는 것이었다. 대개 시간이란 쉬엄쉬엄 가지만, 사람이 바로 그 느린 속도에 의존하게 될 때에는 갑자기 미치광이처럼 걷잡을 수 없이 질주할 수도 있다는 것이다.

그러나 릴리가 집에 도착하였을 때 시간은 아직 충분히 일러서, 자신의 계획을 실행에 옮기기 전에 2~3분간 앉아서 쉴 수 있었다. 그렇게 중간에 쉬었다고 해서 그녀의 결심이 눈에 띄게 약해지는 것은 아니었다. 그녀는 두려웠지만, 자신의 내부에 자신의 결단력이 보존되어 있음을 느낌으로써 기운을 얻었다. 그녀는 그것이 자신이 생각했었던 것보다도 더 쉬우리란 것을, 훨씬 더 쉬우리라는 것을 알았다.

5시가 되었을 때 릴리는 일어나서 트렁크를 열고, 옷 속에 묻어두었던 그 봉인된 꾸러미를 꺼냈다. 그것을 만져보기만 해도 가슴이 두근거릴 것이라고 어느 정도 예상했었는데, 실제로는 아무렇지도 않았다. 릴리는 활기차게 제 의지대로 행하는 것이 마침내 더욱 섬세한 그녀의 감정을 마비시킴으로써 마치 강력한 무관심의 갑옷 속에 싸여져 있는 것 같았다.

릴리는 한 번 더 거리로 나서기 위해 옷을 차려입고, 방문을 잠그고 나갔다. 날이 저물려면 아직 멀었지만, 릴리가 보도에 나섰을 때에는 금방이라도 비를 쏟아낼 듯 하늘이 컴컴했다. 거리를 따라 늘어선 지하실 가게에서 튀어 나온 간판들은 차가운 돌풍에 흔들렸다.

그녀는 5번가에 이르러서는 천천히 북쪽으로 방향을 잡아 걷기 시작했다. 릴리는 도싯 부인이 5시가 넘으면 언제나 집에 있을 것이라는 것을 알 만큼 도싯 부인의 습성에 대하여는 익히 알고 있었다. 사실상 도싯 부인은 방문객들이 쉽게 만나볼 수 있는 사람이 아니었으며 특히 환영받지 못하는 방문객은 더욱 그랬다. 특별 지시로 그런 사람은 절대 집 안에 들이지 못하게 해놓았을 수도 있다. 하지만 릴리는 이미 짧은 편지를 써서 가지고 있었고, 자신의 이름과 함께 그것을 올려 보내는 방법을 통해 그 집에 들어갈 수 있을 것이라고 확신했다.

릴리는 차가운 저녁 공기를 가르며 빠르게 움직이면 자신의 용기를 견고하게 하는 데 도움이 될 것이라 생각하고 일부러 도싯 부인의 집으로 걸어서 갔지만, 실제로는 마음을 안정시킬 필요성을 느끼지 못했다. 잠시 후 마주할 상황을 대체적으로 그려보아도 마음은 계속 차분해지고 흔들림이 없었다.

릴리가 50번가에 이르렀을 때, 구름이 갑자기 차가운 빗방울로 변하더니 맹렬히 그녀의 얼굴을 비껴 쳤다. 그녀는 우산을 가지고 있지 않았다. 빗물은 순식간에 그녀의 얇은 봄옷 속으로 파고들었다. 그녀는 목적지로부터 아직 1km나 떨어져 있었기 때문에 매디슨 애버뉴를 건너 전차를 타기로 마음먹었다.

릴리는 옆 골목으로 돌아 들어가면서 마음속에 희미한 기억을 떠올렸다. 열 지어 있는 싹튼 나무들, 새 벽돌과 석회석으로 된 집의 정면들, 발코니에 화분들이 있는 조지 왕조풍의 아파트가 함께 합쳐져서 낯익은 장면을 연출하고 있었다. 바로 2년 전 9월의 그날, 이 길 아래로 셀든과 함께 걸어갔었다. 그 두 사람이 함께 들어갔던 문간이 2~3미터 앞에 있었다. 그 기억이 떠오르자 감각을 잃었던 여러 가지 감정들—갈망들, 후회들, 공상들, 가슴 설레며 늘 간직했던 단 하나뿐인 청춘의 느낌—이 되살아났다. 그러한 용무를 가지고 셀든의 집을 지나가려니 그녀는 느낌이 묘했다.

릴리는 셀든의 입장에서 셀든의 방식으로 자신의 행위를 보게 되었다. 셀든 자신이 그 일과 연관되어 있다는 사실, 그녀의 목적을 얻기 위해 그의 이름을 놓고 거래를 해야만 한다는 사실에 그녀는 수치스러워 급격히 용기가 꺾였다. 그와 함께 최초로 대화를 나눈 이후로 그녀는 얼마나 먼 길을 달려왔던가! 그 순간에조차도 릴리의 발걸음은 자기가 추구하고 있는 길에 고정되어 있었고, 그 순간에조차도 그녀는 그가 내민 손을 뿌리치고 있었다.

셀든이 냉담하다고 생각하여 그녀에게서 일어났던 분개한 마음은 모두 저항할 수 없을 정도로 돌진해 들어오는 이러한 회상에 휩쓸려 나갔다.

셀든은 두 번이나 기꺼이 그녀를 도와주려고 했었다. 그가 말했던 대로, 그녀를 사랑하기 때문에 말이다. 만약 세 번째로 셀든이 그녀를 저버렸던 것으로 보였다면, 그녀 자신 외에 누구를 탓할 수 있단 말인가? 어떤 면으로 그녀의 인생에서 그 부분은 이미 끝난 것인데, 왜 자신의 생각은 아직까지 그것에 매달려 있는지 알 수가 없었다.

그러나 갑자기 셀든이 보고 싶다는 바람은 여전히 그녀의 마음에 남아 있었다. 그녀가 셀든이 사는 집의 대문 건너편 길 위에 잠시 멈추었을 때, 그런 바람은 점점 더 커져갔다. 거리는 어둡고, 아무도 없었으며, 비에 의해 말끔해졌다. 릴리는 셀든의 조용한 방과 서가들, 난로 위의 불을 떠올렸다. 그녀는 눈을 들어 보았다. 셀든의 창문 안에 불빛이 있었다. 그녀는 길을 건너 그 집 안으로 들어갔다.

12

서재는 그녀가 마음속에서 그렸던 모습 그대로였다. 초록의 그림자를 드리운 등불들은 차츰 더해 가는 어둠 속에서 평화로이 동그라미들을 그리고 있었고, 난로 위의 작은 불꽃은 깜빡거리고 있었으며, 그 가까이에 놓여 있던 셀든의 안락의자는 그가 일어나 릴리를 맞이하면서 옆으로 밀어놓은 채로 있었다.

셀든은 놀라움의 첫 번째 반응을 가라앉히고, 말없이 서서 릴리가 말하기를 기다렸다. 릴리는 밀려드는 추억의 홍수에 싸여 잠시 문간에 우두커니 서 있었다.

그 방은 예전의 모습 그대로였다. 릴리는 셀든이 그의 책, 라브뤼예르의 작품을 끄집어 내렸었던 선반의 열(列)이며 그녀가 그 귀중한 책을 훑어보는 동안 그가 기댔었던 의자의 낡은 팔걸이까지도 알아보았다. 그러나 그때에는 9월의 햇빛이 그 방에 가득해서 그 방이 외부 세계의 일부로 보였는데, 지금은 갓을 단 등불들과 따스한 난로로 인해서 차츰 어둠을 더해 가는 거리와는 달리 더욱 아늑한 친밀감을 풍겼다.

침묵에 묻어 있는 셀든의 놀라움을 점점 의식하게 되면서, 릴리는 그에게로 몸을 돌려 간단히 말했다.

“나는 우리가 헤어졌던 그 방식에 대해…… 그날 해치 부인의 집에서 당신에게 내가 한 말에 대해서…… 미안했다는 말을 하려고 왔어요.”

그런 말이 릴리의 입에서 자연스럽게 흘러나왔다. 그 집 계단을 올라올 때만 해도 그녀는 자신의 방문에 대한 구실을 준비할 생각이 없었는데, 지금 갑자기 두 사람 사이에 걸려 있는 오해의 먹구름을 쫓아버리고 싶은 강렬한 바람이 생겨난 것이었다.

셀든은 미소로 그녀의 시선에 답하며 말했다.

“나도 역시 우리가 그런 식으로 헤어진 것에 대해 아쉬웠소. 하지만 내 스스로 그렇게 헤어진 게 아니었다고 확실히 말하진 못하겠군요. 다행히 난 내가 하려고 했던 그 모험에 대해 다 잊어먹었어요…….”

릴리의 입에서 예전처럼 비꼬는 투의 말이 흘러나왔다.

“그래서 당신은 실제로는 신경이 쓰이지 않았었다는 거죠?”

“그래서 나는…… 그 결과를 준비하고 있었소.”

셀든이 명랑하게 그 말을 고쳐 잡고는 말을 이어갔다.

“하지만 우리…… 그런 일은 모두 나중에 이야기합시다. 어서 와서 불 좀 쬐어요. 그 안락의자에 앉아…… 쿠션을 등에 받쳐 줄 테니…….”

셀든이 말하는 동안 릴리는 방의 중앙으로 천천히 움직여 가서 그의 필기용 테이블 가까이에 잠시 멈춰 섰다. 거기에서 등불은 위쪽으로 빛을 발산하며 창백한 릴리의 우아한 얼굴 외곽선 위에 비정상적으로 커진 그림자를 던지고 있었다.

셀든이 점잖게 같은 말을 되풀이했다.

"당신은 지금 피곤해 보여요. 어서 앉아요."

릴리에게는 그 권유의 말이 들리지 않는 것 같았다.

"나는 당신을 만난 후에 곧바로 해치 부인을 떠났다는 사실을 당신이 알기를 바랐어요."

릴리는 마치 자신의 고백을 계속할 것처럼 그렇게 말했다.

"네, 네. 알고 있소."

셀든이 곤혹스러워하는 빛을 띠며 말했다.

"그리고…… 당신이 내게 그렇게 하라고 말했기 때문에…… 그렇게 했다는 것도요. 당신이 오기 전에 이미 나는 해치 부인에게 계속 남아 있는 건 불가능하다는 걸 알기 시작했어요. 당신이 내게 말해주었던 바로 그 이유 때문에요. 하지만 나는 그걸 인정하지 않으려 했어요. 당신이 말하려고 하는 게 무엇인지 내가 이해하고 있다는 사실을 당신에게 보이고 싶지 않았어요."

"아, 난 당신이 빠져나올 길을 당신 스스로 찾아낼 것이라고 믿어주었어야 했는데……. 내가 주제넘게 나섰다는 생각이 들도록 날 당황하게 하지 말아요!"

셀든의 가벼운 말투는 릴리를 더욱 고집스럽게 만들었고, 그 당황스러운 순간을 모면하려는 것으로 느끼게 함으로써 이해받고자 하는 릴리의 열정적인 욕구에 찬물을 끼얹었다. 자신이 이미 그 상황의 중심부에 있다는 느낌이 들 정도로 이상하리만큼 지나치게 진지해진 그녀의 상태에서는 누군가가 말장난 하듯이 관례적인 말이나 주고받고 회피하는 정도로 어정버정 시간을 보낼 필요가 있는 것으로 생각한다는 것은 있을 수 없는 일 같았다.

"그게 아니에요. 내가 감사해 하지 않는다는 얘기가 아니라……."

릴리는 자신의 주장을 이어가려 했으나 갑자기 하려던 말을 계속할 힘을 잃고 말았다. 릴리는 자신의 목소리가 떨리는 것을 느꼈고, 이어 두 눈에 눈물이 고이더니 천천히 그녀의 눈에서 떨어져 내렸다.

셀든이 앞으로 다가서 릴리의 손을 잡으며 말했다.

"당신…… 매우 피곤하군요. 내가 편하게 해줄 텐데, 어서 앉지 않고서……?"

셀든은 릴리를 이끌어 난로 가까이에 있는 안락의자로 가서 앉게 하고, 그녀의 어깨 뒤에 쿠션을 받쳐주었다.

"잠시만 기다려요. 차 좀 내오겠소. 당신도 알잖소, 그런 정도의 환대는 얼마든지 할 수 있다는 걸……."

릴리는 고개를 가로저으며 더 많은 눈물을 흘렸다. 가까스로 자제하는 오랜 습관을 다시 발동하여 이내 눈물을 멈춘 그녀는, 그럼에도 불구하고 여전히 몹시 떨려 말을 할 수가 없었다.

셀든은 마치 그녀가 불안해하는 어린아이인 것처럼 달래듯이 말을 이었다.

"난 물을 구슬려서 5분이면 끓게 할 수 있다는 것, 당신도 알지요?"

셀든의 말을 들으니 지난날 어느 오후의 일이 생각났다. 그때 두 사람은 그의 차 탁자를 놓고 마주보고 앉아 그녀의 미래에 대해 농

담조의 말을 주고받았었다. 그날은 그녀의 인생에서 어떤 다른 때보다도 더욱 멀어 보이는 순간이었지만, 릴리는 그때를 언제나 아주 자세하게 기억해 낼 수 있었다.

릴리는 거절의 손짓을 하고는 당황하여 말을 덧붙였다.

"아니에요, 오늘 차를 너무 많이 마셨거든요. 차라리 조용히 앉아 있겠어요. 곧 가야 해요."

셀든은 맨틀피스에 몸을 기댄 채, 계속해서 릴리 가까이에 서 있었다. 그의 다정하고 편안한 태도에는 뭔가 거북한 빛이 서려 있음이 점점 더 확연해지기 시작했다. 처음에 릴리는 자기 생각에만 빠져 있어서 그러한 것을 알아볼 수 없었다. 그러나 그녀의 의식의 촉각이 한 번 더 기운을 차려 더듬는 지금, 그녀는 자신이 셀든에게 거북한 존재가 되고 있다는 사실을 알았다. 그러한 상황은 단지 곧바로 감정을 표출함으로써 해결할 수 있는 것인데, 그에게는 그런 결말을 이끌어내는 추진력이 아직 부족한 것이었다.

릴리는 그런 사실을 알고 나서도 예전과는 달리 아랑곳하지 않았다. 그녀는 겉으로 드러나는 것은 모두 그러한 것을 이끌어내는 감정에 비례하여야 하며 표출된 감정을 너그럽게 봐주는 것은 비난받을 허식일 뿐이라는 생각을 할 만큼 교육을 잘 받은 호혜주의의 단계를 이미 벗어난 것이었다. 하지만 셀든의 마음속에서 자신이 영원히 내쳐졌다는 것을 알았을 때, 그녀의 외롭다는 느낌은 몇 곱절이나 강하게 되살아났다.

릴리는 어떤 뚜렷한 목적이 없이 그에게 왔었다. 그저 그를 보고 싶다는 바람이 전부였다고 해도 지나친 말이 아닐 것이다. 그녀가 은밀히 품었던 희망은 갑자기 엄청난 고통으로 그 실체를 드러냈다.

"이제 가봐야겠어요."

릴리는 가겠다는 말을 되풀이하며, 의자에서 몸을 일으키려는 시늉을 했다.

"하지만 오랫동안 당신을 또다시 볼 수 없을지도 몰라서…… 난 당신에게 말해주고 싶었어요. 당신이 벨로몬트에서 내게 말해주었던 것들을 난 결코 잊지 않았다는 것과…… 그리고 때때로…… 때때로 내가 그런 것들을 가장 기억하지 못하는 듯이 여겨지는 때에도…… 그런 말들은 내게 도움이 되었어요. 늘 내가 실수하지 않도록 해주었으며, 많은 사람들이 날 생각하는 것처럼 정말로 그런 사람이 되지 않도록 언제까지나 날 지켜주었어요."

릴리는 자신의 생각을 조리 있게 말하려고 애를 써도 말이 뜻대로 잘 나오지 않는 것 같았지만, 겉으로 만신창이가 된 자신의 인생으로부터 자신이 온전히 빠져나왔다는 것을 그에게 이해시키려 해보지도 않고서 그를 떠날 수는 없다는 생각이 들었던 것이다.

릴리의 얘기를 듣는 동안 셀든의 얼굴에는 변화의 빛이 떠올라 있었다. 그 얼굴의 신중한 모습은 여전히 개인적인 감정에 의해 영향을 받지는 않았으나, 부드러운 이해가 충만한 표정으로 바뀌었다.

"내게 그리 말해주니 기쁘오. 하지만 내가 말한 것 때문에 정말로 무슨 중요한 차이가 생기는 건 아니오. 중요한 건 당신 자신 안에 있는 것이오. 그건 언제까지고 거기에 있을 것이오. 그리고 그것이 거기에 있는 이상 사람들이 뭐라 생각하든, 그건 당신에게 진정 아무런 상관이 없는 것이오. 당신이 당당하다면 당신 친구들은 언제인가 당신을 이해하게 될 테니 말이오."

"아, 그렇게 말하지 마세요. 당신이 내게 말해준 것 때문에 중요한 차이가 생긴 게 아니란 말은 하지 마세요. 그 말은 날 내쫓는 것 같아요. 나를 다른 사람들로부터 떼어내 홀로 있게 내버려두는 것 같단 말이에요."

릴리는 그 순간의 절박한 마음에 다시 한번 완전히 사로잡혀, 자리에서 일어나 그의 앞에 섰다. 반쯤은 눈치 챘던, 셀든이 탐탁지 않아 한다는 사실에 대한 생각도 사라졌다. 그가 원하든 원하지 않든, 이번에만은 두 사람이 헤어지기 전에 그가 온전히 릴리 자신을 봐주어야만 하는 것이다.

자신의 목소리에 다시 힘이 생기자, 릴리는 진지하게 셀든의 두 눈을 마주보며 말을 이어 나갔다.

"한 번, 두 번…… 당신은 내 인생에서 탈출할 기회를 내게 주었는데, 난 그걸 거절했어요. 그걸 거절했던 것은 내가 겁쟁이였기 때문이었어요. 나중에서야 나는 내 실수를 알았어요. 전에 내가 만족해했던 것으로는 나는 결코 행복할 수 없으리란 걸 이제 알았어요. 하지만 너무 늦었어요. 당신이 나에 대해 그렇게 판정을 내렸었다는 걸…… 이해했어요.

행복을 찾기에는 너무 늦었어요. 하지만 내가 놓쳐버렸던 것을 생각함으로써 나는 도움을 받을 수 있는 거예요. 거기에 너무 늦는다는 법은 없어요. 나는 그것에 의지해 살아왔을 뿐이에요. 지금 내게서 그런 것을 떼어놓지 마세요! 내 최악의 순간에서조차…… 그건 어둠 속을 비추는 작은 등불과 같았어요.

어떤 여자들은 아주 강해서 자기 혼자서도 완전하지만, 난 당신이 날 믿어준다는 도움이 필요해요. 아마도 난 커다란 유혹에 저항했었을 수도 있었지만, 작은 유혹들은 나를 끌어내리려 했었을 거예요.

그런 후에 나는 기억해 냈는데…… 그러한 인생에 결코 내가 만족할 수 없으리라고 했던 당신의 말이 생각났던 거예요. 그러자 난 그런 인생에 만족할 수 있으리라고 자인하기가 부끄러워졌어요. 그게 당신이 내게 해주었던 거예요. 그 때문에 당신에게 감사하다는 말을 하고 싶은 거예요. 나는 언제나 잊은 적이 없다고 당신에게 말하고 싶었어요. 그리고 나는 노력해 왔어요. 열심히 노력했는데……."

릴리는 갑자기 말을 끊었다. 눈물이 다시 솟아올랐기에 손수건을 꺼내려고 하다가 옷의 접혀진 안쪽에 있는 그 꾸러미가 만져졌다. 그녀는 얼굴이 화끈 달아올랐고, 입에서는 말이 떨어지질 않았다. 릴리는 눈을 들어 셀든의 눈에 맞춘 다음, 바뀐 목소리로 말을 이어 나갔다.

"나는 열심히 노력했어요. 하지만 사는 게 어려웠고…… 난 아주 쓸모없는 인간이 돼버린 거예요. 나라는 사람이 독립적인 생활을 하리라고 누가 말할 수 있겠어요? 나는 말하자면 인생이라는 거대한 기계 속에 있는 단지 하나의 나사이거나 톱니에 불과한 거예요.

그래서 내가 그 기계에서 떨어져 나왔을 때에는, 나는 다른 어떤 곳에서도 쓸모가 없는 존재라는 것을 알았어요. 내가 오직 이 세상의 한 부분에만 딱 맞는다는 것을 알게 되었는데, 또 다른 무엇을 할 수 있겠어요? 그곳으로 되돌아가든가, 아니면 쓰레기 더미 속에 던져지는 수밖에 없는 거예요. 그런데 쓰레기 더미 속에 있는 게 어떤 것인지 당신은 모른다고요!"

릴리의 입술이 미소를 지으며 떨렸다. 그 순간 뜻밖에도 2년 전에 바로 그 방에서 자신의 속마음을 그에게 털어놓았던 사실이 떠올라 그녀의 마음이 산란해졌다. 그때 그녀는 퍼시 그라이스와 결혼하려는 계획을 갖고 있었는데, 지금 자신이 계획하고 있는 것은 무엇인가?

셀든의 검은 피부 아래에서 피가 강하게 요동을 쳤다. 하지만 그는 진지한 태도를 더하는 것으로 그런 감정을 보여줄 뿐이었다.

셀든이 입을 열어 뜻밖의 말을 했다.

"당신은 내게 뭔가 말할 게 있군요. 결혼할 셈이오?"

릴리의 두 눈에 흔들림은 없었지만, 놀라움과 혼자 속으로 궁금해하는 표정이 서서히 번져 나왔다. 그가 묻는 물음에 비추어 볼 때, 그 방에 들어서면서 정말 자신의 결심을 굳혀놓았었던가를 그녀는 잠시 자문해 보았다.

릴리는 희미한 미소를 띠며 말했다.

"당신은 내가 조만간 결혼해야만 할 것이라고 늘 말했었죠!"

"그래서…… 지금 결혼하게 되었소?"

"나는 결혼해야만 할 거예요, 곧. 하지만 그보다 먼저 해야만 할 다른 일이 있어요."

릴리는 잠시 말을 멈추고, 다시 미소를 찾고 목소리도 안정되게 가다듬으려 노력하며 말을 이었다.

"나는 누군가에게 작별의 인사를 해야만 하거든요. 오, 당신은 아니에요. 우리는 또다시 서로 만날 거니까 말이에요. 당신이 알고 있던 릴리 바트와 이제 작별을 하려고 해요. 나는 이때까지 그녀와 함께 있었지만, 이제는 우리가 헤어져야 하는 거예요. 그래서 나는 그녀를 당신에게 도로 데리고 왔어요. 여기에 그녀를 맡기려고 해요. 잠시 후 내가 여기에서 나갈 때에, 그 여자는 나와 함께 가지 않을 거예요. 나는 그녀가 당신과 함께 머물러 있다고 생각하고 싶은 거예요. 그런데 그 여잔 당신의 골치를 썩이지도 않을 거고, 방도 필요 없을 거예요."

릴리는 여전히 미소를 띤 채, 셀든 쪽으로 가서 손을 뻗으며 물었다.

"그녀를 당신과 함께 머물 수 있게 해주시겠어요?"

셀든은 릴리의 손을 잡았다. 릴리는 그의 손 안에서 그가 아직 입술에는 올리지 않은 격정적인 떨림을 느꼈다.

셀든이 큰 소리로 말했다.

"릴리, 내가 당신을 도울 수는 없는 거요?"

릴리는 조용히 셀든을 보며 말했다.

"당신은 예전에 내게 들려준 말이 생각나요? 날 사랑함으로써만 날 도와줄 수 있다고 했죠? 음, 당신은 잠시 동안 날 정말 사랑해줬어요. 그리고 그건 내게 도움이 되었어요. 그건 내게 늘 도움이 되었어요. 하지만 그 순간은 사라져버렸어요. 그렇게 사라지게 한 사람은 바로 나예요. 그래도 사람은 계속 살아가야만 하는 거예요. 잘 있어요."

릴리는 자신의 또 한 손을 그의 손에 얹었다. 두 사람은 뭐랄까, 장엄한 기분으로 서로를 바라보았다. 그것은 마치 다가오는 죽음을 앞에 두고 마주 서 있는 것 같았다. 사실상 그들 사이에는 뭔가가 죽은 채 놓여 있었다. 그것은 릴리가 죽임으로써 더 이상 다시 살릴 수 없게 된 셀든의 사랑이었다.

하지만 뭔가가 또한 그들 사이에 살아 있음으로써 릴리 안에서 꺼지지 않는 불꽃처럼 타올랐다. 그것은 셀든의 사랑으로 예전에 불붙여 놓았었던 그 사랑이었으며, 그의 영혼을 향한 그녀의 영혼의 열정이었다.

그 빛 안에서 다른 모든 것은 점점 작아지며 릴리에게서 떨어져 나갔다. 그녀는 예전의 자아를 그에게 맡긴 채로는 앞으로 나아갈 수 없다는 것을 이제 이해했다. 그 예전의 자아는 진정 셀든 안에서 계속 살아야만 하지만, 그것은 계속해서 그녀의 것이어야만 했다.

셀든은 릴리의 손을 놓지 않고 평상시와 다른 불길한 느낌으로 계속 그녀를 유심히 살펴보았다. 그런 상황의 외면적인 모습에 대해서는 릴리는 물론이고 셀든도 전연 생각하지 않게 되었다. 그는 그것이 단지 지나가면서 그 실체를 보여주는, 보기 드문 순간들 중 하나라는 느낌이 들었다.

"릴리!"

셀든이 낮은 목소리로 말했다.

"그런 식으로 말해서는 안 돼요. 당신이 무엇을 하려는지 알지 못한 채, 당신을 이대로 보낼 순 없소. 사물이란 변할 수 있소. 하지만 그렇다고 해서 사물이 사라지는 건 아니오. 당신은 내 인생에서 결코 떠나갈 수 없소."

릴리는 밝아진 모습으로 그의 눈을 마주보며 말했다.

"그래요. 난 이제 그걸 알게 되었어요. 우리 언제까지나 친구로 있어요. 그러면 나는 어떤 일이 일어나도 안전하다는 느낌이 들 거예요."

"어떤 일이 일어나다니 그게 무슨 말이오? 무슨 일이 일어날 거라는 게요?"

릴리는 조용히 몸을 돌려 난로 쪽으로 걸어갔다.

"당장은 아무 일도 없을 거예요. 내가 몹시 추워서, 내가 떠나기 전에, 당신이 불을 잘 피워 올려야 한다는 일을 제외하면 말이에요."

릴리는 벽난로 앞의 깔개에 무릎을 꿇고, 잿불 쪽으로 두 손은 뻗었다. 릴리의 말투가 갑자기 바뀐 것에 당황해 하며, 셀든은 기계적으로 바구니에서 나무를 한 움큼 그러모아 불 위로 던졌다. 셀든은 그렇게 하면서, 올라오는 불꽃에 비추어진 릴리의 손이 얼마나 야위어 있는가를 알아보았다. 그는 또한 그녀의 헐거워진 옷의 윤곽 속으로 그녀의 몸의 곡선이 얼마나 각이 졌는지도 보았다.

그는 오랜 훗날에 그 붉은 불꽃이 흔들리는 속에 그녀의 두 콧방울이 얼마나 날카로우리만큼 홀쭉해졌는지, 그리고 그녀의 광대뼈에서 두 눈에 이르기까지에 생긴 그림자가 얼마나 깊었는가를 기억해 내었다. 릴리는 그 자리에 아무 말 없이 2~3분간 앉아 있었는데, 그것은 셀든이 감히 깨지 못할 침묵이었다.

셀든은 릴리가 앉은 자리에서 일어나며 옷 속에서 무엇인가를 꺼내 불 속으로 떨어뜨리는 것을 얼핏 본 것 같다는 생각이 들었지만, 그 당시에는 그런 몸짓을 거의 알아채지 못했었다. 셀든의 지적인 능력은 넋을 잃은 채, 여전히 그 마법을 깨뜨릴 말을 찾느라 허우적거리고 있었다.

릴리는 셀든에게 다가가 두 손을 그의 두 어깨 위에 올려놓으며 말했다.

"안녕!"

셀든이 그녀에게 고개를 숙였고, 릴리는 숙이는 그의 이마에 입술을 맞추었다.

13

가로등들이 켜져 있었다. 비는 이미 멈춘 상태여서, 먼 하늘에는 일시적으로 빛이 다시 살아났다.

릴리는 주변을 의식하지 않은 채 계속 걸었다. 릴리의 발걸음은 여전히 인생의 최고의 순간에나 느낄 수 있는 뜬구름 위를 걷는 듯했다. 그러나 시간이 갈수록 그런 기분이 줄어들면서 릴리는 발밑에 닿는 포장도로의 둔탁함을 느꼈다. 지쳤다는 느낌이 가중된 위력으로 덧붙여져서, 릴리는 잠시 더 이상 걸어갈 수 없겠다는 생각이 들었다. 41번가와 5번가가 교차하는 모퉁이에 이르렀을 때, 릴리는 브라이언트 공원 안에는 잠시 앉아 쉴 만한 의자들이 있다는 생각이 떠올랐다.

릴리가 들어섰을 때 그 음침한 공원에는 거의 인적이 끊긴 상태였다. 릴리는 가로등의 밝은 불빛이 비추는 빈 벤치에 주저앉았다. 난롯불의 열기는 그녀의 혈관에서 이미 빠져나가서, 그녀는 축축한 아스팔트에서 치오르는 습한 기운이 스며드는 그곳에 오래 앉아 있을 수는 없다고 혼잣말을 했다. 하지만 그녀의 의지력은 최후의 거대한 노력 속에서 이미 다 소진되어 버린 것 같았다. 그녀는 예사롭지 않은 힘을 쓰고 난 후에 뒤따라오는 반응인 멍한 상태에 빠져들었다. 또 그 외에, 집으로 간들 뭐가 있었던가? 생기라고는 없는 방의 침묵 말고는 아무것도 없었다.

귀에 거슬리는 여러 소음보다도 지친 신경에 더욱 괴로움을 주는 기나긴 밤의 침묵, 그것. 그리고 그녀의 침대 곁에 있는 클로랄 병. 클로랄을 생각하면, 그것은 어두운 앞길에서 유일한 한 점의 빛이었다.

그녀는 그것의 달래는 듯한 영향력이 벌써 슬그머니 자신을 감싸는 것을 느낄 수 있었다. 그러나 그녀는 그것이 점차 그 힘을 잃어가고 있다는 생각이 들자 걱정스러워졌다. 릴리는 감히 너무 이른 시각에는 그것에 다시 의존할 수가 없었다. 최근에는 그것에 의존해서 잠이 들었다가도 중간에 자주 깨어났고, 예전처럼 깊은 잠을 잘 수도 없었다. 잠들기 위해 그것을 먹었는데도 마치 끊임없이 깨어 있는 듯 비몽사몽 지새웠던 밤도 여러 번 있었다.

마약이란 게 자주 사용하면 점차 약효가 떨어진다는 말을 들었었는데, 그 약의 효능도 점점 떨어진다면 어떻게 하지?

그녀는 약의 분량을 늘리지 말라는 약제사의 경고가 생각났다. 그 이전부터도 그 약의 변덕스럽고 예측할 수 없는 작용에 대해 들어서 알고 있었다. 불면의 밤으로 되돌아간다는 두려움은 참으로 감당하기 어려웠다. 릴리는 극도로 지치면 클로랄의 떨어지는 약효가 좀 더 나아질 것으로 기대하고 계속 밖에서 방황하며 시간을 죽이고 있었다.

밤이 점점 깊어졌고, 42번가의 교통 소음도 잦아들었다. 어둠이 완전히 광장에 깔리자, 벤치에 남아 시간을 때우던 몇 안 되는 사람들도 하나 둘 일어나 제 갈 길로 가버렸다. 이따금 집으로 급히 가던 사람이 릴리가 앉아 있는 앞을 총총히 지나며, 전등 불빛이 만든 하얀 원 안에 잠시 검은 모습을 드리웠다. 이렇게 지나가던 사람들 중 한두 사람은 발걸음을 늦추며 그녀의 쓸쓸한 모습을 호기심 어린 눈으로 힐끗거리기도 했지만, 릴리는 그들의 눈길을 거의 의식하지 못했다.

하지만 어느 순간 릴리는 지나가던 사람들 중 한 사람이 자신의 시선과 번쩍이는 아스팔트 사이에서 계속 꼼짝도 않고 있다는 것을 알아차렸다. 눈을 들어 올리자, 자신을 향하여 굽어보고 있는 한 젊은 여자가 눈에 들어왔다.

"실례합니다. 어디가 편찮으신가요? 어머나, 바트 언니 아니세요!"

그렇게 외치는 목소리는 반쯤은 귀에 익은 목소리였다.

릴리는 다시금 그 목소리를 향해 시선을 들어 올려다보았다. 그렇게 말한 사람은 팔에 보따리를 끼고 있는 젊은 여자로, 옷차림이 남루했다. 그녀의 얼굴은 건강이 좋지 않은 데다 과로하면 생길 수 있는, 뭔가 모를 환자 같은 분위기를 풍겼다. 그러나 좀 더 자세히 보면 강하면서도 짙은 두 입술의 곡선으로 인해서 그 얼굴은 평범하면서도 어딘가 예쁘장한 구석도 있음을 알 수 있었다.

"언니는 나를 기억하지 못하는군요."

그녀는 릴리를 알아보았다는 기쁨으로 얼굴이 밝아지며, 말을 이어갔다.

"하지만 나는 어디에서건 언니를 알아볼 거예요. 아주 많이 언니를 생각했으니까요. 우리들은 모두 언니의 이름을 외우고 있어요. 나는 패리쉬 양의 클럽에 속해 있었어요. 제가 폐병에 걸렸을 때, 언니가 시골로 갈 수 있도록 나를 도와주었잖아요. 내 이름은 네티 스트러더라고 해요. 그 당시는 네티 크레인이었고요. 하지만 아마 그 이름 또한 기억이 안 날 거예요."

그렇다. 릴리는 기억이 나기 시작했다. 시의적절하게 그 병으로부터 네티를 구해 준 일은 릴리가 거티의 자선활동과 관련하여 행한 가장 만족스러운 일들 중의 하나였다. 릴리는 그 소녀가 산 속에 있는 요양소에 가서 지낼 수 있도록 돈을 대주었었다. 릴리가 사용했던 그 돈이 트레너가 준 돈이었다는 사실은 묘한 아이러니라는 생각이 그녀의 머리를 스쳤다.

릴리는 네티에게 자신이 잊지 않았다고 말하려고 하였지만, 애를 써 봐도 목소리가 나오지를 않았다. 릴리는 자신이 탈진이라는 거대한 파도 속으로 가라앉고 있음을 느꼈다. 네티 스트러더는 깜짝 놀라서 외치며, 옆에 앉아서 협수룩한 차림의 자기 팔을 살포시 릴리의 등에 갖다 대며 말했다.

"아니, 바트 언니, 몸이 많이 아픈가 보군요. 어서 제게 좀 기대세요, 좀 괜찮아질 때까지요."

그녀가 부축해 주는 팔의 힘으로 릴리는 간신히 힘을 다시 얻는 듯 보였다.

"나는 단지 좀 지쳤을 뿐이에요. 아무것도 아니에요."

릴리는 금방 목소리가 트였다. 그러고 나서 못 미더워하는 네티와 눈길이 마주치자, 자기도 모르게 다음 말이 흘러 나왔다.

"나는 불행했었거든, 큰 골칫거리가 있어서……."
"언니에게 큰 골칫거리가 있었다고요? 나는 언니라면 늘 저 높이…… 모든 것이 그저 으리으리한 곳에 있으리라 생각했는데……. 때때로 내가 정말로 비천하게 여겨져서 왜 세상일이란 것이 너무나도 희한하게 변하지 않는가에 대해 궁금해질 때, 나는 아무튼 언니는 멋진 시간을 보내고 있으리라고 생각하고 그게 세상일 어딘가에는 정의로운 면이 있다는 것을 보여주는 증거라고 믿었어요. 하지만 언니는 여기에 너무 오래 앉아 있으면 안 돼요. 아주 습하니까요. 이제 좀 걸을 수 있지 않아요?"
네티가 갑자기 말을 끊었다.
릴리는 낮은 목소리로 말하며 일어섰다.
"그래요……. 맞아요……. 집으로 가야지요."
릴리의 궁금해하는 시선이 그녀의 곁에 있는 가녀리고 초라한 모습에 머물렀다. 릴리는 네티 크레인을 과로와 빈혈증으로 의욕이 꺾인 희생물들 중의 한 사람으로 알고 있었다.
릴리가 바로 얼마 전에 그것에 대해 자신의 두려움을 표시했던 그 사회적 쓰레기 더미 속으로 아주 일찍부터 휩쓸리도록 운명 지어진, 인생에서 남아도는 깨진 조각들 중 하나로 알고 있었다. 그러나 네티 스트러더의 깨지기 쉬운 덮개는 이제 희망과 에너지로 가득했으므로 네티의 미래에 어떤 운명이 가로놓여 있든 네티는 그리 쉽게 쓰레기 더미 속으로 처박히지 않을 것이었다.
"언니를 만나게 돼서 너무 반가워요."
릴리가 떨리는 입술에 미소를 띠며 말했다.
"이젠 내가 당신이 행복하다고 생각하게 될 차례예요. 그리고 내게도 세상은 그렇게 불공평하지만은 않은 곳으로 여겨지겠죠."
"오, 하지만 나는 언니를 이대로 두고 갈 수는 없어요. 언니는 지금 혼자서 집에 가기에는 무리예요. 그런데 나는 언니와 함께 갈 수 없는 형편이니 이를 어쩌죠?"
네티 스트러더는 갑자기 생각이 난 듯 한탄조로 말을 이었다.
"짐작할지 모르겠지만…… 오늘은 내 남편이 야간근무를 하는 날이거든요. 남편은 전차 운전사예요. 그리고 우리 아기를 맡겨놓은 친구는 7시에 자기 남편의 저녁을 해주러 위층으로 올라가야만 해서요…….
내가 아기가 있다는 얘기를 언니에게 안 했네요, 그렇죠? 여자아이인데…… 내일이 지나면 만 4개월이 돼요. 그리고 그 아일 보면, 언니는 내가 아픈 적이 있었다는 생각이 들지도 않을 거예요. 바트 언니, 나는 언니에게 그 아일 꼭 보여주고 싶어요, 우리는 바로 저 아래에 살아요. 여기서 세 블록밖에 안 떨어진……."
네티는 눈을 들어 릴리의 의향을 살핀 다음, 샘솟는 용기를 느끼며 하던 말을 이었다.
"여기서 바로 전차를 타고 나와 함께 우리 집으로 가요. 그러면 나는 우리 아기에게 저녁을 먹일 수 있잖아요? 우리 집 부엌은 정말 따뜻해요. 거기서 언니는 쉬실 수 있어요. 아기가 잠들면, 그때 언니를 집으로 바래다줄게요."
아닌 게 아니라 그 집 부엌은 따뜻했다. 네티 스트러더의 남편이 설치해 놓았을, 테이블 위쪽에 있는 가스등의 피어오른 불꽃을 받으며 드러난 그 부엌은 릴리에게는 놀랄 만하게 조그마하면서도 거의 기적이라 할 만큼 깨끗한 모습으로 비쳐졌다. 철제 난로의 광택이 나는 측면을 통해서 불이 빛을 뿜었고, 그 가까이에는 유아용 침대가 놓여 있었으며, 그 안에서는 아기 하나가 곧추 앉아서 아직 잠기가 어린 얼굴로 뭔가를 표현하고 싶어 애쓰고 있었다. 네티는 자기의 아기와 다시 만나게 된 기쁨을 열렬히 표현하며, 자신이 늦게 돌아온 이유를 알아들을 수 없는 아기에게 조목조목 변명하였다. 네티는 아기를 다시 유아용 침대에 올려놓은 뒤, 수줍어하는 표정으로 릴리를 안내해 난로 가까이의 흔들의자에 앉게 했다.

"우리 집에는 물론 거실도 있어요."

네티는 은근히 자랑을 하며 말을 이었다.

"하지만 여기가 더 따뜻하다는 생각이 드는 데다, 내가 아이의 저녁을 준비하는 동안 언니를 홀로 있게 하고 싶지 않아서……."

부엌의 난로가 정겨워서 훨씬 더 좋다고 릴리가 대답하자마자, 네티는 아기가 먹을 우유병을 하나 준비하기 시작하더니 그 병을 안달하는 아기의 입술에 부드럽게 물려주었다. 그것을 물고 아기가 우유의 맛을 음미하는 동안, 네티는 기쁨에 넘치는 얼굴을 하고 릴리의 옆에 앉았다.

"커피를 조금 데워 올까요, 바트 언니? 아기에게 주는 신선한 우유도 조금…… 남아 있는데……. 음, 언니는 그저 조용히 앉아서, 좀 더 쉬는 게 좋을 것 같아요. 우리 집에 언니가 오니까 너무나 좋아요. 나는 언니가 이렇게 오리라는 생각을 너무나 자주 해서 그런 일이 진짜 일어난 건지 믿기지가 않아요. 나는 조지에게 몇 번이나 말했어요.

'지금의 내 모습을 바트 언니가 봐줄 수만 있다면 좋으련만…….' 이라고 말이에요.

그리고 나는 신문에서 언니의 이름을 주의 깊게 찾아보곤 했지요. 우리는 언니가 하고 있던 일에 관해 거듭거듭 이야기했고, 언니가 입고 있는 옷을 자세히 다룬 기사도 많이 읽어봤어요. 그렇지만 언제부터인가 언니의 이름이 보이지 않아서, 언니가 아픈 것이나 아닐까 하여 걱정이 되기 시작했죠. 내가 너무 걱정하니까, 조지는 그 때문에 안절부절못하며 내 자신이 병이 날 거라고 말하기도 했었죠."

네티는 즐거운 듯 회상의 미소를 지으며 말을 이어갔다.

"나는 다시 병이 날 여유가 없어요. 그건 사실이에요. 마지막으로 아팠을 때, 나는 거의 죽는 줄 알았어요. 언니가 그때 요양차 시골로 나를 보내주었을 때, 사실 나는 살아 돌아오리라고는 꿈에도 생각하지 못했었고, 설사 그렇게 된들 어떠랴 싶었어요. 그 당시엔 조지나 아기에 대해서는 생각도 할 수 없었다는 것…… 아마 아실 거예요."

네티는 잠시 말을 멈추고, 아기가 입가에 우유를 흘린 것을 보고 병을 다시 입에 맞추어 대주었다.

"아유, 귀여운 녀석! 너무 급하게 먹지 마라. 저녁 늦게 줬다고 엄마한테 화났었니, 마리 앙투와네트야? 우리는 저 아이를 그렇게 불러요. 그 광장 무대에서 열린 연극에 나오는 프랑스 여왕[33]의 이름을 따서 지은 거예요. 나는 그 여배우를 보면 언니가 생각난다고 조지에게 말하곤 했어요. 또 그것은 어떤 이름에 대한 환상을

---

33) 프랑스의 여왕으로 1793년 프랑스 혁명 때 참수형에 처해진 루이 14세의 부인인 마리 앙투아네트. 여기에서는, 연극과 운동경기를 관람하기 위한 웅장한 장소인 매디슨 스퀘어 가든에서 상연된 연극의 비극적 여주인공으로 언급되었음.

떠올리게도 했고요……. 언니도 알다시피 나는 결혼하게 될 것이라고는 전혀 생각하지 못했어요. 그리고 나 자신만을 위해서라면 계속 일할 마음도 결코 없었을 거예요."

네티는 거기서 또다시 말을 끊었다가 릴리의 눈빛에서 계속 얘기하라는 뜻을 읽고는, 자신의 핏기 없는 피부를 붉히며 말을 이었다.

"언니가 나를 요양원에 보냈을 때, 나는 단순히 아프기만 한 게 아니었어요. 나는 또한 지독하게도 불행했었어요. 그전에 나는 직장에서 한 남자를 알게 됐어요. 내가 큰 수입회사에서 타이프를 쳤었다는 걸 언니가 기억하시나 모르겠어요.

그런데…… 음…… 나는 우리가 결혼하게 될 것이라고 생각했어요. 그 남자는 나와 여섯 달 동안 교제했는데…… 내게 자기 엄마의 결혼반지도 주었거든요. 하지만 그 남자는 나에 비해 너무 멋지다는 생각이 들었어요. 그는 회사 일로 여행을 다니면서 수많은 상류 사교계 사람들을 알게 되었으니까요.

근로 여성은 언니처럼 돌봐주는 사람이 없잖아요. 또한 자기 자신을 돌보는 법을 모두가 아는 것도 아니고요. 나도 그런 것을 몰랐었고…….

그래서 그 남자가 편지를 남겨놓고 떠나가 버렸을 때, 나는 정말 죽을 것 같았어요. 바로 그때 병까지 얻어 걸린 거예요.

나는 그것으로 모든 것이 끝장났다고 생각했어요. 만약 언니가 절 요양 보내주지 않았더라면, 정말 그렇게 됐을 거라고 생각해요. 하지만 내 건강이 점점 좋아진다는 걸 알게 됐을 때, 나도 모르게 마음을 고쳐먹기 시작했어요. 건강이 좋아진 후에 집에 돌아오니,

조지가 돌연 나에게 청혼을 하는 거예요. 처음에 나는 그럴 수는 없다고 생각했어요. 왜냐하면 우리는 보살핌을 받으며 함께 자라났고, 조지는 나에 관해 이런저런 걸 모두 알고 있다는 걸 나도 알았으니까요.

하지만 얼마 지나지 않아 나는 그런 게 일을 더 쉽게 만든다는 사실을 깨닫기 시작했어요. 나는 다른 남자에게는 나의 과거를 털어놓을 수 없었을 것이고, 그것을 털어놓지 않고서는 결혼할 수 없었을 테니까요. 하지만 조지가 나를 많이 좋아해서 있는 그대로의 나를 받아들이려 한다면, 왜 다시 시작해서는 안 되는지 그 이유를 모르겠더라고요. 그래서 다시 시작했죠."

아기의 얼굴을 들여다보며 말하던 네티가 무릎으로 바닥을 딛고 서서 밝아진 얼굴을 들어 올렸을 때, 그녀에게서는 승리감이 내뿜어져 나왔다.

"맙소사……! 내 살아온 얘기를 이렇게 구구절절이 늘어놓다니! 언니는 그렇게 기진맥진하여 거기에 앉아 있는데 말이에요. 언니가 여기에 온 게 너무나도 좋아서…… 그저 언니가 어떻게 나를 도왔는지를 보여드리고 싶었을 뿐인데……."

아기가 행복한 포만감에 젖어 뒤로 풀썩 주저앉았다. 네티는 살며시 일어나서 아기의 우유병을 치웠다. 그런 다음 그녀는 잠시 동안 말없이 릴리 앞에 섰다.

생각에 잠겨 있던 네티는 이윽고 낮은 소리로 말했다.

"언니를 도울 수만 있으면 좋으련만, 도대체 내가 할 수 있는 일이 없을 것 같아서……."

릴리는 대답 대신에 미소를 띠며 일어서서, 그녀의 두 팔을 내밀었다. 아기 엄마는 그 몸짓이 의미하는 바를 깨닫고, 그녀의 아기를 릴리의 팔에 안겨주었다.

아기는 처음에 제가 늘 붙어 있던 보금자리에서 떨어져 나감을 느끼며, 본능적으로 거부반응을 일으켰다. 그러나 차츰 편안함을 느끼는지 릴리의 가슴을 신뢰하며 안겨 들었다. 릴리는 그 부드러운 아기의 무게를 맛보았다. 자기를 안전하다고 아기가 믿어주는 것을 보는 릴리에게는 새로이 따스한 느낌과 생명감이 되살아나는 것 같았다.

고개를 숙여 발그레하고 조그만 그 얼굴과 청명한 두 눈, 뭐랄까 덩굴손 모양으로 오므렸다 폈다 하는 손가락들을 신기한 듯 들여다보았다. 처음에 릴리의 팔 안에 있던 그 아기는 분홍색 구름이나 혹은 한 줌의 솜털처럼 가벼웠으나, 계속 안고 있자니 그 무게가 점차 늘어나 더욱 깊이 잠기며 릴리를 파고들었다. 릴리는 신기하게도 마음의 어느 한 부분이 약해지는 느낌을 받았다. 그것은 마치 그 아기가 그녀의 속으로 파고들어 그녀의 일부가 되는 것 같았기 때문이었다.

릴리가 고개를 돌려 보니, 부드럽고 크게 기뻐하는 네티의 두 눈이 자신에게 머물러 있었다.

"아기가 자라나서 언니를 빼닮는다면, 그 아인 무엇과도 바꿀 수 없을 만큼 사랑스럽지 않겠어요? 물론 나는 그 애가 결코 그렇게 될 수는 없으리란 걸 알고 있어요. 하지만 엄마란 자기 아이에 대해서는 터무니없는 것을 꿈꾸게 되나 봐요."

릴리는 잠시 아기를 꼭 껴안고 나서, 아기를 아기 엄마의 팔에 돌려주었다.

릴리가 미소를 띠며 말했다.
"오, 아기가 이렇게 예뻐 보이면 안 되는데……. 그러면 내가 아기를 보러 너무 자주 오게 될지도 모르잖아!"
그러고 나서 욕조 안에 있는 아기를 한 번 더 보고는 부엌에서 나와, 자신은 물론 곧 다시 올 것이며 조지와도 인사를 나눌 것이라는 약속을 되뇌면서, 스트러더 부인(네티)의 바래다주고 싶다는 간절한 요청을 뿌리치고 혼자서 그 집의 계단을 내려갔다.

큰길에 다다른 릴리는 자신이 더욱 강해지고 더욱 행복해진 느낌에 싸여 있음을 깨달았다. 그 조그만 일이 그녀에게 도움이 되었던 것이다. 릴리가 지금까지 간헐적으로 베풀었던 자선의 결과를 우연이나마 접하게 된 것은 처음이었고, 인간은 모두 같은 동료라는 놀라운 사실을 깨달으면서 인간에 대해 싸늘해졌었던 그녀의 가슴이 훈훈해졌다.
자신의 집에 들어서니 전에 없던 고독감이 더욱 밀려왔다. 7시가 한참 지났고, 지하실에서 올라오는 불빛과 냄새로 봐서 하숙집의 저녁 식사가 시작되었다는 것을 분명히 알 수 있었다.
그녀는 서둘러 자신의 방으로 들어가서 가스등을 켜고, 야회복을 입기 시작했다. 그녀는 이제 더 이상 제멋대로 처신하며, 주위 환경 때문에 식욕이 떨어진다는 이유로 식사를 건너뛰면서 지낼 뜻이 없었다. 하숙집에서 사는 것이 자신의 운명인 이상, 그런 인생의 조건들에 맞추어 사는 법을 배워야만 하는 것이다. 그럼에도 불구하고 그녀가 자기를 쳐다보는 시선들과 훈훈한 온기가 있는 식당으로 내려갔을 때, 식사가 거의 끝나가고 있다는 사실이 내심

기뻤다.

다시 자기 방으로 돌아오자, 릴리는 갑자기 뭔가를 하고픈 열기에 사로잡혔다. 지난 수년 동안 그녀는 너무나 의욕이 없고 무관심하여 자신의 소지품을 정돈할 수 없었지만, 이제 체계적으로 자신의 서랍과 옷장의 물건들을 살펴보기 시작했다.

릴리에게는 아직 두세 벌의 멋진 옷이 남아 있었다. 그녀의 지난 화려한 시절, 사브리나와 런던에서 입었던 옷들이었다. 하지만 그녀는 자신의 하녀와 헤어지지 않을 수 없게 되었을 때, 자신이 입던 옷들 중에서 후하게 한몫 떼어주었었다. 남아 있는 옷들은 비록 새로운 유행에는 뒤떨어짐에도 불구하고, 여전히 한 치도 어긋남이 없는 긴 라인과, 훌륭한 예술가의 솜씨라는 진면목을 그대로 간직하고 있었다.

릴리는 그 옷들을 침대 위에 펼쳐놓았다. 그것들을 입었을 때의 장면들이 눈앞에 생생하게 떠올랐다. 주름마다 연상되는 장면이 숨어 있는 것 같았다. 드리워진 레이스하며, 번뜩이는 자수하며, 그 하나하나가 그녀의 과거를 기록한 일종의 편지 같았다. 릴리는 예전에 자기가 살았던 그러한 분위기에 자신이 얼마나 절대적으로 둘러싸여 있었는가를 깨닫고 새삼스레 놀랐다. 하지만 따지고 보면 릴리는 결국 그런 삶을 살도록 만들어진 것에 불과했다. 그녀 안에 생겨난 성향들은 모두 세심하게 그런 것을 향하여 맞추어졌고, 그녀의 흥미와 활동은 모두 그 주위에 집중되도록 가르침을 받았었다. 그녀는 전시되기 위해 아름다움이라는 것을 제외하고 다른 모든 싹은 잘라버린 어떤 희귀한 꽃, 그렇게 키워진 최고의 꽃과 같았다.

맨 마지막으로 릴리는 트렁크 밑바닥에서 아무렇게나 그녀의 손에 닿은, 주름이 한 무더기 달린 흰 옷을 꺼냈다. 그 옷은 릴리가 브라이의 활인화에서 입었던 레이놀즈 작품이었다. 릴리가 그 옷을 남에게 주었을 리 없는 일이었지만, 그녀는 그날 밤 이래로 그것을 한 번도 다시 본 적이 없었다.

그녀는 그 길고 유연한 주름들을 흔들어 펼쳤다. 그 옷에서는 은은한 제비꽃 향내가 풍겨났고, 그 향기는 릴리에게 로렌스 셀든과 함께 있었고 그럼으로써 그녀의 운명을 포기하게 했던, 그 꽃이 둘러 핀 샘에서 나오는 냄새처럼 느껴졌다. 릴리는 그 옷들을 하나씩 도로 집어넣으며, 그 하나하나에 어슴푸레한 달빛이라든지 웃음소리라든지 즐거운 장밋빛 물가에서 홀연히 불어오는 한줄기 바람이라든지 하는 것을 같이 포개 넣었다. 릴리는 아직 감수성이 정교한 상태였고, 과거를 생각나게 하는 조그마한 것들 하나하나에도 떨리는 가슴이 남아 있었다.

릴리가 하얀 주름의 레이놀즈 옷을 마지막으로 개어 넣고 트렁크 뚜껑을 막 닫았을 때, 문에서 노크 소리가 나면서 아일랜드인 하녀의 붉은 손이 뒤늦은 편지 한 통을 안쪽으로 밀어 넣었다. 그것을 불빛으로 가져간 릴리는 그 봉투의 위쪽 모퉁이에 찍혀 있는 주소를 읽고 깜짝 놀랐다. 그것은 상업 서신으로 고모의 유산 상속을 집행하는 사무실로부터 온 것이었다. 릴리는 무슨 예상 밖의 일이 일어났기에 그들이 정해진 기일도 되기 전에 이런 서신을 보냈는지 궁금한 생각이 들었다.

릴리가 봉투를 열자 수표 하나가 팔랑팔랑 바닥에 떨어졌다. 몸을 숙여 그 수표를 집어 올린 릴리의 얼굴은 상기되었다. 그 수표에는 페니스턴 부인으로부터 받게 되어 있는 유산 금액 전체가 명기되어 있었고, 그에 잇따라 나온 편지에는 유산 집행자들이 예상했던 것보다 더 일찍 그 유산 문제를 조정할 수 있게 되었기 때문에 그 유산의 지급일로 정해진 날짜보다 앞서 일을 처리하기로 결정했다는 글이 적혀 있었다.

릴리는 그녀의 침대 발치에 있는 책상 옆에 앉아서, 그 수표를 펼쳐놓고, 엄격히 사무적인 필체로 그 수표를 가로질러 쓰인 일만 달러라는 숫자를 읽고 또 읽었다. 그 수표에 표시된 금액은 예정보다 열 달 앞서서 궁핍의 깊이를 일깨워주고 있었지만, 릴리의 가치 기준은 그 사이에 이미 변해서 이제 부(富)를 그려보는 일은 펜으로 그 금액을 멋지게 쓰던 사람이나 했었을 것이었다.

릴리는 그것을 계속 뚫어지게 보고 있는 동안 반짝이는 몽상들이 머릿속에 차오름을 느꼈고, 잠시 후에 그녀는 책상의 뚜껑을 열고 그 마술을 부리는 숫자가 적힌 수표를 살며시 안 보이게 밀어 넣었다. 오늘은 잠들기 전에 생각할 것이 많은 날이기에, 아무래도 눈앞에서 춤추는 그 다섯 개의 숫자 없이 생각하는 편이 더 쉬울 것 같았기 때문이었다.

릴리는 자신의 수표책을 열고, 자기가 퍼시 그라이스와 결혼하기로 작정했던 바로 그날 밤에 벨로몬트에서 밤을 새며 했던 것과 같이 그렇게 돌연 초조한 마음으로 계산하는 일에 빠져들었다. 빈곤하면 부기(簿記)가 단순해지는 것이어서, 그녀의 재정적 상태는 예전에 비해 결산을 보기가 더욱 쉬웠다.

릴리는 지금까지 돈을 관리하는 방법을 배우지 않았다. 얼마 전

잠시 사치스럽게 백화점에 머무르는 동안 자기도 모르게 예전의 낭비벽이 도져서, 얼마 안 되는 돈은 더욱 줄어들었다. 자신의 수표책과 책상 속에 아직 결제하지 못한 청구서들을 자세히 따져보니, 그 청구서들을 모두 결제하면 릴리는 겨우 앞으로 서너 달 먹고 살 것밖에 남는 게 없게 될 것이었다.

그런 후에까지도 만약 그녀가 추가로 돈을 더 벌지 못하고 현재의 생활방식대로 계속해 살아간다면, 우연히 일시적으로 일어나는 비용들은 모두 소실점(消失點)까지 줄여야만 했다. 릴리는 치를 떨며 두 눈을 감았다. 그것은 그 아래로 언제까지고 좁아져만 가는 실버턴 양의 앞날로 향한 입구에 자신도 서 있는 모습이 떠올랐기 때문이었다.

그러나 릴리가 가장 겁나는 것은, 이제 더 이상 심화될 물질적 빈곤을 생각해서가 아니었다. 그녀가 더욱 깊이 피폐해지는 느낌이 들었던 까닭은 정신적인 결핍에서 온 것으로, 그것에 비하면 외적인 조건은 아무것도 아니었다. 가난하다는 것, 처절할 정도로 절약하고 극기하면서 하숙집의 추레한 공동생활에 점차 흡수되어 가면서 초라하고 근심스러운 중년의 시기를 맞게 된다는 것은 참으로 불행한 것이다. 하지만 그보다 더욱 비참한 것은 그녀의 가슴을 후비며 달라붙는 고독감과 자신이 무심한 세월의 조류 아래로 뿌리째 뽑혀 떠내려가는 초목처럼 휩쓸리게 되었다는 느낌이었다.

그것이 지금 그녀를 지배한 느낌이었다. 자신은 뿌리가 없고 하루살이와 같은 존재가 되어 소용돌이치는 삶의 표면에서 일어나는 물보라에 불과하다는 느낌이 들었다. 그리고 그 흐름에는 자기 자아의 보잘것없고 작은 촉수(觸手)마저 달라붙을 수 있는 어떤 것도 없어서, 결국 무시무시한 홍수에 가라앉아버리고 말 존재가 되었다는 느낌이었다. 또한 자신을 되돌아보며 뭔가 진실로 삶에 연결되었던 때는 자신에게 결코 없었다는 것을 알았다. 그녀의 부모 역시 뿌리가 없어서 상류사회의 유행에 따라 이리저리 흔들렸고, 제멋대로 부는 상류사회의 돌풍으로부터 자신들을 보호할 어떤 개인적인 삶이 없었다.

릴리 자신은 다른 사람보다 그녀 자신에게 더욱 소중한 어떤 한 조각의 땅도 없이 자라난 셈이었다. 그녀에게는 어릴 적의 신앙심이나 마음을 끌어당기는 엄숙한 전통의 중심이라는 것이 없었기 때문에 되돌아갈 곳도 없었고, 자신의 마음 자체를 위한 힘이나 다른 사람을 위한 애정도 이끌어낼 수 있는 근원지도 없었다.

서서히 축적된 과거가 어떠한 형태로 피 속에 남아 있든지 간에—그것이 눈에 보이는 추억들로 가득한 예전에 살던 집의 구체적인 모습으로 있건, 아니면 손으로 지은 것이 아니라 타고난 열정과 성실한 행위로 지어진 집의 개념으로 있건 간에—그것은 개인의 삶을 넓히고 깊게 하며, 밀접한 관계라는 신비한 연결고리를 통해서 인간의 갖은 노력에 이바지한다는 점에서는 누구에게나 동일한 힘을 갖게 하기 마련이다.

누군가와 더불어서 삶을 연대하여 책임지고 꾸려가는 그러한 일체감의 모습은 전에는 결코 릴리의 마음에 떠오르지 않던 것이었다. 릴리는 그녀의 짝짓기 본능이라는 맹목적인 활동 속에서 막연히 그런 것을 예감하고 있었지만, 그런 것을 허물어버리는 주변의 영향력에 의해 그런 것들은 억제되었다. 릴리가 알고 있는 남녀들 모두는 중심에서 밖으로 향하는 어떤 거친 춤에서처럼 소용돌이치며 서로에게서 떨어져 나가는 원자(原子)들 같았다. 릴리가 삶의 연속성을 스치듯이나마 쳐다보게 된 것은 그날 저녁 네티 스트러더의 부엌에서가 처음이었다.

자기 삶의 깨진 조각들을 주워 모아 그것들을 가지고 스스로의 보금자리를 만들 힘을 찾았었던 그 보잘것없고 작은 여공(女工)이 릴리에게는 삶의 핵심적인 진리에 다다른 것 같아 보였다.

그것은 외형적으로는 질병이나 불의의 재난을 당할 가능성 때문에 여유가 거의 없는, 냉혹한 가난의 위태위태한 가장자리에 자리한 정말 빈약한 삶이었다. 하지만 그것은 벼랑 끝에 지어놓은 새의 보금자리처럼 허약하면서도 대담한 영속성을 가지고 있었다. 단지 한 다발의 나뭇가지들과 검불이지만 아주 단단히 엮여져서 그것에 깃든 생명체들은 그 심연의 위에서 안전하게 매달려 있을 수 있는 것이다.

그렇다. 하지만 그 보금자리를 세우는 데에는 두 가지가 반드시 필요했었다. 그 여자의 용기는 물론이고 그 남자의 신뢰가 그것이었다. 릴리는 네티의 말이 생각났다. '조지가 저에 관해 이런저런 걸 모두 알고 있다는 걸 저도 알았으니까요…….'

남편이 그녀를 믿어줌으로써 네티는 새롭게 태어날 수 있었다. 여자에게 자신이 사랑하는 남자가 믿어주는 대로 되어가기는 정말 쉬운 일이 아닌가! 그런 점에서는 셀든도 두 번이나 기꺼이 릴리 바트에게 자신의 신뢰를 걸었었다. 그러나 세 번째의 시련은 그의 인내력에 비해 너무 정도가 심한 것이었다. 바로 셀든의 사랑이 지닌 그런 정도의 인내력이 그 사랑을 다시 소생시키는 것을 더욱 불가능하게 만들었던 것이다.

만약 그것이 단순한 생명적 본능이었더라면, 릴리의 아름다움이라는 힘이 그것을 소생시킬 수 있었을지 모른다. 하지만 그것은 더욱 깊숙이 뿌리를 뻗어 내렸으며 이성과 감정이라는 타고난 습성과 가차 없이 얽혀졌다는 사실 때문에, 그것을 되살려 키운다는 것은 깊이 뿌리내린 모판에서 무리하게 뜯어낸 식물만큼이나 불가능한 일이 되어버렸다.

셀든은 릴리에게 최선을 다했었지만, 릴리가 그러하지 못하듯 앞뒤 가리지 않고 예전의 감정 상태로 되돌아갈 수 없었던 것이었다.

릴리가 셀든에게 말했었던 것처럼 그녀에게는 그가 믿어줌으로써 자신을 고양시키게 한 그 추억이 남아 있었지만, 여자로서 추억으로 살아갈 수 있는 그런 나이에는 아직 도달하지 않은 것이었다. 릴리가 네티 스트러더의 아기를 자신의 두 팔에 안았을 때에는 얼어붙었던 젊음의 혈류가 스스로 풀어지며 릴리의 혈관을 따스하게 돌았었다. 오래된 삶에의 갈망이 릴리를 사로잡았고, 그녀의 전 존재는 개인적인 행복이라는 자기 몫을 달라고 아우성치고 있었다.

그렇다. 릴리가 아직도 원하고 있는 것은 행복이었으며, 그녀가 그것의 일면을 언뜻 보았을 때 다른 모든 것은 하찮아 보였다. 그 동안의 릴리는 더욱 악화되는 발전 가능성들로부터 차츰차츰 스스로 떨어져 나왔기에, 이제 자신에게 남은 것은 오직 금욕이란 빈껍데기뿐임을 알았다.

날은 점점 어두워져가고 있었고, 릴리에게는 다시 한번 엄청난 피로가 몰려왔다. 그것은 사람을 시나브로 잠에 빠지게 하는 피로가 아니라, 도저히 잠을 이룰 수도 없고 지친 상태에서 정신만은 또렷또렷해져 미래에 일어날 모든 일들이 거대하게 앞을 가로막으며 암울하게 느껴지게 하는 그런 피로였다.

불을 보듯 너무나도 명료한 그런 모습에 릴리는 질겁하면서, 자신이 의도와 행동 사이를 방해하는 자기 동정이라는 장막을 헤치고 나아가서 앞으로 남은 긴긴 날에 자신이 할 일을 정확히 보고 있는 것 같았다. 예를 들면, 릴리는 책상 안에 넣어둔 그 수표를 트레너에게 진 빚을 갚는 데 사용하려 했었지만, 다음 날 아침이 오면 그렇게 하는 것을 미루고 은근슬쩍 그 빚을 점점 너그럽게 보아 넘기려 하는 모습이 내다보이는 것이었다.

그런 생각이 들면 겁이 났다. 그것은 지난번 잠시 로렌스 셀든과 함께했던 때 느낀 것과 마찬가지로 높은 곳에서 추락하는 데 대한 공포였다. 하지만 릴리는 앞으로 어떻게 자신을 믿고 자신의 발판을 유지할 수 있단 말인가?

릴리는 저항하는 충동의 힘을 알고 있었으며, 알 수 없는 습관의 손길에 의해 자신이 다시 운명과 새로이 어떤 타협을 하게 되리란 것을 느낄 수 있었다. 릴리는 일시적으로 드높아진 자신의 마음을 연장하고 영속시키고 싶은 강렬한 바람을 느꼈다. 바로 지금 삶이 끝날 수만 있다면, 세상의 모든 사랑스러운 것들과 모든 좋은 것들과의 유대감을 릴리에게 주었던 그 비극적이고도 달콤한 잃어버린 여러 가능성을 꿈꾸며 끝날 수만 있다면 얼마나 좋을까!

릴리는 갑자기 손을 뻗어 필기용 책상에서 그 수표를 도로 꺼내서, 이미 수신인 주소를 은행으로 적어 놓았던 봉투 속에 넣었다. 그런 다음 수취인을 트레너로 하는 수표 한 장을 작성하고 나서, 그에 대한 어떤 글도 써넣지 않고 트레너의 이름이 기입된 봉투 속에 넣었다. 그리고 그 두 봉투를 책상 위에 나란히 내려놓았다.

그 후에도 릴리는 계속해서 책상 앞에 앉아서 자신의 서류와 글들을 분류한 끝에, 그 집이 완전한 정적에 쌓이자 밤이 깊었다는 생각이 들었다.

거리에도 시끄러운 마차 바퀴소리는 이미 멎어 있었고, 덜커덕거리며 가는 '고가열차' 소리는 부자연스러우리만치 깊은 정적을 뚫고 이따금씩 들려왔다. 겉으로 드러나는 삶의 모든 표시들로부터 신비롭게 분리된 한밤중에, 릴리 자신은 자신의 운명과 직면하게 되는 것이 더욱 이상하게 느껴졌다. 그런 느낌으로 릴리는 머리가 더욱 어질어질해져서, 두 손으로 두 눈을 눌러서 그러한 생각을 막아내려 했다. 그러나 지독한 정적과 공허가 자신의 미래를 상징하는 것 같았다. 그녀는 마치 집과 거리와 세상이 모두 비어 있고, 자기 혼자만 생명이 없는 우주 안에 지각력이 있는 존재로 남아 있는 것 같았다. 그러나 이러한 것은 정신착란이 일어나기 직전의 느낌일 뿐이었다.

릴리는 어질어질한 비현실의 언저리에 그렇게 가까이 갔던 적이 결코 없었다. 그녀가 원하는 것은 잠이었으나, 이틀 밤을 눈 한 번 붙이지 못했다는 것이 생각났다. 그 조그만 병은 릴리의 침대 곁에서, 그녀에게 마법을 걸려고 기다리고 있었다.

그녀는 일어나 급히 옷을 벗었다. 이제 그녀는 자신의 베개를 만지고 싶어 죽을 지경이었다. 그녀는 정말 한없이 피곤하여 틀림없이 곧바로 잠에 곯아떨어질 것이라고 생각했다. 그러나 자리에 눕자마자 모든 신경은 다시 한번 움찔하며 제멋대로 깨어나기 시작했다. 그것은 마치 그녀의 머릿속에 거대한 전기불꽃이 켜져 있는 것 같았고, 그녀의 불쌍하고 고통에 찬 작은 자아는 어디로 피난을 해야 할지 모르는 채 그 속에서 움츠려들며 기를 펴지 못하는 것이었다.

릴리는 불면상태가 그렇게나 심각해질 줄은 생각지 못했었다. 그녀의 과거 전체가 서로 다른 수많은 의식의 끄트머리마다에서 스스로의 형상을 재현하고 있었다. 이렇게 폭동을 일으키는 많은 신경들을 잠재울 수 있는 약은 어디에 있던가? 피곤하다는 느낌은 이렇게 날카롭게 울려대는 활동에 비하면 달콤한 것이었으리라. 하지만 마치 릴리의 혈관 속에 어떤 끔찍한 흥분제가 강제로 투여된 것처럼 피곤함은 벌써 그녀에게서 떨어져 나갔다.

릴리는 피곤함을 참을 수 있었다. 그렇다. 그녀는 피곤함을 참을 수 있었지만, 다음 날에는 무슨 힘이 남아 있게 될까? 전망은 이미 보이지 않았다.

다음 날은 릴리의 코앞에 닥쳤고, 그에 이어 닥칠 수많은 날들이 꼬리를 물고 몰려올 것이다. 그 날들은 날카로운 소리를 내는 폭도들처럼 릴리 주위에 무리를 지어 몰려들었다.

릴리는 그런 것들을 2~3시간 동안 막아내야만 하며, 짧게나마 망각의 목욕을 해야만 하는 것이다. 릴리는 손을 내밀어 진정제의 양을 방울방울 재며 유리잔 속에 떨어뜨렸다. 그러면서도 릴리는 그것들이 초자연적으로 잠 못 드는 채 깨어 있는 자신의 뇌를 재우기에는 효력이 별로 없을 것이란 것을 알았다.

릴리는 오래전에 그 양을 최고의 수준까지 늘렸지만, 오늘밤은 그 양을 더 증가시켜야 되리라는 생각이 들었다. 릴리는 그렇게 하는 데는 약간의 위험을 감수해야 한다는 것도 알았다. 그녀는 약제사의 경고를 기억하고 있었던 것이다. 만약 잠이 든다면, 그 잠은 계속 깨지 않는 잠이 될는지 모를 일이었다. 그러나 결국 그것은 백에 하나 있을까 말까 할 확률이었고, 그 약효는 알 수 없는 것이며, 정상적인 양에 한두 방울만 더 넣으면 아마도 릴리가 그토록 갈구하는 휴식을 마련해 주는 것으로 모든 것이 끝날 수도 있는 문제였다.

릴리는 사실상 그 문제를 그렇게 주의 깊게 생각하지 않았다. 잠을 자고 싶다는 육체적 갈망은 그녀에게 유일하게 남아 있는 느낌이었다. 그녀의 마음은 번쩍하는 빛에 두 눈이 닿을 때처럼 그렇게 본능적으로 번쩍하는 생각에 움츠러들었다.

어둠, 어둠이야말로 그녀가 어떠한 희생을 무릅쓰고 가져야만 하는 것이었다. 릴리는 침대에서 그대로 몸을 일으켜, 그 잔에 담긴 것을 꿀꺽 삼킨 다음 촛불을 불어 끄고 다시 누웠다.

릴리는 아주 가만히 누워서 그 최면제의 초기 효과로 생기는 감각적인 기쁨을 기다렸다. 그녀는 그 효과가 어떠한 모습들로 다가올지를 이미 알고 있었다. 정신적인 흥분을 점차 끊어버리고 부드럽게 살며시 다가오는 것으로, 마치 어떤 보이지 않는 손이 어둠 속에서 그녀에게 마법의 최면을 거는 것 같은 것이었다. 그 즉시 나타나지 않고 더디게 나타나는 약효는 그 황홀한 상태를 더욱 증가시켰다.

몸을 구부리고 무의식의 어둑한 심연을 내려다보는 것은 즐거운 일이었다.

오늘밤 그 약은 평상시보다 더욱 느리게 효력을 발휘하는 것 같았다. 열렬한 흥분상태가 하나씩 차례로 진정되려면 오랜 시간이 지나야 했던 것이리라. 그리고 마침내 파수병들이 그들의 초소에서 하나 둘 잠에 빠지듯, 모든 상태가 정지되는 것을 느꼈다. 차츰 완전히 정복했다는 느낌이 축 늘어져 가는 릴리에게 들면서, 무엇 때문에 자신이 그렇게 불편해 하고 흥분했던가를 이상히 여겼다. 릴리는 이제 흥분할 게 아무것도 없다는 것을 알았다. 그녀는 벌써 자신의 정상적인 인생관으로 되돌아가 있었다. 내일은 결국 그다지 어렵지 않을 것이었다. 그녀는 내일에 대처할 힘을 가지게 될 것임을 확실히 느꼈다. 자신이 대처하기를 두려워했었던 것이 무엇인지를 확실히 기억하진 못했지만, 그 불확실성에 그녀는 더 이상 신경 쓰지 않았다. 그녀는 불행했었지만 이제는 행복했으며, 자신이 혼자라는 느낌이 들었었지만 이제는 그 고독감이 사라지고 없었다.

릴리는 한번 몸을 뒤척여 모로 돌아누웠다. 그때 갑자기 왜 자신이 혼자가 아니라는 느낌이 들었는지 이해가 되었다. 그것은 이상했지만, 네티 스트러더의 아기가 자신의 팔을 베고 누워 그 작은 머리가 자신의 어깨에 기대어 있는 느낌을 받았다. 그녀는 어떻게 그 아기가 이곳으로 오게 되었는지 몰랐지만, 그런 사실에 크게 놀라지 않았다. 단지 따스함과 기쁨이 부드럽게 뚫고 들어와 흥분될 뿐이었다. 릴리는 더욱 편안한 자세를 하고, 자신의 팔을 움푹 들어가게 하여 베개 삼아 그 부드러운 둥근 머리를 받치고는, 소리 때문에 잠자는 아기가 방해받지 않도록 자신의 숨을 죽였다.

거기에 그렇게 누워 있으면서, 릴리는 셀든에게 말해야 할 무언가가 있다고 혼잣말을 했다. 그녀가 찾았었던 그 몇 마디 말은 그 두 사람의 인생을 밝게 할 것이었다. 릴리는 그 말을 되풀이했고, 그것은 생각의 끄트머리에서 막연하면서도 빛을 발하며 좀처럼 사라지지를 않았다.

그녀는 자신이 깨어났을 때, 그것을 기억하지 못할까 봐 걱정이 되었다. 만약 그녀가 그 말을 기억하여 셀든에게 해줄 수만 있다면, 모든 것이 잘될 것이라는 느낌이 들었다.

서서히 그 말에 대한 생각이 희미해지면서, 잠에 빠져들기 시작했다. 릴리는 잠들지 않으려고 가냘프게 애를 쓰며 자신은 그 아기 때문에 계속 깨어 있어야만 한다고 느꼈지만, 그런 느낌조차도 점차 잠이 온다는 흐릿하고도 평화로운 의식 속에 묻혔고, 그것을 통해 갑자기 암울한 고독과 두려움이 어두운 빛을 번뜩이며 저돌적으로 달려들었다.

릴리는 다시 한번 놀라 벌떡 일어났는데, 그 충격으로 춥고 떨렸다. 잠시 동안 그녀는 잡고 있던 아기를 놓친 것 같았다. 그러나 아니었다. 릴리가 잘못 알고 있었던 것이었다. 부드럽게 누르는 아기의 몸이 여전히 그녀의 몸에 바짝 붙어 있었다. 회복된 그 따스함이 다시 한번 그녀를 타고 흘렀고, 릴리는 그것에 응하여 그 속으로 빠져들며, 잠이 들었다.

14

다음 날 아침의 기운은 부드럽고 밝았으며, 대기는 여름이 머지 않았음을 알리고 있었다. 햇빛은 즐겁게 릴리가 사는 거리를 비스듬히 내리쬐며, 그 집 앞문에 칠한 페인트 위에 생긴 거품을 익혔고, 현관문 밖 페인트칠이 안 된 난간을 빛내며 릴리의 침침한 창문의 유리에 부딪쳐 분광(分光)의 멋진 모습을 자아냈다.

그런 날이 심적인 기분과도 일치하게 되면, 미풍에도 취하는 법이다.

셀든은 그날 아침 햇살에 거리낌 없이 드러난 지저분한 거리를 따라서 젊은이의 모험심으로 발걸음을 재촉하며, 가슴이 설레었다. 셀든은 익숙한 습관이라는 해안에서 풀려나, 가본 적이 없는 감정이란 바다로 나아가고 있는 중이었다. 지난날의 모든 판단기준과 척도는 뒤에 남겨둔 채, 그가 갈 길은 새로운 별들에 의해 정해지게 되었다.

그 길과 그 순간은 오로지 릴리 바트의 하숙집으로 향하는 것이었지만, 그 집의 누추한 문 앞 계단은 갑자기 전에 와본 적이 없는 입구가 되어 있었다.

셀든은 다가가면서 눈을 들어 세 개씩 한 조로 된 세대별 창문의 열들을 올려다보았다. 그는 그중 어느 것이 릴리 방의 창문일까를 소년처럼 궁금히 여겼다. 그때는 9시밖에 되지 않았지만 그 집에는 노동자들이 세를 들어 살기 때문에 거리로 향하는 장면의 모습이 이미 활짝 깨어났음을 알리고 있었다. 후에 기억난 일이지만, 셀든은 오직 한 세대의 블라인드만이 내려진 채 있었음이 눈에 들어왔었다.

셀든은 또한 창문턱들 중 하나에 팬지를 심은 화분들이 있다는 것을 알아보고, 곧바로 그 창문이 릴리의 창문임에 틀림없다고 결론지었다. 셀든이 그 추레한 장소에서 팬지의 아름다움이란 특성을 릴리와 연결짓는 것은 자연스러운 일이었다.

9시란 남의 집을 방문하기에는 이른 시간이었지만, 셀든은 이미 그런 관례를 지킨다는 속박을 벗어버렸다. 셀든은 오직 즉시 릴리를 만나야 한다고만 생각할 뿐이었다. 그는 자신이 릴리에게 하고자 하는 말을 이미 찾아놓았기에, 그 말을 하기 위해서는 잠시도 지체할 수 없었다. 그 말이 더 일찍 생각나지 않았다는 것은 이상한 일이었다.

전날 저녁에도 그런 말을 해주지 않은 채 그렇게 릴리를 자신에게서 떠나게 하다니 이상하지 않은가. 그러나 새 날이 이미 와 있는 지금, 그것이 뭐 그리 중요한 일인가? 그것은 황혼 무렵에 할 말이 아니라, 아침에 할 말이었다.

셀든은 열심히 계단을 뛰어올라가서 줄을 잡아당겨 벨을 울렸다.

셀든이 자기 생각에 몰두한 상태에서조차 아래층 현관문이 기다렸다는 듯이 곧바로 열림에 그는 깜짝 놀라지 않을 수 없었다. 셀든이 들어갔을 때, 거티가 문을 열었었다는 것, 그리고 거티의 뒤로—마음이 흔들려 몽롱한 속에—댓 명의 다른 사람의 모습이 불길하게 어렴풋이 나타났다는 것을 보고 더 한층 놀랐다.

"로렌스 오빠!"

거티가 평소와 다른 목소리로 외치며 말을 꺼냈다.

"어떻게 이렇게 빨리 알고 여기에 올 수 있었어요?"

그러면서 거티가 셀든에게 그녀의 떨리는 손을 대자, 곧바로 셀든은 가슴이 막힌 듯 답답해져 왔다.

셀든은 두려움과 궁금증이 일어 몽롱한 상태로, 댓 명의 다른 얼굴들을 쳐다보았다. 당당한 체구를 흔들며 직업적으로 자신에게 다가오는 그 집 여주인의 모습이 그의 눈에 들어왔지만, 셀든은 손을 거두고 뒤로 물러서며 반사적으로 눈을 들어 검은 호두나무로 된 가파른 계단을 올려다보았다. 그 위로 그의 사촌인 거티가 자신을 이끌고 있음을 즉시 알아챘다.

뒤쪽에서 셀든의 귀에 어떤 목소리가 들려왔는데, 의사가 곧바로 돌아올 것이며, 위층에 있는 것은 아무것도 건드리지 말아야 한다는 것이었다. 어떤 다른 사람이 큰 소리로 말했다.

"정말로 대단한 선처를 한 거예요."

그때 셀든은 거티가 자신의 손을 이미 가만히 잡고 있었다는 것과 거티와 단둘이서만 위로 올라갈 수 있음을 느꼈다.

아무 말 없이 두 사람은 세 층계참의 계단을 오른 후, 복도를 따라 걸어 어떤 문이 닫힌 집에 이르렀다. 거티가 그 문을 열었고,

셀든은 그녀의 뒤를 따라 안으로 들어갔다. 비록 블라인드는 내려져 있었지만, 그것을 뚫으며 부드러워진 햇볕이 황금색으로 그 방에 쏟아져 들어왔다. 셀든의 눈에는 그 빛 속에서 벽에 잇대어 가로로 놓인 한 개의 좁은 침대와, 그 침대 위에 릴리 바트의 모습을 한 움직이지 않는 두 손과 누가 와도 알아보지 못한 채 죽은 듯 누워 있는 얼굴이 보였다.

저기 저 사람이 진짜 릴리란 말인가? 셀든 안에 있는 맥박은 모두 열심히 그 사실을 거부했다. 진짜 릴리 자신은 2~3시간 전만 해도 자신의 마음에 따스하게 자리 잡고 있었지 않은가? 처음으로 그가 와도 얼굴이 밝아지지도 창백해지지도 않는, 사이가 먼 느낌의 이 평온한 얼굴과 자신이 무슨 관계가 있단 말인가?

거티 또한 이상하게도 차분하게, 많은 고통스러운 일에 봉사했던 사람이 그러하듯 의식적으로 자제를 하며, 침대 곁에 서서 마치 최후의 말을 전하듯 조용히 입을 열었다.

"의사가 클로랄 한 병을 발견했어요. 릴리는 오랫동안 잠을 제대로 못 자서…… 틀림없이 실수로 약을 너무 많이 먹었을 거예요……. 그건 의심의 여지가 없는 일이에요. 틀림없어요. 거기엔 이의가 없을 거예요. 의사는 아주 사려 깊은 사람이었거든요. 내가 그 의사에게 오빠와 나만 릴리와 남아 있고 싶다고 말했어요. 다른 사람들이 오기 전에 릴리의 물건들을 살펴보고 싶다고 말이에요. 릴리도 그렇게 하길 바랐을 거예요."

셀든은 거티가 하는 말이 거의 머릿속에 들어오지 않았다. 그는 잠든 릴리의 얼굴을 내려다보며 서 있었는데, 거기에 누워 있는 그 얼굴 모습은 만져봐서는 알 수 없는 미세한 가면이 그가 익히 알고 있었던 살아 있는 얼굴 모양 위를 덮고 있는 것처럼 보였다.

그의 느낌은 진짜 릴리는 여전히 거기 자신의 가까이에 있지만, 볼 수도 가까이할 수도 없다는 것이었다. 그 두 사람 사이를 가로막고 있는 얇은 장벽이 셀든을 조롱하며 어쩔 수 없다는 느낌이 들게 하였다. 그 두 사람 사이에는 만져서 알 수 없는 작은 장벽밖에 다른 것은 결코 없었지만, 그 때문에 그는 릴리와 계속 가까이 하지 못하는 고통을 당했던 것이었다. 그런데 지금 비록 그 장벽이 예전보다 더 가냘프고 더 연약한 것처럼 보임에도 불구하고, 그것은 갑자기 굳어지며 금강석 같은 것이 되어버린 것이다. 셀든이 그것을 막으려 죽을힘을 다한다 한들 허사가 될 일이었다.

셀든은 그 침대 곁에서 털썩 무릎을 꿇었다가 거티의 손이 닿는 것을 느끼고 정신이 들었다. 셀든이 일어서서 거티와 눈을 마주하자, 그녀의 얼굴에서 예사롭지 않은 빛이 뿜어져 그를 파고들었다.

"의사가 왜 자리를 피해 줬는지 오빠는 알아요? 아무것도 흐트러뜨리지 않을 것이라고 약속했어요. 물론 정규 절차대로 해야 하겠지만요……. 난 먼저 릴리의 물건들을 우리가 훑어볼 수 있는 시간을 달라고 요청했어요."

셀든이 고개를 끄덕이자, 거티는 세간이 없는 그 조그만 방을 이리저리 훑어보며 말했다.

"오래 걸리지는 않을 거예요."

셀든이 그 말에 맞장구를 쳤다.

"그래…… 오래 걸리지는 않을 거야."

거티는 잠시 더 자신의 손 안에 있는 셀든의 손을 쥐고 있다가 침대에 마지막 눈길을 준 다음, 조용히 문 쪽으로 몸을 움직여 갔다. 거티는 문 앞에 잠시 멈추더니, 말을 덧붙였다.
"오빠가 원한다면…… 나는 아래층에서 기다릴게요."
셀든은 기운을 차리고, 거티를 못 가게 붙들었다.
"그런데 왜 가려고 하는 거야? 릴리가 바라는 건……."
거티가 미소를 지으며 머리를 가로저었다.
"아니에요. 이렇게 하는 게 릴리가 바라는 거예요."
그렇게 거티가 말하였을 때, 하나의 빛이 고통스럽게 굳은 셀든을 뚫고 들어왔으며, 감추어둔 여러 가지 사랑이 그의 눈에 깊이 들어왔다.
거티가 나간 뒤로 문이 닫혔고, 셀든은 홀로 침대 위에 꼼짝하지 않고 잠들어 있는 릴리와 마주하게 되었다. 그는 릴리의 곁으로 되돌아가, 풀썩 무릎을 꿇고서 욱신거리는 자신의 머리를 베개 위에서 평화로이 있는 릴리의 뺨에 기대고 싶었다. 그들은 함께 평화로이 있은 적이 없었다, 그들 두 사람은 말이다. 그리고 지금 셀든은 자신이 기이하고도 신비로운 릴리의 평안이란 심연으로 끌려 내려가고 있다는 느낌이 들었다.
그러나 셀든은 거티가 한 경고의 말이 떠올랐다. 그도 알고 있는 것은, 비록 시간은 이 방 안에서 멈추어 있음에도 불구하고, 그 시간의 끝자락은 서둘러 이 방의 문을 향하여 가며 그에게 시간이 없다는 것을 알리고 있다는 것이었다. 거티가 다시 없이 귀중한 20~30분을 그에게 얻어주었으니, 셀든은 그녀가 뜻하는 대로 그 시간을 사용하여야만 하는 것이다.
셀든은 몸을 돌려 주위를 둘러보며, 단호한 마음으로 외부의 물체들을 알아볼 힘을 다시 얻으려 애를 썼다.

그 방 안에 가구는 없다고 해도 좋을 지경이었다. 서랍이 달린 보잘 것 없는 상자에는 레이스가 달린 덮개가 펼쳐져 있었고, 거기에는 꼭대기가 황금으로 장식된 상자와 병들, 장밋빛의 바늘겨레, 거북의 등딱지 모양의 헤어핀들이 흩뿌려진 유리쟁반이 눈길을 끌고 있었다.

셀든은 마음에 사무치는, 눈에 익은 이러한 사소한 것들과, 그런 것들 외에는 화장대의 위가 휑하게 비어 있다는 데 대해 놀라 움츠러들었다.

이러한 것들이 유일한 사치요, 릴리 자신의 품위를 세심하게 지키려고 매달린 흔적일 뿐이었으며, 그것을 위해 틀림없이 희생하였을 다른 금욕들이 어떠했었던가를 보여주고 있었다. 얼마 안 되는 가구가 세심하게 깔끔한 상태로 정돈되었다는 사실이 돋보이는 것 외에는, 그 방 주위에 릴리의 특성을 알아볼 만한 다른 표시는 없었다.

가구라고는 입식 세면대, 두 개의 의자, 조그만 책상 하나, 침대 가까이에 있는 작은 탁자가 전부였다. 그 탁자 위에는 빈 병과 잔이 세워진 채로 놓여 있었다. 셀든은 그러한 것들에서 또한 눈길을 외면하였다.

그 책상은 닫혀 있었지만, 그 비스듬한 뚜껑 위에는 두 개의 편지가 놓여 있어 셀든은 그것들을 집어 올렸다. 하나에는 은행의 주소가 적혀 있고 우표가 붙은 채 봉해져 있어서 그는 잠시 주저하다가, 그것을 한쪽으로 치워놓았다. 다른 편지를 보니 거스 트레너의 이름이 적혀 있었고, 그 봉투의 뚜껑은 아직 고무풀이 칠해져 있지 않았다.

열어보고 싶은 유혹이 단도에 찔리듯 셀든 위로 솟구쳤다. 그는 그런 영향을 받아 비틀거리며, 책상을 잡고 몸을 안정시켰다. 왜 릴리는 트레너에게 편지를 썼단 말인가? 아마도 전날 저녁 자신과 헤어지고 나서 바로 쓴 것은 아니었나? 그런 생각이 일자, 어제 그 시간의 기억이 더럽혀지고 자신이 와서 하려고 했던 그 말이 조롱받고 있는 기분이 들었으며, 심지어 그런 생각에 빠진 그 화해의 침묵마저도 더러워지는 것 같았다.

셀든은 자신이 영원히 풀려났다고 생각했던, 그 모든 추잡한 불확실성에 또다시 내동댕이쳐졌다는 느낌이 들었다. 결국 자신은 릴리의 삶에 대해 무엇을 알았던가? 단지 릴리가 자신에게 보여주려고 했던 만큼만, 그리고 세상의 평가가 측정했던 만큼만 알았던 것인데, 그것은 얼마나 별 볼일 없는 것이었나! 어떤 권리로, 무슨 권리로 그는 죽음으로 빗장이 열린 그 문을 통해서 지금 릴리만의 비밀로 들어섰는가?

셀든의 손 안에 있는 편지가 그렇게 묻고 있는 것 같았다. 그것은 지난 시간에 그 두 사람이 함께했었으며, 바로 그 시간이 릴리 자신이 그 열쇠를 그의 손에 놓은 때라는 권리로 그렇게 할 수 있다고, 그의 마음은 외치고 있었다.

그렇다. 그러나 만약 트레너에게 그 후에 편지를 썼다면 어찌 되는 것인가?

셀든은 갑자기 역겨워져 그 편지를 도로 책상 위에 놓은 뒤, 입을 다물고 단호히 그의 일 중 남은 것에 눈을 돌렸다. 그의 개인적인 이해관계가 그 안에 제거된 지금, 그 일은 결국 수행하기가 보다 쉬워질 것이었다.

셀든은 그 책상의 뚜껑을 올리고, 그 안에 수표책과 두세 개의 청구서와 편지 꾸러미들을 보았다. 그것들은 모두 빈틈없이 정돈되어 있었고, 그러한 것은 릴리를 나타내주는 독특한 버릇을 그대로 보여주고 있었다.

셀든은 맨 먼저 편지들을 훑어보았는데, 그것은 그것이 그 일의 가장 어려운 부분이었기 때문이었다. 그 편지들은 극히 적었고 중요한 것이 아님이 드러났지만, 개중에 셀든의 눈에 들어온 것은 브라이 부부의 연회 다음 날에 자신이 릴리에게 썼었던 짧은 편지였다. 그것을 보자 마음이 이상하게 소용돌이쳤다.

'언제 내가 당신에게 가도 될까요?'

자신의 글을 보자 바로 그 목적달성의 순간에, 릴리에게서 멀어졌었던 자신의 비겁함을 깨달으며 마음이 괴로워졌다. 그렇다. 그는 언제나 자신의 운명을 두려워했었고, 이제는 너무나 정직해져서 자신의 비겁함을 부인할 수가 없게 되었다. 그것은 단지 트레너의 이름을 보는 것만으로도 또다시 그의 모든 의혹들이 살아나기 시작하는 것을 보아도 알 수 있지 않은가?

셀든은 릴리가 그렇게 간직했다는 사실로 해서 더욱 귀중하게 되었다는 듯이 그 짧은 편지를 조심스럽게 접어 자신의 명함 케이스에 넣은 다음, 시간이 경과해 감을 한 번 더 의식하면서 계속해서 서류들을 살폈다.

놀랍게도 모든 청구서들에는 '지급필'이라고 쓰여 있었고, 그들 가운데 미지급 상태인 것은 하나도 없었다. 셀든은 수표책을 열어보고, 바로 전날 밤에 페니스턴 부인의 유언 집행자들로부터 온 만 달러의 수표가 그 안에 기재되어 있음을 알았다.

그렇다면 그 유산은 거티에게서 들어서 릴리가 받을 것으로 예상했던 때보다도 더 일찍 지급된 셈이었다. 하지만 한두 쪽을 더 넘기면서 셀든이 알고 놀란 것은, 이렇게 그 자금을 받았음에도 불구하고 예금 잔고는 이미 2~3달러밖에 안 남았다는 것이었다. 마지막 수표를 떼어내고 남은 수표책의 부본 쪽지들을 빠르게 훑어보니, 그것에는 모두 어제 날자가 적혀 있었다.

유산 중 사백에서 오백 달러 사이의 금액은 청구서를 결제하는 데 사용된 한편, 동시에 나머지 구천여 달러는 수령인이 찰스 오거스터스 트레너라고 작성된 하나의 수표에 포함되어 있었다.

셀든은 그 수표책을 한쪽으로 내려놓고, 그 책상 옆에 있는 의자에 몸을 깊숙이 묻었다.

그는 책상에 양 팔꿈치를 기대고, 두 손에 얼굴을 묻었다. 삶의 쓰디쓴 물이 그의 주위로 높이 솟구쳤고, 그 보잘것없는 맛이 그의 입술을 적셨다. 트레너 앞으로 된 수표가 그 수수께끼를 풀어줄 것인가, 아니면 더 깊게 할 것인가?

처음에 셀든은 제대로 생각할 수가 없었다. 그는 단지 트레너와 같은 남자와 릴리 바트와 같은 여자 사이의 그런 거래가 있었다는 더러움만을 느꼈던 것이다. 그다음에 점차 뒤숭숭한 통찰력이 맑아지면서, 예전의 암시와 소문들이 그에게 다시 떠올랐다. 자신이 규명하기를 두려워했던 바로 그러한 암시들로부터, 셀든은 그 수수께끼에 대한 설명을 짚어 나갔다. 그렇다면 트레너에게 돈을 받았었다는 것은 사실이었다. 하지만 또 나머지 사실들은 그 작은 책상의 내용물이 밝혀주고 있었다. 그 부채를 릴리는 참을 수 없어 했다는 것과, 그리고 첫 번째 기회가 오자마자, 그 부채를 갚아버리면 앞으로 계속 완전히 맨손이라는 빈곤에 직면해야 함에도 불구하고, 그 부채를 갚아 자유로운 마음이 되려 했다는 것도 사실인 것이었다.

셀든이 알게 된 것은 그뿐이었다. 그가 더 바란다 하더라도 그 이야기를 설명할 수 있는 것은 그뿐이었다. 베개 위의 말없는 입술은 그 이상은 셀든에게 말해주지를 않았다. 하지만 그 입술은 진정 그 나머지의 말을 그의 이마 위에 남긴 키스로 이미 말해주었던 것이었다.

그렇다. 셀든은 그 작별의 키스 속에서 자기의 마음이 거기에서 찾기를 갈망했던 모든 것을 읽을 수 있었다. 그는 심지어 그 키스로 인하여, 그 기회의 절정에 다가서지 못했던 것에 대해 자책하지 않을 용기까지 이끌어낼 수 있었다.

셀든은 인생의 모든 조건들이 상호 작용하여 그 두 사람을 갈라놓았다는 것을 알았다. 그것은 그 외부적인 영향들로부터 그가 거리를 둔 것으로 인해 릴리는 흔들거렸고, 그 자신은 정신적으로 더욱 까다로워져서 비판하지 않고서는 살고 사랑하는 것이 더욱 어려워졌던 것이었다.

그러나 적어도 셀든은 릴리를 사랑했었다. 릴리에 대한 자신의 믿음 위에 자신의 미래를 기꺼이 걸려고 했었다. 그리고 그 순간은 그들이 붙잡을 수 있기도 전에 그들로부터 빠져 지나갈 운명이었다 하더라도, 셀든은 이제 그 두 사람에게 그 순간은 망쳐진 그들의 인생에서 온전히 살아남아 있음을 알았다.

그러한 사랑의 순간, 그들 자신들에 대한 그러한 한순간의 승리로 인하여, 그들은 언제까지고 위축되지도 소멸되지도 않을 수 있었던 것이다. 릴리로서는 주위환경의 영향에 대항하여 싸울 때마다 셀든에게 손을 뻗치려 했던 것이고, 셀든으로서는 믿음을 계속 꺼뜨리지 않고 뉘우치며 릴리의 곁으로 돌아올 수 있었던 것이다.

셀든은 침대 곁에서 무릎을 꿇고, 릴리 위로 몸을 숙여 그들의 마지막 순간을 남김없이 마셨다.

그 침묵 가운데, 그 두 사람 사이로 모든 것을 명료하게 하는 그 말이 흐르고 있었다.

The End

옮긴이의 말

이디스 워튼이 1905년, 그녀의 나이 만 43세 때에 발표한 '환락의 집'은 출판되자마자 비평가와 독자들로부터 열띤 반응을 얻으며 몇 주 지나지 않아 베스트셀러의 정상을 차지하였고 이후 1906년까지 2년간 베스트셀러의 자리를 지키며 이디스 워튼의 전문·직업작가로서의 앞길을 환히 열어주었다. 워튼은 자신이 밝힌 대로 '환락의 집'으로 말미암아 '떠돌이 아마추어 작가에서 전문·직업작가로 전환'하게 되었다. 그 이후 워튼은 '순수의 시대'로 여성 최초로 퓰리처상을 수상하였고 예일대학에서 여성 최초 명예박사 학위도 받으며 전문 직업작가로서 명성과 상업적 성공을 확고히 다졌다.

하지만 이디스 워튼은 사후에 미국 문학사에서 사라지는 듯했다. 그것은 워튼이 19세기 말과 20세기 초의 중요한 사회적 문제와 세계의 변화를 도외시한 채, 자신의 출신 배경인 백인 상류사회를 중점적으로 다루며 폭넓은 인물과 주제를 다루지 못했다는 비판과 함께, 워튼이 동시대를 대표하는 헨리 제임스의 아류작가라는 평가에 기인한 측면도 있겠지만, Pen은 곧 남성의 신체(Penis)를 상징하였던 19세기였던 만큼 글쓰기는 남성의 전유물로 간주되었고, 남성중심의 가치와 기준이 지배하는, 당대의 문단에서 여성작가인 워튼이 문학사에서 배제되는 것은 어찌 보면 자연스러운 귀결이었을지 모른다.

그러나 20세기 중반 이후 시작된 여성해방운동과 맥을 같이하며 일부 비평가들에 의해 워튼은 재조명되기 시작하였고, 여성문제와 여성의 삶을 제한했던 사회구조를 그 누구보다 깊고 탁월한 기법과 문체로 그려낸 워튼은 오늘날 미국 문학사의 위대한 여섯 명의 작가 중 한 사람이라는 평가를 받기에 이르렀다.

작가와 동시대를 그린 작품을 좀 더 잘 이해하기 위해서는, 그 시대의 정치·경제·사회·문화 등에 대한 배경지식과 더불어 작가 개인의 타고난 기질과 성장과정 및 환경 등에 대해 알아보는 것도 많은 도움이 될 것이다.

워튼의 많은 작품이 그러하듯 '환락의 집'은 작가 자신이 그 속에서 성장해 온 19세기 후반, 20세기 초의 미국의 백인 상류사회의 뉴욕을 배경으로 하고 있다.

오늘날 세계질서를 좌지우지하는 미국의 상업·금융·무역의 중심지이며 공업도시이자 미국의 경제적 수도라 할 뉴욕은 19세기 중반까지 초기 이주자인 네덜란드계에 이어 영국계인 양키로 상징되는 상류층 집단인 '구 뉴욕' 집단이 확고한 세력으로 자리 잡고 있었다. '환락의 집'에서 나오는 트레너와 도싯 가문은 이들 '구 뉴욕' 집단과 교류를 유지하면서 상류사교계의 중심인물로 활약하는

데, 벨로몬트에서의 파티는 뉴욕 상류층의 화려함을 보여주는 한 예이다. 그래도 이들 '구 뉴욕' 집단은 가족관계의 유대를 중시하고 엄격한 규율과 고결함, 도덕적 책임감 등 정신문화적 가치를 중시하였다. 하지만 서부개척 및 산업화의 결과 금융과 주식투자, 부동산 투기, 철도와 선박 등을 통해 엄청난 부를 쌓아 뉴욕에 진출한 신흥 부유층인 '신 뉴욕' 집단이 금융의 중심지인 월스트리트와 소비의 중심지인 5번가를 중심으로 세력을 확장하며 뉴욕 사교계의 상류층으로 파고든다. 대개 중·서부 출신이나 유대계로서 벼락부자들인 이들 '신 뉴욕' 집단은 유럽귀족들의 삶을 모방하며, 자신의 힘을 과시하기 위해 호화로운 파티를 열고, 대저택을 건축하거나 구입하며, 고급 유명브랜드의 의상을 수입하여 입는 등 마크 트웨인의 표현을 빌리면 '황금으로 도배를 하듯(gilded)' 과시적 소비를 일삼는다. 그에 따라 그나마 이전의 상류 부유층인 '구 뉴욕' 집단에 존재해 있었던 명예나 전통, 도덕 등 정신적 가치는 점차 사라지고 돈이 모든 것에 우선하는 최고의 가치를 가지게 되었다.

'환락의 집'에 나오는 웰링턴 브라이, 샘 고머, 유태인인 사이먼 로즈데일, 중서부 출신인 노마 해치 부인이 그러한 신흥 부유층인 '신 뉴욕' 집단에 속한다. 이들 신흥 부유층 중 유독 역자의 눈길을 끄는 인물은 사이먼 로즈데일이었다. 역자의 눈에는, 역자의 저서, '천억 부자도 짜장면을 먹는다'란 소설의 제1막에서 적시하였듯이 세계 최강의 영국과 유럽을 돈으로 거머쥔 로스차일드 세력이 뒤늦게 미국에 진출하면서 부(富)의 지각변동을 일으키며 미국을 접수하여 미국을 영국에 이어 세계 최강으로 키우는 유태인의 한 예가 자연스럽게 워튼의 소설에서 드러나는 듯 보였기 때문이다. 초기에 '구 뉴욕' 집단은 이들 벼락 졸부들을 천박한 무리라 하며, 자신들만의 전통적인 사교계 상류층 그룹에 끼워주려 하지 않지만, '환락의 집'에도 나타나듯 '구 뉴욕' 집단을 포함하여 사람들이 대부분 투자한 돈이 손해가 나서 줄어들고 있을 때, 점점 더 부유해지는 로즈데일과 같은 신흥 부유층인 '신 뉴욕' 집단의 돈의 위세에 눌려 결국 '구 뉴욕' 집단은 차츰 '신 뉴욕' 집단과 혼인으로 맺어지더니 결국 '신 뉴욕' 집단에 함몰되어 사라지고 만다. 돈이 최고의 선이자 절대적인 힘과 가치를 가지게 된 이 물질주의 사회를 이디스 워튼은 '경박한 사회'라고 불렀는데, 이 사회에서 남성은 돈 버는 기계로서 돈이 없는 남성은 가치 없는 존재이며, 과시적 소비를 하는 상류층 여성 또한 남자의 사회적 성공을 과시하기 위한 장식물 내지는 동산노예(動産奴隷)일 수밖에 없는 처지였다.

그러기에 물질중심의 자본주의제도 하에서 황금만능주의가 깊숙이 그리고 널리 침윤되어 있는 오늘을 사는 우리 또한—특히 돈 문제가 근인(根因)이 되어 젊고 아름다운 여자 스타들을 비롯하여 곳곳에서 릴리 바트와 같은 멀쩡한 젊은 여인들의 죽음을 대할 때—이 소설, '환락의 집'의 이야기는 100여 년 전의 남의 나라 일 같지가 않고 가슴에 와 닿는 그 무언가가 있다고 느껴진다. 또한 아름다우나 가난한 릴리 바트가 겪는 갈등이나 감정 또한 오늘을 사는 우리와 별반 다르지 않을 것이다. 오히려 돈에 관해 더욱 영악해진 우리 세대가 릴리 바트를 이해하지 못하고 바보 같다고 여기는 주디 트레너나 피셔 부인보다 더하면 더했지 못하지 않을지도 모르겠다는 생각이 들었다.

배경지식으로써 미국과 뉴욕을 살펴보기에는 끝이 없을 것이기에 이만 이쯤에서 줄이기로 하고, 다음은 저자인 이디스 워튼 개인에 대하여 일반적인 연보보다는 그녀의 작품이해에 특히 도움이 될 만하다고 역자 나름으로 생각하는 사항만을 간추려 간략히 적어본다.

이디스 워튼은 1862년 1월 24일, 미국 뉴욕의 맨해튼에서 오빠들과 나이 차이가 많이 나는 늦둥이 외동딸로 태어났다. 워튼의 부모는 모두 뉴욕 사회의 최고 명문가인(앵글로-네덜란드계의 조상을 둔) '구 뉴욕' 집안 출신이었으니, 워튼은 뉴욕의 최고 상류층에서 태어나 그 사회를 몸소 겪으며 자란 것이다. 그러기에 '구 뉴욕' 집단을 비롯한 뉴욕 사교계 상류층의 사고방식이나 관습, 파티 등 사교 관계, 생활상 등을 이디스 워튼은 그 어떤 작가보다 잘 알았다. 그러한 사실은 일례로 릴리의 고모 페니스턴 부인의 융통성 없는 사고방식이나 생활상 등에 그대로 투영되어 있는 등, '환락의 집' 곳곳에서도 잘 드러나 있으며, 분명 그것은 워튼이 가지는 또 하나의 상대적인 강점이라 할 것이다.

그리고 정원 가꾸기나 실내장식 등 건축과 집안 가꾸기에도 워튼은 남다른 관심을 보여 35세 때인 1897년에는 건축가 오그던 코드먼과 함께 'The Decoration of Houses(주택 장식)'을 써서 출간하였으며, 그러한 전문가를 능가할 정도인 그녀의 안목은 '환락의 집' 여주인공 릴리 바트의 눈을 통해 고모인 페니스턴 부인의 실내장식을 비판하는 등 여러 곳에 잘 나타나 있다.

또한 릴리가 버사 도싯의 사브리나 요트를 타고 지중해 순항(巡港, cruise) 여행을 하는 모습 등 '환락의 집' 곳곳에서 심심치 않게 나타나는 여행에 대한 이야기가 나타나는데, 그것은 워튼이 네 살 때 남북전쟁 후의 불황에 따른 경제적 어려움을 극복하고자 임시

방편으로 유럽으로 이주하여 어린 시절 이탈리아 로마와 스페인, 프랑스와 독일을 거쳐 피렌체에서 6년을 보낸 것을 출발점으로 하여 그 후 부모 또는 남편과 혹은 혼자서 했던 수많은 유럽여행 경험에서 자연스럽게 우러난 것이었다.

워튼은 정규학교를 다니는 대신에 아버지로부터 문자를 터득하였는데, 어려서부터 이야기를 지어내기를 좋아하고 역사, 철학, 시, 미술비평 등 아버지의 서재에서 맹렬히 독서에 몰입하며 글쓰기를 계속하여 현실주의자인 어머니와 사이가 좋지 않았다. 당시는 우리 조선시대처럼 여자의 지성은 오히려 시집 잘 가는데 걸림돌로 작용될 수 있기에, 워튼은 뉴욕에서 옷 잘 입기로 소문나 있으며, 매너 좋고, 말 잘하며 현실주의자인 워튼의 어머니, 루크레티아(Lucretia)의 잔소리를 수없이 들으며 자라야 했다. 그저 뜻하지 않게 생겨 늦둥이로 태어난 딸이 그저 참하게 자라 몸치장이나 하며 조신하게 있다가 자신의 가문과 같은 뼈대 있고 부유한 상류층 가문에 시집을 잘 가서 그저 '장식물'로 살기를 바라는 워튼의 어머니 루크레티아의 눈에는 자신의 바람과는 달리 워튼이 하는 매사가 못마땅하였을 것이다. 실제로 워튼은 1882년, 20세 때 신흥 갑부 집안의 해리 스티븐스(Harry Stevens)과 약혼하였다가 해리 어머니의 강력한 반대로 짧게 끝이 났는데, 그 이유 중 하나가 신부 쪽에서 지적으로 더 위에 있었다는 것이다.

늦둥이 외동딸로서 귀여움을 한껏 독차지하는 대신 어머니의 잔소리와 오빠에 대한 어머니의 편애 혹은 남아선호사상과 환경을 겪어서였는지, 워튼은 오빠에 대한 열등감과 어머니의 애정결핍을 느끼며 자랐다고 한다.

어머니와의 갈등관계에 비해 아버지에 대한 워튼의 기억은 대체로 좋았던 듯하며, 그녀의 아버지는 워튼의 여러 소설의 모델이 되었다고 한다.

워튼은 독서에만 빠져 있는 것을 걱정한 부모님에 의해 또래보다 1년 여 일찍, 17세에 사교무대에 나가게 된다. 워튼은 앞서 언급하였듯 해리와의 약혼과 파혼이 있었고, 파혼 후 어머니와 파리 여행을 다녀온 다음 해에 메인 주 바하버에서 젊은 변호사, 월터 반 렌슬레어 베리(Walter Van Rensselaer Berry)를 만나 가까워졌는데, 워튼은 그를 훗날 '내 인생의 사랑'이라고 부를 정도로 정신적으로 상당히 사랑하였던 것 같은데, 결혼에 이르지 못하고, 평생지기로 남았다. 파혼의 상처에 이어 월터와의 사랑을 이루지 못하고 워튼은 그녀의 어머니가 관심을 둔—존경할 만한 보스턴 가문 출신이며 이디스의 막내 오빠와 오랜 친구로 이디스보다 13살 연상으로, 워튼이 최초의 사교장에 갔을 때 만났던—에드워드(애칭 '테디') 워튼과 1885년 3월에 약혼하고 4월에 뉴욕에서 성대하게 결혼식을 올렸다.

하지만 결혼에 대해 어머니로부터 사전교육을 받지 못한 워튼은 결혼 이후의 삶에 대해 너무 무지했으며, 처음부터 테디와는 강렬한 열정이 없었던 데다 여행이나 강아지를 좋아한다는 것 외에는 둘 사이에 별다른 공통점이 없었던 테디와의 결혼생활은 밋밋하게 형식적으로 이어지다가 결국 이디스가 51세 때인 1913년 결혼생활 28년 만에 테디에게 간통을 이유로, 소송을 통한 이혼으로 막을 내리게 된다.

워튼이 불행한 결혼생활 중에 쓴 '환락의 집'은 그래서 결혼에 대하여 여러 곳에서 부정적인 시각이 눈에 띈다.

하지만 이디스 워튼은 '환락의 집'에서의 릴리 바트와는 달리, 테디와의 결혼생활은 행복하다고 할 수 없을지 모르지만, 성대한 결혼식도 올렸고, 자신의 재능을 마음껏 발휘하면서, 최상류층의 사교계에 이름도 심심치 않게 올렸으며, 드넓은 대지를 가진 멋진 집에서 많은 친구 및 지인들과 교제를 하며 해외여행까지 즐기다 75세에 세상을 뜨면서, 그녀의 유지대로 베르사유의 고나르 묘지에 있는 그녀의 정신적 사랑, 월터 반 렌슬레어 베리 옆에 묻혔으니, 그만하면 워튼은 상당히 행복한 삶을 살다 간 여인이라고 할 수 있지 않을까.

정신적으로는 황폐하지만 물질적으로는 풍요롭고 향락적인 장소를 뜻하는, 이 '환락의 집'은 문학 작품성인 측면을 제외한다면, 시대나 장소적 배경에 대하여 어느 정도 사전지식이 있는 역자의 시각으로 볼 때, 퓰리처상을 수상한 그녀의 '순수의 시대'보다 오히려 더 재미있게 느껴졌다. 뉴욕 상류층의 여러 모습을 비롯하여 당시의 결혼과 남녀의 관계 등 일반적인 관점 외에 남자인 역자로서 볼 때 여주인공인 릴리 바트의 심리묘사가 색다른 재미를 느끼게 했다.

'환락의 집'은 100여 년 전에 미국 뉴욕에서 태어났지만, 이 땅의 오늘을 사는 우리가 읽어도 시사하는 바가 크고 긴 여운이 있다. 그것이 명작의 특징일 것이다. 그러기에 '환락의 집'은 워튼이 죽은 지 70여 년이 지난 오늘날에도 그녀의 여러 작품 중 가장 널리 읽히고 있는 작품 중의 하나가 된 것이리라.

'번역은 반역이다'라는 말이 있듯이, 언어 중에는 본래 그 언어만이 가지는 문화나 관습 등이 어우러진 혼이랄까 독특한 감정이 서려 있고 때로는 원어민도 이해하기 쉽지 않은 복잡하고 추상적인 사상의 표현들도 있으니 그것을 온전히 다른 나라의 언어로 표현한다는 자체가 불가능하다는 말일 것이다. 사실 그 언어의 고유한 참맛을 알려면 직접 그 언어로 들어가 발음하고 그에 스며 있는 미묘한 맛을 느껴보는 것이 최고일 것이다.

그러니 글 잘 쓰기로 이름난 이디스 워튼의 '환락의 집'을 100여 년의 세월을 뛰어넘어 우리말로 멋지게 다시 태어나게 한다는 것은, 양국 언어에 나름대로 조예가 있다고 교만을 떨었던 역자에게도 분명 버겁고 힘든 작업이었다. 그럼에도 '환락의 집'은 역자 최초의 번역 작품으로 원문의 의미를 손상하지 않고 최대한 그 속에 담긴 뜻을 살리면서 우리의 언어감각에 맞게 적절히 바꾸기 위해 나름대로 최선을 다하려 했다. 부디 역자가 옮긴 글이 '번역은 제2의 창작이다'라는 말에 누가 되지 않기를 진심으로 바랄 뿐이다.

● 참고 서적

· Edith Wharton's The House of Mirth, Janet Beer, Pamela Knights and Elizabeth Nolan, 2007 Routledge.
· Edith Wharton의 '환락의 집' 연구, 박선하, 2005 서울대학교 석사학위 논문집.
· 결혼에 갇힌 여성자아와 대안적 삶의 부재: 이디스 워튼의 '환락의 집'을 중심으로, 장보현, 1999 청주대학교 서울대학교 석사학위 논문집.

환락의 집 ②

초판 1쇄 인쇄일 | 2009년 05월 20일
초판 1쇄 발행일 | 2009년 05월 25일

지은이 | 이디스 워튼
옮긴이 | 유건형
발행처 | 현대문화센타
발행인 | 양장목
출판등록 | 1992년 11월 19일
등록번호 | 제3-448호
주소 | 경기도 고양시 일산동구 백석동 1309
대표전화 | (031)907-9690~1 | 팩시밀리 | (031)907-9714
이메일 | hdpub@hanmail.net

ISBN 978-89-7428-358-2(04840)
ISBN 978-89-7428-356-8(전2권)

값 11,000원